ID0614106

Le cri

Samuel est parti. Les souvenirs frappent à l'arrière, sur la nuque, comme sur un gong. Marthe crie de solitude. Samuel, lui, aurait aimé la faire crier d'amour, mais le corps ne répondait pas.

La méfiance d'une femme frigide s'érige brique par brique. Qui a posé la première pierre? La mère, inguérissable, qui hante les salles d'attente des médecins? Le père mort? L'inconnu de Castille? Sonia, échouée parmi ses masques africains, ses calebasses, sa déesse de la fécondité? David, qui aimait les serpents et la gravure?

Marthe déambule dans Paris, son appareil-photo à la main... Pour comprendre, il faut du temps, chasser les fantômes, mettre de la chair autour de l'os, ne plus entendre le cri des hyènes, des chiens, des hommes...

Une histoire d'amour a son trajet, son orbe de lumière et son bouquet final. En dévoiler un fragment, c'est prendre le risque d'en voiler un autre. Car toute parole a ses reliefs, ses masques et ses abîmes.

28 ans, journaliste. Elle reçoit le prix Méditerranée 1986 pour Un été à Jérusalem *et publie, en 1987,* le Cri, *avec le succès que l'on sait. Prépare actuellement un troisième roman.*

Du même auteur

Chochana Boukhobza

Le cri

roman

Balland

TEXTE INTÉGRAL

EN COUVERTURE : Pastel de Jan Vanriet,
le Kimono rose (80 × 100 cm), détail, 1981.
Galerie Isy Brachot, Bruxelles.

ISBN 2-02-010366-4
(ISBN 1re publication : 2-7158-0646-9)

Pour Aaron

1.

« ... Avant, quand je savais encore pleurer, j'étais vivante. J'avais de la faim, du regret, de la rage. Au hasard de tout, d'une rue, d'un verre d'eau rempli à la cuisine, d'un lit défait, j'appelais Samuel... Je n'ai pas cherché à oublier, mais à me souvenir de tous les détails, même les plus dérisoires... ceux qu'on ne garde jamais, car ils n'ont de sens qu'avec l'être qui les a créés... Lui parti, j'ai retrouvé le mouvement de sa main pour cueillir une cigarette dans un paquet et pour l'allumer en abritant toujours la flamme du briquet derrière sa paume. Je l'ai revu enfiler son jean en tirant sur la ceinture, à partir des cuisses, j'ai revu son sautillement avant de fermer les boutons de la braguette, le sourire de satisfaction qu'il s'accordait quand il avait fini de s'habiller...

Les premières semaines, j'étais persuadée qu'il allait revenir, qu'il m'avait quittée par calcul. Pour me faire mal. Pour me faire peur. J'ai attendu... Je ne pouvais plus penser à rien d'autre qu'à ce retour qui, nuit après nuit devenait plus improbable. Le grondement des voitures dans la rue, celles qui roulaient et tournaient le coin, celles qui freinaient et se garaient, celles qui démarraient et s'en allaient, mettaient le cœur en danger. Et chaque claquement de porte, chaque bruit de pas dans l'escalier s'amplifiait tandis que foisonnaient les souvenirs derrière les paupières fermées. Je le voyais traverser les quartiers pour marcher lentement vers moi, s'arrêter aux feux rouges, contourner des obstacles, se laisser prendre par la foule, et oublier que je l'attendais, tapie au fond d'un lit, dans un studio obscur. Nuit après nuit, l'espoir et le chagrin… Le goût de la vie s'est dissipé très doucement. Il n'y avait plus de raison pour manger, boire, aimer. Ces mots ne signifiaient plus rien puisque tout doit s'achever, puisque l'amour rencontre un jour sa fin… Mon visage s'est transformé, puis mon corps. Des lignes dures ont commencé à marquer le tour de mes lèvres, mon corps s'est enlaidi. Une autre femme, qui ressemblait à mon ennemie, m'a imposé son image. Ce sont mes premières photos, faites quelques semaines après le départ de Samuel, qui m'ont alertée : les joues creuses, comme aspirées de l'intérieur, les cheveux secs et brûlés, le regard trop fixe, large et brillant d'une folle qui ne voit rien car elle ne cesse de voir en dedans des images révolues. Cette carcasse, qui était devenue moi, se tenait immobile et sévère, comme une poupée pétrifiée. »

Marthe se tait enfin et baisse les yeux, pour les relever avec défi. Dans la lumière grise du cabinet, ses cheveux roux font une masse énorme autour de son visage. Elle est belle, dure, insolente. Assise le dos droit dans le fauteuil, les jambes croisées, gainées de nylon fumé qui montent haut sous la jupe en laine courte et noire, elle parle depuis vingt minutes.

« C'est banal, n'est-ce pas ? Triste à pleurer ? »

Jean-Pierre Lovin ne répond pas. Il attend et mordille le coin de sa lèvre.

Elle avait téléphoné au début de la semaine pour un rendez-vous. Elle avait dit très sèchement : « Monsieur, je ne vous connais ni d'Eve ni d'Adam. J'ai consulté l'annuaire. Les pages jaunes. J'ai choisi votre nom au hasard, enfin presque. Il a quelque chose d'amputé. Vous comprenez ? Peut-être que si, à moi, on coupait un petit bout de ma vie, je pourrais redevenir entière, je serais sauvée. »

Il avait accepté de la voir. Elle avait choisi, vendredi après-midi, quinze heures. Durant l'entretien téléphonique, il avait demandé son nom. Là encore, elle avait cherché à le provoquer. « Je n'arrive plus à le prononcer. Pour l'instant, contentez-vous du prénom. Marthe. »

Et elle avait raccroché.

« Je ne sais pas pourquoi je reste, dit-elle, en allumant une cigarette. Je déteste votre ameublement. Dans la salle à manger où votre bonne m'a introduite tous les meubles ont les tripes à l'air. Pourquoi ce déballage ? Pourquoi vos services à café sont-ils alignés sur les tables comme pour une exposition ? Pourquoi a-t-on l'impression que vous voulez qu'on vous connaisse au premier coup d'œil ? Pourquoi affichez-vous les portraits de votre mère, votre grand-mère et votre arrière-grand-tante ? Pourquoi êtes-vous si impudique ? C'est presque ostentatoire ! »

Jean-Pierre Lovin, amusé, ne peut s'empêcher de rire. Un son court, si bref qu'il ressemble à un aboiement. Marthe se détend un peu. Cet homme massif, assis devant elle à contre-jour, et qui prend des notes sur des feuilles volantes, la rassure. Il n'a pas dit deux phrases depuis le début de l'entretien, mais déjà elle sait, avec l'intuition des femmes qui vivent la nuit, qu'il doit être légèrement bègue ou d'une grande timidité. Son cabinet ressemble à la salle à manger, avec son petit désordre, un bureau chargé de livres, des photos punaisées sur les murs, une tenture rouge et poussiéreuse qui masque à demi une bibliothèque en formica, une cheminée où des cendres encore tièdes forment un monticule moelleux que le moindre souffle agite. Il n'y a pas de divan, mais deux confortables fauteuils en cuir se font face. Sur un guéridon, une cafetière à piston et une tasse encore pleine.

« C'est un système ingénieux, dit-elle en désignant du doigt la cafetière. Poudre de café, eau chaude, pression. Les particules en suspension descendent, se tassent les unes contre les autres, et colorent l'eau. Comme le travail de la mémoire avec les mille détails qui font la vie. A condition de trouver le piston, le détonateur ou le catalyseur. »

Détonateur !... Elle répète ce mot plusieurs fois, sourdement d'abord, puis de plus en plus fort, mais sa voix se brise avant d'atteindre le cri.

Détonateur... Elle appelle des images, les deux mains crispées sur son genou. Elle est venue ici, parler de son mal, comme on vient consulter une voyante, en espérant un conseil, un appui, une formule magique pour conjurer l'avenir. Mais cet homme se tait, et rien dans son visage ne trahit ses pensées. Il se tait et attend qu'elle veuille bien vomir, qu'elle laisse sortir sa vie hors d'elle. Que pourrait-elle lui dire ? Elle n'est pas venue pour raconter les choses en ordre ! Et si un ordre existait, il serait purement sentimental. L'ordre du cœur, qui entend parler du dernier choc. L'ordre du cœur qui aimerait bien qu'on le panse là où il saigne encore. Ensuite, très gentiment, on remonterait vers les anciennes blessures, celles dont les cicatrices ont presque disparu et qui ont juste laissé, sur la peau, un filet plus blanchâtre, à peine perceptible à l'œil nu.

Elle voudrait lui avouer qu'elle tremble pour quelque chose de plus grave. Sa maladie, c'est le silence. Avant, quand Samuel était là, elle savait le séduire avec des histoires. Dans ses bras, elle inventait des personnages gais, tendres ou pleurnicheurs. Quand il est parti, le murmure en elle ne s'est pas tari tout de suite. Il a continué quelques jours avec des ruptures qu'elle a appelées des « pannes ». Elle restait là, les yeux ouverts, à fixer le mur en face, recroquevillée, sans rien entendre, sans rien voir, sans même l'envie d'une cigarette. Le pantin gisait, disloqué. L'animateur avait cessé de tirer sur les ficelles. Quand elle émergeait de cette léthargie, il y avait une houle devant ses yeux, un bleu dur, métallique, qui lui donnait envie de sangloter. Elle s'entendait pleurer. Longtemps, longtemps après, elle réalisait qu'elle pleurait. Sur les mains, l'eau des larmes et la morve. Dans la poitrine, ça brûlait atrocement. « Tu es en panne, ma vieille », se répétait-elle, comme un refrain.

Au cours de ces derniers mois, elle a égaré de jolis mots. En cherchant bien, peut-être, dans un diction-naire, elle pourra les reconnaître, s'exclamer : celui-ci, je le possédais, c'était le plus beau de ma collection... et celui-là était si délicat... un papillon... Il suffisait de le chuchoter en gonflant les lèvres, et l'effet était immédiat. Mais à quoi bon ? Puisqu'elle a perdu leur signification ? Les mots ne résonnent plus, ne chantent plus, s'attach-ent les uns aux autres pour former des phrases qui ressemblent à des cadavres. L'odeur de la mort a tout envahi. Elle a meurtri la chair des livres. Plus rien n'a d'importance. Les idées, les histoires, les contes, les légendes. Le savoir.

Autrefois, quand elle avait encore six ans, dix ans, l'inconnu régnait sur son monde. Tout attestait le mystère de la vie et le miracle de la création. Dans un bouton de rose qui s'ouvrait, une flaque de lumière sur le sol, un concerto, une mouette qui prenait son envol, elle aimait deviner un présage. Elle se disait « fais vite un vœu ». Il arrivait qu'elle fût exaucée. Pas souvent. Mais à intervalles réguliers. Pour des caprices qui, à peine énoncés avaient été oubliés et pour des souhaits profonds, qui exigeaient un engagement. D'autres n'avaient jamais trouvé de réalisation. Mais, enfant, elle s'était contentée de cette cadence légèrement arbitraire. Et cela avait suffi pour faire germer en elle la graine du religieux.

« Vous ne trouvez pas que la vie est comme un manteau taillé pour un géant que l'on a posé par erreur sur les épaules d'un nain ? dit-elle à Jean-Pierre Lovin. C'est trop grand pour nous, ça pèse lourd... Ce n'est pas de notre faute si nous imitons la grenouille de la fable ! On tente l'impossible pour remplir le vêtement, prouver que nous en sommes dignes... A force d'échouer, on finit par plier. C'est peut-être pour cela qu'on devient vieux, grincheux, quinteux ? »

Elle espère de l'homme un signe de connivence, un geste de la main. Mais il reste impassible et il finit par la lasser, ce Jean-Pierre Lovin qui ne la soutient pas.

Elle se tait, se laisse aller contre le dossier du fauteuil. Elle ne pourra pas lui avouer... Elle ne crachera pas ce mot sur lequel elle bute, ce mot qui la réveille en pleine nuit, qui la fait bondir entre les draps. Il faudrait remonter si loin pour qu'il comprenne. Elle associe à ce mot l'image d'une viande qui baigne dans un liquide rosâtre fait d'eau et de sang. D'ailleurs elle n'er·end plus ce mot, elle le voit. A force de l'avoir ressassé, le ton avec lequel Samuel l'a prononcé s'est affaibli. L'a-t-il dit avec mélancolie, cynisme, douceur, impertinence ? L'a-t-il murmuré ou crié ? Elle se souvient seulement qu'il lui a pris le poignet, qu'il a serré fort en articulant « décongelée ». Et son œil pétillait de malice. Elle regarde Jean-Pierre Lovin et reconstruit cette phrase qui l'obsède parce qu'elle est juste, même si c'est un coup bas. « Je t'ai décongelée. » Non. « Je t'ai décongelée, Marthe. » Non plus. « Je t'ai " presque " décongelée, Marthe. » Ce « presque » l'a vaincue.

D'un seul battement de paupières, elle peut revivre la scène ou la perdre. Quelquefois, lorsqu'elle accepte d'en réduire la violence, de mettre un baume sur la plaie, elle retrouve la fin du propos : « Tu es prête pour un autre homme, Marthe. » Mais cet ajout est une aumône. Samuel avait dû comprendre qu'il avait été déloyal. Qu'il était déjà maudit pour avoir osé gratter la croûte. « Je t'ai presque décongelée, Marthe. » Qu'elle sourie, médite ou parle, où qu'elle aille, jusque dans le sommeil, elle ne se sent plus en sécurité. Elle n'a plus confiance. Puisque l'homme qu'elle a aimé, l'homme qui l'a tenue entre ses bras, a fini par la salir. « Décongelée. » Le mot la traverse, l'éclabousse, le mot la déchire et elle se penche, appuie sa main sur son ventre pour calmer cette douleur. Samuel connaissait la portée de l'insulte. Lui seul avait le pouvoir de l'encorner mortellement. « Décongelée. » Une pyramide qui tient sur la pointe, une toupie qui tourne follement quand les doigts la lâchent.

Ils se sont quittés devant la station La Motte-Picquet-Grenelle un samedi à quatre heures de l'après-midi. Samuel a brusquement arrêté la voiture à l'angle de l'avenue, devant une horloge qui, semblait-il, ne fonctionnait plus et qui, lorsque Marthe a enfin consenti à ouvrir la portière et à descendre sous la pluie, indiquait la même heure, de sorte qu'elle ne sut jamais combien de temps ils sont restés échoués à tenter de se séparer. Il avait laissé le moteur tourner, les doigts crispés sur le volant, rêvant de partir vite, de se débarrasser d'elle et de ses plaintes. Elle pleurait. Elle luttait, harassée, écoutant ce bruit confus que faisaient ses lèvres, ces mots incohérents qu'elle prononçait et elle lui donnait raison d'en préférer une autre, ne l'avait-elle pas prévenu au début de leur liaison qu'il jouait de malchance, qu'il y avait en elle quelque chose de pourri ? Elle lui avait dit son mal. Elle lui avait expliqué qu'elle ne pouvait pas jouir. « Tu es folle ! Tu es faite pour l'amour ! » répliquait-il en riant. Elle savait qu'il partirait. En mesurant le désastre, un jour, il prendrait ses distances. Mais lorsque sa crainte s'était confirmée, blême, cotonneuse, elle avait dit non. Elle était toute moite, des cheveux aux orteils. Le combat était inutile. Les dés étaient pipés. On ne tue que ce qui a cherché à être tué. On n'égorge que celui qui vous a tendu et son cou et le couteau. Alors dans un dernier espoir, elle avait cru qu'en s'humiliant devant lui qui refusait de tourner les yeux, qui se protégeait d'elle en se rendant sourd et muet, elle fléchirait sa décision.

Du revers de la main, elle s'essuyait nerveusement le nez ou les yeux. Elle ôtait son fond de teint, ruinait son visage en barbouillant de larmes ses joues, sa bouche et son front. Elle pleurait, elle transpirait, et le ciel était gris. Une pluie fine tombait à l'oblique et les gouttes rondes tambourinaient sur la tôle de la voiture, s'écrasaient sur les vitres, s'étalaient, se rejoignaient et dégoulinaient en zigzaguant. De cet après-midi humide et glacé, elle n'avait retenu, ne repêchait au fond de sa mémoire que le mouvement continu et monotone des essuie-glaces qui se couchaient et se redressaient sur le pare-brise pour chasser l'eau sale en traçant un sillon net et courbe, dans le criaillement du caoutchouc qui raclait le verre. Ce son lugubre, insupportable, lui déchirait les oreilles et le cœur. Et cette oscillation qui obéissait à son propre rythme, qui ne s'interrompait pas, était le métronome de son chagrin. Couchées, les lames appelaient sa résignation. Redressées, elles lui commandaient de résister. Et Marthe s'empêtrait dans des « Je m'en vais », aussitôt suivis par des « Je ne te quitterai pas » que Samuel écoutait dans une indifférence totale. Au-delà de la vitre rayée par la pluie, elle apercevait un coin de rue glauque, nébuleuse, que traversaient par intermittence des silhouettes noires, sans visage et une bâtisse qui se dressait comme un fortin. Elle, elle était là, le cul collé à son siège, avec une envie de pisser, perdant conscience de la durée, soucieuse seulement de rester encore près de cet homme qui fixait d'un œil inexpressif les grilles du métro, qui soupirait et dessinait d'un index léger dans la buée de la vitre des oiseaux et des palmiers. Elle devinait qu'il s'agaçait. Il lorgnait discrètement sa montre. Il n'osait pas encore hurler « Va-t'en, mais va-t'en donc » mais elle sentait que sa rancœur se ramassait pour exploser, qu'il allait lui faire mal. « Une petite chance », disait-elle, la gorge encombrée par des glaires. Entre deux hoquets elle lui confiait qu'elle voulait mourir, qu'elle voulait se coucher sous les roues maintenant qu'elle avait tout perdu. Il ébauchait un sourire sceptique. Elle parlait tout bas, soûle de tristesse, les paupières bouffies, la bouche gonflée. Elle regardait son profil avec passion ; son nez crochu, sa joue plate, ses cheveux noirs, qu'il avait brossés soigneusement avant de sortir. « Tu m'écrases comme un cafard », ne cessait-elle de répéter, humble, anxieuse, brutale parfois, sournoise, ignoble. Et elle se cramponnait à lui, elle lui palpait le bras, elle se penchait pour embrasser dévotement le bord de son manteau, elle retournait ce tissu de cachemire noir, si doux, où la doublure avait été déchirée, elle y appliquait ses lèvres, y frottait son cou, résolue à se renier jusqu'au bout, jusqu'à l'indécence. Lui, gêné, la repoussait doucement en lui retirant l'étoffe des mains. Leurs minutes étaient comptées. Elle savait qu'elle ne le reverrait plus, qu'elle devait plaider vite. Les phrases venaient pêle-mêle, décousues, inachevées. Elle disait qu'elle n'avait jamais aimé avant, que lui seul pouvait la remettre debout sur ses pieds et lui apprendre le bonheur. L'espace d'une minute, elle devina à son hésitation qu'il souffrait de la voir se tordre, qu'il avait envie de tendre la main pour la réconforter. Qu'il la batte ! Qu'il la maltraite ! Mais cette gentillesse était encore plus insupportable ! Elle changea de ton, devint agressive et sauvage. Elle jura qu'elle le poursuivrait dans toute la ville, qu'il la trouverait partout sur son chemin, qu'il ne pouvait pas la quitter ainsi. Elle menaça de régler son compte à cette fille. Les poings serrés, très pâle soudain, il murmura : « Descends, s'il te plaît... arrête... j'ai honte... nous ne pouvons plus revenir en arrière... Tu le sais bien, c'est fini. » Elle n'avait pas pu. Elle résista encore, malgré la valise qui gisait à ses pieds. Il l'avait remplie lui-même tandis qu'elle était restée sur les marches de la porte d'entrée à caresser les chats. Il avait fait l'inventaire, rassemblant les photos, les livres, les bibelots, les bijoux, la consultant même pour savoir si elle désirait emporter des objets qu'elle avait aimés particulièrement mais qui lui appartenaient, allant et venant de la chambre au salon pour vérifier s'il n'avait rien oublié qui fût à elle et lui donner un prétexte de revenir un jour.

Lorsqu'elle avait entendu le claquement sec des deux fermoirs, elle avait hurlé. Elle s'était levée prise de panique en criant qu'elle ne bougerait pas, qu'il ne pourrait pas l'obliger à partir, et elle était rentrée s'étendre de tout son long sur la moquette, les bras en croix. Mais déjà, elle disait adieu à cette maison, aux plantes, aux statuettes khmères. Sans s'émouvoir, il était allé chercher un coussin, le lui avait glissé sous la nuque, et avec fermeté il avait dit contre son oreille : « Excuse-moi, j'ai un rendez-vous, je ne pourrai pas rester. Mais je ne vois aucun inconvénient à te laisser ici. Tu rangeras les clefs à l'endroit habituel. » Elle s'était redressée, chuchotant : « Alors, c'est vrai, c'est fini vraiment ? Tu me chasses ? » Pour toute réponse, il avait soulevé la valise, et elle l'avait suivi jusque dans la voiture, rigide, lançant ses pieds en avant, comme un soldat.

Elle n'avait pas pu descendre avant qu'il lui prenne le poignet, avant qu'il ne la traite avec cette méchanceté surprenante, avant qu'elle ne lui arrache la raison de cette rupture. « Je t'ai " presque " décongelée, Marthe... Pas assez pourtant... Je ne t'aime plus, Marthe... J'ai tant lutté contre toi pour te pénétrer que je n'ai plus d'amour... »

Le jour d'hiver qui décline est de plus en plus oppressant. Marthe aimerait bien que Jean-Pierre Lovin fasse de la lumière, qu'il mette un peu d'intimité dans leur rencontre. Elle devine que le temps imparti est en train de s'achever, qu'elle n'a plus que quelques minutes pour se rassembler, pour trouver une bonne question.

Après un instant de silence, elle murmure :

« Dites, d'habitude, en une heure, on vous confie quoi ? Comment font les autres ? Ils prennent un souvenir et le torturent pour en dégorger le suc ? Ou se laissent-ils porter par les associations d'idées ? »

Jean-Pierre Lovin ferme son stylo, range les feuilles dans un dossier en maroquin vert. Il se lève. « C'est à vous de trouver... » dit-il en rangeant dans un tiroir le chèque qu'elle lui tend. Elle s'aperçoit alors qu'il est grand, qu'il a le cheveu gris et clairsemé. Il porte un collier de barbe du même gris que le cheveu. Et son œil gris, mouillé, a une expression un peu désabusée. Il la pousse lentement vers le couloir, en lui donnant rendez-vous pour la semaine prochaine, à la même heure. Il lui dit qu'elle doit téléphoner si elle a un empêchement. Il lui dit encore que sa séance, même si elle ne vient pas, lui sera comptée. Et il la pousse dans le dos, gentiment. Des portes fermées bordent le couloir. C'est un appartement immense. A gauche, cette salle à manger où elle est entrée, décorée par des portraits vieillots et des marines banales au-dessus de meubles campagnards noirs qui sentent la cire.

Dans ce couloir qui tourne, qui craque sous ses pas, elle marche et hoche la tête pour signifier qu'elle accepte les clauses du contrat. Elle baisse les yeux, elle remarque que, sous ses pieds, c'est nu, qu'il n'y a pas de moquette, mais du plancher bien ciré, des lattes blondes et neuves, d'autres noires et vermoulues. Elle est déjà dehors. La porte se referme sur elle. Elle descend les deux étages, en somnambule.

Dans la rue, Marthe frissonne. Elle est frappée par la lumière, par l'espace, par la bicyclette rouge qui s'appuie avec légèreté contre un poteau. Elle trébuche, bâille, s'étire comme si elle venait d'émerger d'un boyau où elle aurait vécu repliée. « La vie est comme un manteau taillé pour un géant posé sur les épaules d'un nain… » Et si elle s'était trompée ? Si au contraire la vie n'était qu'un carré de tissu trop mince et court, qui vous laisse transi de froid ? Ce Jean-Pierre Lovin la déconcerte. Lui aussi semble ne pas connaître la paix. Jusqu'où parler ? Jusqu'à la mort du père ? Mais ce mort-là lui appartient. Les vivants, proches ou lointains, peuvent être évoqués.

Le père, lui, ne peut plus se défendre. A sa mort, elle a écumé les cabinets des cartomanciennes. Elle voulait qu'on la rassure sur son destin, qu'on lui prédise le bonheur. Elle remettait sa vie entre ces mains qui retournaient les cartes en les cornant. Aujourd'hui, elle entre en analyse, chez un inconnu, pour échapper à la peur du suicide.

2.

Jean-Pierre Lovin verrouille soigneusement la porte de son appartement, revient à son bureau, froisse du papier journal dans la cheminée, dispose de gros morceaux de charbon, du petit bois et quelques bûches. Il gratte une allumette et enflamme le papier. Quelques minutes plus tard, le feu s'élève et brille d'un éclat si vif que l'ombre se replie et s'agite à la surface des murs en taches mouvantes. Dans le foyer, au milieu de cette lumière somptueuse, la matière se fend, s'écroule et se calcine. Dans toute beauté, pense-t-il, il faut aller chercher la destruction qui déjà la ronge. Le lieu secret de l'affection qui paradoxalement signifie maladie et amour, comme si le plaisir ne pouvait s'entendre qu'accompagné de la douleur... Chaque joie éblouissante, chaque passion, dès lors qu'elles s'évanouissent, laissent inexorablement ce qu'elles ont d'irréductible, leurs dépouilles. Mais cette cendre de ce qui fut, est le fruit pathétique de ce qui, hier, nous a fait monter les larmes aux yeux d'émotion, même si les larmes que l'on verse aujourd'hui sont celles du désespoir. Il suffirait de croire, pour s'apaiser, que jusque dans les traces d'un sinistre, il nous reste quelque chose que la vie ne peut plus nous prendre puisqu'elle nous l'a déjà ravi...

« Faux, se dit Jean-Pierre. Rappelle-toi Hélène! Regarde ta vie. N'avance pas des conclusions... » Il soupire, attire à lui un cahier neuf, un cahier à l'ancienne, avec sa couverture cartonnée, son papier jaune, sa marge rouge bien tracée sur la gauche, ses petits carreaux. Sur la couverture, il colle une étiquette, et, d'une écriture appliquée, un peu penchée, il calligraphie un M majuscule, et le nom de Marthe se forme, à l'encre noire. Il est à peine cinq heures. Il pense à cette fille étrange et belle qui brûle comme une torche, qui met ses mots sur les plaies encore vives. Elle a su lui dire d'emblée « votre nom est amputé ». Quel instinct lui a fait sentir la charogne? Il n'aime pas son métier. Il n'aime pas les histoires qu'on lui raconte qui font l'éloge de la réussite. Il n'aime que les fêlures que rien ne peut combler. Tout l'homme est là, dans les débris de sa parole, dans ses contradictions. Ces craquelures infimes instruisent et rappellent les combats qu'il a fallu mener, les tensions et les séquelles laissées par les échecs. Qu'un mur se fendille et l'on comprend les assauts qu'il a supportés et contre lesquels il s'est défendu. Ces marques indélébiles qui se gravent sur le corps sont celles de la vie. Il n'aime que les gens qui acceptent leurs manques, qui savent mettre un rêve de plus devant leurs pas, pour avancer plus loin, vers des buts incertains et troubles.

Une chambre de ce vaste appartement a été réservée à la construction de puzzles. Certains demandent plus de six mois d'efforts patients et acharnés pour recréer, élément par élément, un tableau de maître, un paysage, une carte géographique. Jean-Pierre s'y réfugie les week-ends ou certaines soirées d'hiver. A genoux sur le sol, il accole avec un soin jaloux les morceaux, dont les bords sinueux et asymétriques doivent s'emboîter parfaitement les uns aux autres. Dans cette pièce aux murs ripolinés de blanc, qui a été vidée de ses meubles et de ses objets, où ne figurent que les fresques des puzzles, il se « reconstitue ». Il y oublie ses déceptions affectives, l'échec de son mariage, ses craintes pour Nadette, sa fille. Et, pour exercer sa mémoire, il cache le dessin et tente à tâtons, sans l'appui de l'image, de recomposer le modèle initial. Que faire de cet élément qui se retrouve entre les doigts, trop minuscule pour trahir sa place dans la trame et qui cependant se révélera indispensable quand il sera enfin apparié à un autre ? Que vaut-il seul ? Mais, lui perdu, que deviendrait l'ensemble ?

En jouant dans le silence de cette pièce nue, où tout résonne, il a appris l'importance des détails. Il s'acharne à trouver leur place, à réfléchir où il peut les insérer. Parfois, après des semaines d'attente, la venue d'un seul bouleverse un jeu morose. Tout devient limpide et s'ordonne. Lovin attrape ceux qu'il a mis de côté, qui sont restés énigmatiques, et il les assemble, le cœur battant. Des pans entiers ont été complétés dans une grande excitation. Lorsque l'œuvre est achevée, Lovin s'en détourne et affronte d'autres problèmes. On ne possède vraiment, se plaît-il à dire, que ce que l'on a recréé...

Le bureau est sombre, éclairé seulement par les flammes de la cheminée. Les enfants ne rentreront pas avant le soir. Il a le temps de réfléchir aux paroles de cette femme. Blottie dans sa souffrance, Marthe. Mais en un sens, sa vie vient à peine de commencer. A trente ans, il reste encore assez de terrain devant soi pour enterrer ce qui hante et envisager d'autres possibles. Cette rupture, avec tout le chaos qui l'accompagne, lui apportera peut-être le désir de muer. A moins qu'elle ne se complaise dans un rôle de victime, de martyre. Il allume sa pipe. Ce Samuel ? Quel âge ? Quelle profession ? S'il avait cédé devant ses larmes, que serait-elle devenue dans dix ans ? Et lui ? Dans quelle rancune furieuse auraient-ils pénétré, retranchés l'un et l'autre dans leurs reproches et dans leur haine ? Il a besoin de repères pour comprendre. Il sait déjà que Marthe lui parlera de tout ce qui a précédé sa rencontre avec ce garçon, et de tout ce qui a suivi la rupture. Mais elle ne saura pas décrire avec précision la densité de l'air, la luminosité du ciel, l'odeur de la rue et celles de leurs corps qui, ce jour-là, les ont poussés l'un vers l'autre, comme deux aimants, pour être amants. Chaque omission, chaque distraction, chaque absence de détail s'interprètent comme une rature quand les lèvres ne veulent pas encore les arracher au silence. Mais cette parole infirme désigne et cerne, pour celui qui l'écoute, le lieu du malaise.

« Tu travailles ? Je te dérange ? demande Hélène en poussant la porte.

— Oui, dit-il, sans détacher son regard des flammes.

— Le salon est vide. Il ne viendra plus personne ! J'ai à te parler. »

Sans attendre son invitation, elle pénètre dans la pièce et s'immobilise à quelques pas de lui, cambrée, une main en appui sur le dossier d'une chaise, l'autre triturant le lobe de son oreille pour faire rouler l'anneau où s'accroche un triangle d'argent épais et lourd.

« Est-ce si important ?

— Tu dînes ici ce soir ?

— Je ne sais pas encore... Je n'ai rien décidé... Peut-être. »

Les yeux brillants de colère, elle contrefait sa voix : « Je ne sais pas encore... peut-être », en se dirigeant vers le commutateur. Ebloui par la lumière, il grimace et cligne les paupières.

Encore une scène. Il la regarde avec lassitude. Vêtue d'une robe verte à ramages gris dont les plis sur le corsage et sur la taille accusent davantage l'empâtement de la silhouette, chaussée de bottines beiges, Hélène a perdu ce rayonnement qui vingt ans plus tôt faisait se retourner les hommes sur son passage, ce charme qui magnétisait et faisait peur tout à la fois, sans que l'on sût si c'étaient ses yeux, sa bouche, son visage ou son corps tout entier qui suscitaient l'envie de la posséder. Il arrivait que durant toute une soirée, les regards convergent vers elle seule, malgré la présence d'autres femmes qu'elle éclipsait. Hélène était intimidante. Elle n'était pas belle, sans doute pas très intelligente, mais elle s'imposait jusque dans sa manière de se tenir assise, la jupe bien tirée sur ses genoux, une main sous la joue, l'autre sagement posée sur le bord de la chaise. Et sa gravité, le jeu de ses doigts qui froissaient et défroissaient sa serviette, sa délicatesse à porter une croûte de pain entre ses dents, pour la happer du bout de la langue et la croquer en arrière, en étirant les lèvres dans un demi-sourire qui n'en était pas un, renforçaient son mystère. Son silence devenait redoutable. Elle semblait attentive et pourtant elle refusait de donner son avis ou de s'engager dans un débat. Cette attitude inspirait du respect. Jean-Pierre Lovin avait été long à comprendre que ce mutisme était un bouclier derrière lequel Hélène dissimulait ses ignorances. L'éducation bourgeoise qu'elle avait reçue lui avait proposé des clefs dont elle usait habilement quand venait le danger. D'un mot, elle faisait taire l'audacieux qui se risquait à lui faire reproche de son mutisme : « Je ne suis pas très expansive », s'excusait-elle avec un sourire hypocrite, en insistant sur le « très », montrant ainsi qu'elle pouvait et savait l'être.

Auprès d'elle, il avait été heureux. Ou plutôt l'idée qu'il se faisait du bonheur avait ressemblé à ce moule douillet qu'elle avait coulé autour d'eux et de quelques amis. Un temps étale s'y dévidait jour après jour, d'une manière identique. Il ne s'en était pas plaint, au début, puisqu'il pouvait étudier, travailler, réfléchir. La vie s'organisait d'elle-même, sans à-coups, les voyages se préparaient à l'avance, tranquillement, à l'aide de guides qu'ils cochaient, prévoyant leurs plus petites étapes dans les musées, réservant à l'avance les hôtels ou les auberges. Le dimanche, tandis qu'elle disposait l'argenterie et la vaisselle de porcelaine sur la table, il descendait rue Daguerre, acheter des fleurs et des gâteaux. Ils déjeunaient, emmenaient les enfants au Luxembourg ou au Jardin des Plantes, rentraient à six heures et ressortaient voir un film au cinéma. Ils étaient à peine plus tristes que d'autres couples, se frôlant avec distraction, ardents et sensuels parfois, mais de loin en loin, usés par un quotidien tracé au cordeau.

Et il croyait perdre la raison, quand certaines nuits, il se levait nu, se dirigeait dans l'obscurité vers la cuisine, ouvrait les placards où les verres de cristal étaient rangés par ordre décroissant, le pied en l'air, avec l'envie de briser l'un d'eux dans son poing, de sentir éclater les parois sous la pression de ses doigts comme pour faire exploser cette bulle invisible où il se sentait fermenter tel un fromage. Il s'appuyait contre le mur et roulait sa tête de droite à gauche. Il étouffait. Il ne tenait plus debout, du noir devant les yeux, la bouche grande ouverte pour respirer goulûment. Le sol basculait, montait presque à la verticale. Et il continuait à presser le verre jusqu'au moment où le pied se rompait, où la coupe en se fracassant sur le sol, le ramenait, honteux, à la réalité.

En rencontrant Monique, il avait compris qu'Hélène l'avait détenu dans un ennui léger, indolore et inodore, qu'il avait appelé très longtemps paix et qui lui était devenu d'une fadeur insupportable. Il s'était réveillé. Il avait comparé les quatorze années de leur mariage à une anémie lente et pernicieuse qui les avait creusés elle et lui, du dedans.

« Nous sommes le 10 octobre, Jean-Pierre. Bien entendu, tu as oublié.

— Le 10 octobre ?

— Mon anniversaire ! J'espérais des fleurs... une bouteille de champagne... un cadeau... enfin, quelque chose pour le chien !

— Nous étions convenus... Hélène... Ces anniversaires ne sont pour moi que des vitrines... Dès l'instant où plus rien n'existe...

— Je regrette, pour moi, tout existe ! Nous fêterons " mon " anniversaire ! Ce soir, je " souhaiterais " te garder à la maison. Ta petite Monique, tu la rencontreras demain soir. »

Elle le toise. Il ne répond rien et soutient son regard avec amertume. Elle a dû boire pour oser rompre le pacte de silence qu'ils ont conclu. Ses attraits se sont dissipés et de plus, elle parle, elle s'agite, elle revendique, elle ordonne... Mais cette impression vient peut-être du fait qu'il n'a rien à lui faire partager. Son esprit saute d'un souvenir à l'autre, d'une pensée à l'autre. Elle aussi ne l'aime pas, ne l'aime plus, mais elle l'ignore encore, tout occupée à calfater les brèches, à maintenir droit le gouvernail. C'est pour sauvegarder les apparences qu'elle se bat. Un divorce ? Mieux vaut préserver leur mariage, si décevant soit-il. Ne jamais oublier la célébration d'un anniversaire, se rendre à toutes les invitations lancées par les cousins et les oncles. Tout va bien. Le mari, les enfants. Une boule monte, lui obstrue la gorge tandis qu'il cherche péniblement les quelques mots chaleureux qui l'apaiseraient.

« Oui, c'est cela… tais-toi », murmure-t-elle, dressée devant lui.

Dans quelques années, le corps d'Hélène aura perdu sa plénitude. Déjà, les traits de son visage se sont affaissés et les joues sont plus flasques, plus bouffies, de sorte que le cou a presque raccourci. La peau s'est colorée sur les pommettes de petites rougeurs embarrassantes qu'un nuage de poudre dissimule mal.

Il arrête son regard sur la bouche. Il pense soudain qu'elle a toujours eu des lèvres sans dessin, larges et molles, qu'il a cessé de les embrasser le jour où il les a trouvées trop tièdes et trop mouillées, le jour où il a goûté à celles de Monique, le jour où derrière les lèvres il a trouvé des dents, plates et blanches, qui se fermaient pour lui effleurer la langue, le jour où il a eu peur de mourir.

Quatorze années durant, ils s'étaient frottés l'un contre l'autre. Quand il l'avait épousée, elle avait vingt ans. Il était fou de joie. Mais son roman sentimental en cachait un autre qu'il avait mis des années à déceler. A travers Hélène, il traquait un rêve impossible, un pays où, croyait-il, il s'intégrerait grâce à ce milieu où elle l'introduisait. Les décorations de son beau-père, colonel et résistant, l'arbre généalogique de cette famille qui remontait au XVIIe siècle, l'hypnotisaient. Qu'ils fussent, elle et lui, si mal assortis ne l'avait pas gêné dans les premières années. Il l'aurait plutôt remerciée d'avoir accepté de l'épouser, lui, l'intrus qui n'était rien, sans racines et désargenté. Hélène représentait la France. Par cette alliance, il s'appropriait, d'un même coup, une terre et une position sociale. Pourtant, c'est en vivant avec Hélène qu'il s'était senti dépaysé, encore plus métèque. Il lui savait seulement gré de n'avoir jamais fait une allusion, même dans les moments de grande colère, à ses origines. Et chacune de ses contorsions pour s'adapter au moule, l'en avait au contraire insensiblement sorti. Il était, il restait un déclassé. Elle, elle était parfaite. Mais lisse. De l'extérieur, aucune démarcation ne signalait l'intérieur. Ses manières, ses mouvements étaient d'une élégance extrême quand lui n'aurait souhaité qu'effusion, rires, exubérance. Ils avaient continué à vivre. Elle en silence, taciturne et pudique. Lui tourmenté par des visions d'alcôves baignées de pénombres douces où des filles nues évoluaient en chuchotant ; et tandis qu'il caressait les seins d'Hélène, il imaginait qu'il caressait une autre femme, malicieuse et indocile, une putain entrevue dans la rue le matin, une menteuse qui l'aurait fait souffrir, douter, pleurer à ses genoux, une encore qui l'aurait surpris par ses fantasmes, qui lui aurait demandé de l'aimer devant témoin, dans un wagon de train, sur la pierre tombale d'un légionnaire tombé au champ d'honneur, une femme qui aurait accepté de porter des dessous en dentelles noires ou rouges sans qu'il eût besoin de la supplier. Et il s'effrayait de ces pensées, se surprenait à désirer follement des passantes, à suivre des jeunes filles dans les rues les plus pauvres de Paris, pour le plaisir d'admirer, sous le flottement du manteau, le mouvement des reins et des cuisses, le galbe du mollet nu et la finesse des chevilles. Plus elles allaient vite, sûres d'elles et de leurs corps, plus il s'excitait. La course menait rarement loin, au bout d'une avenue ou au sortir d'un parc. Les jours d'été, la filature était plus longue, plus tendue aussi. Les femmes musardaient, marchant en zigzag le long des rues, séduites par des riens, une fleur, un enfant, une affiche devant lesquels elles s'attardaient et riaient heureuses, avant de repartir, pour s'arrêter encore. Lovin à bonne distance, épiait leurs évolutions, ne se souciant au fond que de ces jupes qui dévoilaient, par transparence, le contour des jambes. Sa prudence était totale, car il craignait qu'on ne remarque son manège, ou qu'un reflet ne le dénonce en flânant devant les vitrines. Et s'il se rapprochait d'assez près pour sentir la ligne du parfum ou l'odeur de la peau, s'il se risquait à doubler celles dont il voulait connaître les traits du visage, si parfois même il s'aventurait à frôler un bras au passage, il n'avait jamais pu en accoster une seule.

Quand la fille rejoignait quelqu'un ou entrait sous un porche, il s'arrêtait dans un café et attendait que son cœur se taise pour retrouver sa vie et sa femme.

Jusqu'au jour où il avait menacé de la quitter, il n'avait jamais soupçonné chez Hélène autre chose que froideur et détachement. Dans sa terreur de se retrouver seule, affolée soudain, elle avait fait sauter toutes ses serrures, ses verrous, ses cadenas, ses tabous de petite bourgeoise tranquille et elle avait montré sa force. Elle savait qu'il ne partirait pas sans son accord, qu'il ne supportait pas d'être responsable d'une souffrance. Elle avait exploité ce sentiment de culpabilité écrasant que Lovin portait depuis l'enfance, en se détruisant devant lui, jour après jour.

Et elle avait découvert le pouvoir du vin. Ivre, elle devenait impuissante à se mouvoir ; et c'était lui qui la déshabillait, qui l'allongeait sur le lit, attendant qu'elle s'endorme pour quitter la pièce où elle le rappelait, geignant et pleurant chaque fois qu'il tentait de s'esquiver. Mais ivre, elle osait surtout se dénuder devant lui en exigeant d'une voix âpre qu'il lui fasse l'amour. Ce qu'elle n'avait pas concédé hier, sa parole et son fumet, sa violence et son audace, elle était allée les prendre dans l'alcool pour les lui jeter au visage, puisant son courage dans ces verres qu'il avait voulu briser comme s'il avait pressenti qu'un jour ils deviendraient les instruments de sa plus grande lâcheté. Elle buvait et se débridait, s'agitant et piaillant de douleur devant lui, criant : « Regarde, c'est ainsi que tu me veux, à tes pieds, regarde, mais tu ne partiras pas. » Elle buvait et s'accoutumait à la boisson, elle qui, avant, ne pouvait boire plus d'un ballon de rouge sans somnoler et se plaindre d'avoir fait des « excès ». Ployé, elle l'avait ployé, et il ne se le pardonnait pas. Il lui en voulait de ne pas lui avoir accordé sa chance, cette toute petite chance de vivre quelque chose d'exceptionnel avec une femme qui lui apprenait l'imprévu, le danger, la peur, le plaisir et le changement. Il lui en voulait de lui avoir noué ce fil à la patte, au nom des enfants, pour Nadette et Éric qu'elle menaçait de tuer de ses propres mains, disait-elle en écartant les doigts, en les crispant comme des serres, et d'avoir continué à taquiner la bouteille en cachette, un verre après l'autre, pour oublier ses déboires, sa timidité et son puritanisme. Il était resté, par pitié, par remords, dépassé par cette douleur, par cette volonté de se détruire et de détruire, par ce grand corps de femme qui sombrait devant lui avec une indécence qui, tout en l'apeurant le flattait. Le vin, dès le début, ne fut qu'un palliatif. De fait, il ne devint jamais un plaisir, une boisson que l'on savoure parce qu'elle plaît au palais ou aux sens. Hélène le prenait comme un médicament, pour fuir ses impossibilités et ses faiblesses. Elle avait compris le parti qu'elle pouvait en tirer, quand devenant brusquement méchante, camouflant sa perfidie par un balbutiement étudié ou un ricanement bête, gras, elle décochait des flèches dont elle prétendait ensuite ne pas se souvenir. Elle n'était jamais vraiment soûle, mais à son rire, à sa manière d'écarquiller les yeux, on devinait qu'elle ne vous écoutait plus, qu'elle dérivait dans un autre monde où rien ne pouvait plus l'atteindre.

A quarante ans, elle avait appris à être provocante. Assise sur le lit, les jambes pendantes, les cuisses écartées, les ongles vernis de rouge, son corps était comme une fleur vénéneuse, gonflé, épanoui, les seins hauts et chauds, le ventre rond, tendre, mordoré, mais le visage pâlichon, d'une couleur cendreuse lorsqu'elle se démaquillait. Et c'était ce contraste entre ses yeux vieillis et cette exigence neuve, cette guerre permanente entre le corps et l'esprit, cette petite mort, cette déchéance nécessaire pour raviver le désir qui effrayait Lovin et l'éloignait davantage tout en le retenant, tant il craignait en l'abandonnant de devenir un assassin.

« Très bien, puisque tu le veux, puisque tu y tiens, ce soir nous ferons la fête, ironise-t-il.

— Tu me hais !

— Non ! Mais tes conflits me dépriment... Si encore tu faisais preuve d'humour... Tu apparais devant moi comme s'il fallait gagner une bataille...

— Mais je me bats, c'est vrai ! Tu ne t'occupes pas de nous ! Tu me laisses tout sur les bras !

— Je fais ce que je peux, Hélène ! »

Elle se penche vers le panier, saisit une bûche et la lance dans la cheminée, au cœur des flammes qui protestent par une gerbe d'étincelles.

« Je vais commander des huîtres et du saumon... énumère-t-elle avec un sourire triomphant. Autre chose, mon chéri ? Non ? J'éteins la lumière en sortant ? »

Elle lui caresse la nuque et l'abandonne accablé, malheureux, avec le sentiment d'avoir accepté un compromis de plus.

3.

C'était une étrange famille et Michelle, la mère, avait
perdu ses enfants. Un à un, frères et sœurs étaient partis
vivre ailleurs. Viviane à Strasbourg. Paule à Marseille.
Marcel avait préféré la route. Il avait acheté une roulotte
à des Gitans. Il tournait en Bretagne et donnait de ses
nouvelles à l'occasion du Nouvel An et de Pâques. Par
téléphone. Marthe, la benjamine, était en contact avec la
tante Sonia qui habitait dans une rue étroite et bourgeoise du quartier d'Alésia. La cage d'escalier embau-
mait l'encaustique, la rampe vernie s'ornait d'une boule
de cuivre et le tapis rouge, maintenu par des tringles,
était parfaitement brossé. Derrière les portes blindées, se
devinaient des demeures cossues. Chez Sonia au
contraire, on se coulait dans une faille, un lieu modelé
par le temps et les voyages, où les objets incongrus,
disparates, tels des témoins, révélaient les multiples
étapes d'une vie. Les meubles lourds et carrés venaient
d'Algérie, ainsi que les tapis aux motifs fanés, usés
jusqu'à la trame par les pas de deux générations. Les
coussins, brodés par une lointaine aïeule andalouse,
semaient sur les divans et sur les lits le désordre de leurs

couleurs et parfois de leurs plumes car la plupart étaient
éventrés. Des calebasses jaunes, marron ou noires,
étaient suspendues au plafond par de minces fils de
nylon. Des masques africains aux lèvres scellées, décoraient les murs. Mais on remarquait surtout, trônant sur
le buffet au milieu d'un fouillis d'objets en terre cuite,
une déesse de la fécondité, en bois du Zaïre. A peine
était-on entré dans le salon, qu'elle attirait le regard par
l'équilibre de ses formes, son ventre obèse et pointu, sa
croupe de jument grasse, ses mamelles menues de vierge.
Tout le poids de la vie, avec ses cycles de naissance et de
mort, ses saisons, ses prémices et ses offrandes, semblait
contenu dans cette figure de mère vaste, chaste et sereine
qui se dressait fièrement sur ses jambes. La déesse ne
souriait pas. Son étrange visage conique au modelé
exquis, irradiait la force, la gravité, le mystère. La statue
avait l'œil bridé, la pommette saillante et haute, les lèvres
charnues et cubiques. Saisis par l'impression qui émanait
de cette beauté fragile et végétale ceux qui rendaient
visite à Sonia éprouvaient la même impatience, le même
besoin de toucher et de palper. Après un instant
d'hésitation, leurs mains cédaient à l'envie, empoi-
gnaient la statuette avec la précaution que l'on met à
soulever quelque chose d'immensément lourd pour
s'étonner de ce qu'elle fût si légère.

Sonia se renfrognait alors et fuyait vers la cuisine en
proposant de faire du café. Elle ne supportait pas qu'on
manie l'objet. Il avait pour elle valeur de talisman. Elle
aurait pu soustraire sa statue à la convoitise de ses
invités, la cacher dans sa chambre pour éviter cette
vénération idolâtre mais elle était en proie à une sorte de
démon intérieur qui la faisait agir à rebours de sa
volonté. Ainsi, alors qu'elle aurait dû vendre son appartement à la mort de David, elle s'était entêtée au

contraire à y demeurer, en bouleversant les proportions et les structures, ravageant jour après jour, pendant plus de quatre ans, cette aire qu'elle avait jadis partagée avec un compagnon, pour créer un autre espace. Chaque changement qu'elle avait apporté avait été le fruit d'une compétition entre elle, ses souvenirs et ses remords. Elle avait vécu au milieu de ses gravats, de ses portes arrachées, de ses pots de peinture, voulant tout faire elle-même, sans recourir à des maçons ou à des peintres. Elle avait déplacé sa cuisine dans l'entrée et la cuisine, elle, avait été aménagée en salle de bains. Le mur qui séparait le salon de la chambre à coucher avait été abattu pour créer une pièce immense, agréable la nuit, quand les lampes aux lumières tamisées par des éventails de palmes, réduisaient les perspectives, mais insupportable le jour, tant on avait le sentiment de s'y perdre.

Ces travaux achevés, elle s'était découragée. Par flegme, par insouciance, elle avait laissé les pièces se décrépir et s'encrasser, arguant qu'elle ne pouvait se permettre le luxe de perdre ses journées à faire du ménage. Ici, rien n'était vraiment rangé, l'ordre semblait aléatoire et fantaisiste. La poussière s'accumulait sur les livres et les papiers, pénétrant dans les fibres des tissus, des semaines, des mois durant. Et encore, n'était-ce pas Sonia qui nettoyait. L'un de ses amis finissait par lui rendre ce service, excédé par les moutons qui voltigeaient le long des plinthes et sous les lits.

Marthe aimait Sonia pour avoir su rester, à cinquante ans passés, une sauvageonne. Petite et boulotte, elle portait sa grâce sur le visage. Les cheveux blancs, qui bouclaient sur les épaules, auréolaient le front haut et les joues pleines, lisses, sans une ride. Les lèvres d'un rouge presque noir, adoucissaient de leur tracé sinueux la mâchoire un peu forte. Mais les yeux vifs, surtout, savaient regarder droit. Ils portaient vers les gens l'éclat de leurs prunelles d'un marron très pâle, et l'on ne savait plus quand on les rencontrait, quel mélange savant de malice, de sagesse, d'enfance et de fureur, s'y était logé. Trois plis horizontaux barraient son front d'une tempe à l'autre. Quand elle parlait, méditait ou rêvait, ils se creusaient davantage, trahissant les tourments et les angoisses qui la hantaient. Ils disparaissaient lorsque Sonia s'absorbait dans des tâches simples ou lorsque rarement, on l'entendait rire et plaisanter.

La mort de David l'avait désorientée. Il était parti avant elle, la laissant seule, sans enfants. Il était mort, elle vivait. Et son existence stérile, pensait-elle, n'avait servi à rien. Elle s'était cherché une vocation humanitaire qui l'exalterait en l'occupant tout entière. Elle pensa l'avoir trouvée en participant à préserver une culture, un système qui possédait ses propres lois d'échanges et de communications, son symbolisme lié aux révolutions des astres, aux changements des saisons, aux conquêtes successives de la terre par l'homme. Comme toutes les autres ethnies africaines, le peuple yoruba s'affranchissait de ses rites, de ses totems et de ses traditions, quittait ses villages pour s'installer dans les villes, bafouait les règles qui depuis des temps immémoriaux régissaient les rapports entre les hommes et les femmes. Sonia, qui assistait à cet abandon, se lança dans la transcription des contes de cette société qui n'intéressaient qu'une vingtaine de spécialistes dans le monde. La tâche était gigantesque. D'autant plus absurde qu'elle devenait livresque, et donc fantomatique. Ce peuple qui avait vécu durant des millénaires dans la tradition orale et qui maintenant dédaignait son histoire, perdant l'essentiel de ses coutumes ou plutôt de leur signification pour n'en conserver que le folklore, ce peuple désormais analysé dans des ouvrages scientifiques, gisait dans ces morgues modernes que sont les musées et les maisons de la culture de l'Occident.

Marthe n'a vraiment connu Sonia que vers l'âge de vingt ans, bien après son retour du Nigeria, bien après sa séparation d'avec David, bien après la mort de ce dernier. Dans la famille on chuchotait qu'elle avait été « fatiguée » durant des années, mais Marthe ne se souvient pas de cette époque, ou plutôt, elle n'en a rien compris. Leur amitié date de plus tard, quand Marthe à son tour, après avoir subi la douleur, s'est demandé, elle aussi, pourquoi on vient au monde, pour quelle mission, pour quelles épreuves.

Un jour Sonia a raconté son histoire et elle était si étrange, si imprévisible, si incroyable même, que Marthe en l'écoutant, en y réfléchissant, a compris que la vie avait quelque chose d'injuste et de redoutable. C'était comme du venin cette histoire qui avait duré quinze ans, et qui lui revenait comme un héritage dont elle ne savait que faire.

D'ailleurs Sonia n'avait pas tout dit d'un seul bloc. Elle s'était confiée bribes par bribes, comme un livre en morceaux que l'on déniche au fond d'un tiroir, un matin de grand ménage. Des pages entières ont disparu qui, passages clefs du roman, auraient pu jeter plus de clarté sur les personnages du récit. Mais les reliefs qui subsistent ont cette puissance des choses entamées par le temps. Ce que la parole de Sonia a sculpté, pourrait ressembler à la Vénus de Milo, avec sa tête perdue et ses bras mutilés. Mille visages pourraient se greffer sur ce buste admirable, mais doter ce buste d'un visage ne serait-ce pas, justement, faire l'erreur d'un choix entre mille autres ? Ne vaut-il pas mieux laisser l'imaginaire errer vers ce qui jamais plus ne sera, vers ce qui a été un port, un sourire, une expression, et que l'absence dans ce qu'elle a de plus inouï et douloureux, nous suggère ?

Sonia avait, sans s'en douter, brodé puis défait son récit pour proposer d'autres issues à sa mémoire. Marthe se demandait quelquefois en l'écoutant si la vérité existe, et si elle existe, peut-elle s'expulser vers le dehors quand le dedans qui parle s'est vu modifié par les événements ?

Sonia avait surtout appris à Marthe que toutes les versions étaient possibles, que tous les commentaires étaient probables. Mais, poursuivait-elle, la falsification menaçait l'équilibre profond pour mener vers le vide. Une question : quelle était la différence entre la version première et la version transformée ?

La question n'obtenait pas de réponse.

Les souvenirs étaient lents à surgir, comme s'ils avaient dû surmonter une résistance formidable pour se frayer leur chemin. Le corps dodu de Sonia tressaillait, agité par les soubresauts qui parcourent les femmes en transes visitées et possédées par leurs propres démons. La gorge, grenue et blanche, prenait une couleur rouge sang, le front et les pommettes se marbraient. Et le regard, anxieux, intelligent, cette prunelle marron clair à peine protégée par des cils ras et ternes donnait la mesure de la détresse qui s'était concentrée en elle bien plus que la plainte qui débordait des lèvres. Puis la voix devenait un murmure inaudible, comme si le nœud du drame, si longtemps caché, étouffé, enfoui au plus profond de l'être, ne pouvait se divulguer que par des sons inarticulés. Alors, un rictus tordait la bouche. Quand Sonia pleurait, le ciel s'obscurcissait.

Il arrivait à Marthe de prendre peur, mesurant l'influence que cette femme exerçait sur son destin. Elle brouillait son audition quand elle croyait avoir atteint le seuil du supportable. Elle se laissait dériver vers ses images intérieures, présente seulement par le regard qui venait à son aide lorsqu'elle sentait qu'elle devait réagir.

Mais le plus souvent, Marthe écoutait et tremblait.

Lorsque Sonia l'entretenait de David, elle devenait attentive. Elle avait peu connu son oncle qui détestait les réunions de famille et qui s'installait quand il venait chez ses parents, dans un coin, près de la porte, pour s'esquiver avant les autres sans se faire remarquer. Elle découvrait soudain chez cet homme sauvage et timide, le goût de la nature et des voyages. Il avait, disait Sonia, deux passions indissociables, les serpents et la gravure. Quand le couple voyageait en Afrique, David restait des heures assis devant des arbres creux, des marigots ou accroupi sur le sable. Armé d'un bâton fourchu il attendait que les reptiles glissent hors de leurs repaires. A leur sifflement, à la couleur de leur squamule, à la longueur de leur queue, à leur manière même de ramper, il pouvait reconnaître les espèces et établir ceux qui étaient venimeux. Lorsqu'il s'agissait d'une simple couleuvre, il étendait sa main, l'attrapait et jouait à la laisser s'entortiller autour de son bras avant de la relâcher.

Le mouvement de ces serpents et la couleur du firmament africain avaient eu une influence certaine sur son œuvre. Comme ces peintres qui s'attachent à rendre les plus infimes nuances du ciel pour évoquer l'ineffable, les gravures de David reflétaient, par leur abstraction même, toutes les courbures, les ondulations ou les courants de la terre, les tourbillons et les vertiges de la vie. Il avait emprunté aux crépuscules la palette de ses tons orange, rouge, bleu et vert. Chaque spirale, chaque arabesque, chaque hachure que sa main imposait au burin sur la plaque de cuivre ou de zinc suivait avec minutie la géométrie du croquis qu'il avait conçu. Il s'inspirait de la matière et des astres, de la réverbération du soleil sur le sable, des pierres amoncelées sur les sentiers. Formes sphériques, ovoïdes, sinueuses. Toutes les gravures avaient pour thème l'espace né à partir d'un centre, d'une origine. Toutes évoquaient par leurs ellipses, ce qui se libère de la matrice mais qui s'y retient encore. Quelquefois, quand Sonia sortait faire des courses, Marthe se précipitait et exhumait le grand carton à dessins, coincé derrière un meuble, qui contenait une partie des œuvres de David. Elle se cachait de sa tante pour éviter de lui faire de la peine en étalant ces lithographies qui étaient toutes raccordées à un souvenir précis, à une époque, à un itinéraire. Elle regardait la montre. Elle disposait de vingt minutes. Ses doigts dénouaient fébrilement les lacets et le soleil entrait dans le salon triste. Les couleurs chaudes et vibrantes lui sautaient aux yeux. Du plat de la main, elle caressait le papier, s'étonnant que cet homme maintenant mort ait su, avec tant de volupté et de bonheur, illustrer la vie et sa beauté. Les traits étaient gras, ronds, charnels. Ils célébraient la lumière et son incandescence, les danses des tribus à la veillée, le feu sacré et la fièvre qui s'empare des femmes après la moisson. Marthe raffolait d'une lithographie dont les teintes vertes et claires ne suggéraient aucun mouvement de fuite, mais un apaisement, une assurance sereine et un peu austère. La dernière création de David. Avant que le cancer ne ronge la tête et empêche les doigts gourds de diriger la pointe de l'outil sur le métal.

Les mains tremblantes, le cœur en alerte, Marthe craignant le retour prématuré de Sonia, rangeait à sa place le carton à dessins. Elle feignait de se plonger dans la lecture d'un livre, mais les caractères se troublaient, le texte se refusait à sa compréhension et Sonia lui trouvait, en rentrant, un air emprunté et sournois.

Marthe était déjà photographe et elle habitait seule dans un studio rue Monsieur-le-Prince quand leur amitié s'était nouée. Elle passait ses week-ends chez Sonia. Sous un prétexte quelconque, elle prolongeait son séjour et s'oubliait là, pendant des semaines. L'appartement était spacieux, elles ne se dérangeaient pas. Elles se retrouvaient aux heures des repas dans ce qui avait été autrefois l'entrée et qui était devenu la cuisine. Puis elles repartaient travailler, chacune dans son coin, à une table, sous le cercle jaune d'une lampe de chevet. Sonia traduisait en français les contes des pays yorubas. Marthe compulsait en bâillant des documents d'archives, des revues historiques, des articles de journaux. Le grand salon faiblement éclairé semblait gris et opaque. Les silhouettes des meubles se détachaient un peu de la pénombre. Ici et là, des taches plus vives. Un cahier, un châle, une paire de chaussures rouges oubliée sur le tapis.

À n'importe quelle heure du jour, Marthe enclenchait le magnétophone et écoutait l'unique cassette de la maison, des extraits du « Jeu de la passion » des *Carmina Burana*. Lorsque la voix de la cantatrice s'élevait, tous les objets de l'appartement commençaient à frémir. Une toile semblait se tendre entre eux et le souffle du chœur. Marthe allait se pelotonner sur un canapé ou un fauteuil. Le plus infime tintement du triangle dilatait son cœur et son angoisse. Elle découvrait des choses étranges. Le pied nu et potelé de Sonia ressemblait à une petite pomme de terre. Le vase en céramique s'était fendillé en une géométrie savante qui suivait les lignes où le feu avait mordu la terre. Quand les cloches sonnaient à la volée, les masques d'ébène semblaient sur le point de passer aux aveux et de délivrer leurs secrets. Sonia ne s'était pas laissée distraire. Devant elle, ses fiches, ses gauloises, son briquet, son grand cendrier de cristal. Elle avait gardé des manies d'écolière, travaillait avec un crayon dont la mine trop fine se brisait vite, et une petite gomme rose, en forme de cœur, dont elle nettoyait le bord noirci, en la frottant avec soin sur le plan de la table qui se couvrait de peluches fines.

Marthe, pour rompre le charme, lançait à la cantonade, gauchement : « Tu aimes ? »

La réponse tardait à venir.

« Quoi ? finissait par grommeler Sonia.

— Tu aimes ? s'entêtait Marthe avec désespoir.

— Laisse-moi finir. Dans une demi-heure, on pourra boire un café. »

Marthe rechignait. Les Carmina Burana reprenaient leurs droits sur le silence. Les vocalises se faisaient de plus en plus effilées et hautes. La solitude se creusait. Marthe finissait par s'endormir.

Des étudiants africains passaient pour de courtes visites. Ils commençaient par refuser poliment une boisson, puis ils cédaient avec un rire timide. Marthe préparait un plateau avec des assiettes de biscuits ronds et croustillants, et une infusion aux plantes. Elle allait s'asseoir à l'écart. On parlait des griots, des sorciers, des signes et des symboles. Des contes sur la mort. Des traditions culinaires. Des mélopées pour faire venir la pluie. Jamais les conversations ne suivaient un ordre précis. Elles rebondissaient d'un sujet à l'autre, avec des écarts fantaisistes. Les biscuits disparaissaient des assiettes. Des miettes jonchaient le tapis. Quand les grandes, les larges mains noires se refermaient avec précaution sur les anses fragiles des tasses de porcelaine, Marthe s'attendrissait. Cette délicatesse à manier les objets rendait l'atmosphère plus légère à respirer. Les étudiants tiraient sur les plis de leurs pantalons, prêts au départ. Mais Marthe relançait le débat, avec une question qu'elle formulait toujours volontairement sur le mode naïf.

Et elle écoutait la réponse en fixant la chevalière en or qui ornait le petit doigt ou le bracelet en cuivre qui enserrait le poignet. La coquetterie de ces hommes l'intriguait. Elle comparait leurs visages aux masques d'ébène retenus contre les murs. Elle attendait, comme si les mots devaient affleurer à la surface du bois, à la surface de ces lèvres polies par le travail de l'artiste.

« Pour comprendre l'Afrique, disaient-ils, il faut partager la vie d'un village en brousse...

— Je sais.

— Nos amis vous hébergeront... »

Ils riaient, heureux. Marthe répliquait avec douceur :

« Sonia m'a montré des diapositives... Avec ce froid, cette neige, on a l'impression de revivre en les regardant... »

Ils riaient encore. Marthe les enviait, bien que leur joie l'attristât.

4.

Jean-Pierre Lovin est assis à un jet de sagaie, le corps renversé avec nonchalance sur l'accoudoir. Marthe pourrait étendre les mains et du bout des doigts, toucher ce visage qui lui est devenu familier. Il a l'air d'un gros chat en colère avec les yeux mi-clos, rétrécis par le poids des paupières et des poches, ses joues assaillies par des rides minuscules qui se coulent jusque sous le collier de barbe où les poils sont drus, gris et mal taillés. Elle regarde avec stupeur la géographie de cette chair ramassée sur son fauteuil. Elle a choisi encore un vieux. N'était-ce pas le reproche le plus violent de Samuel ? « Tu as le goût des ancêtres, disait-il, méprisant. Tous tes amis puent la mort ! Mais tu n'as que la moitié de leur âge ! »

Les jeunes ? Elle a eu vingt ans et elle a détesté ces vingt ans et les années qui ont suivi. La vie paraissait sans limites. La solitude était comme un cœur qui n'aurait pas eu de fond. Elle s'était obstinée à la sonder sans répit, en y balançant de petits cailloux dont elle attendait qu'ils rendissent un son. Cela aurait dû s'arrêter quelque part, ce sentiment de grandir, grandir dans son corps et sa tête ; mais il ne menait à rien, surtout pas aux garçons devant lesquels elle détalait en rougissant. Elle était grosse, elle était blanche, elle était laide. Ses fesses surtout, la désespéraient, larges, grasses et flasques qui ne supportaient ni la jupe ni la robe. Elle s'habillait de jeans, hiver comme été, et achetait aux Puces des chemises amples en coton rigide qui tombaient presque au mollet. Elle cachait ses cheveux roux sous des foulards, elle les tirait en arrière pour les natter serrés derrière la nuque. Le résultat était désastreux. Quoi qu'elle fît, elle donnait l'impression d'être vêtue de hardes. Sur elle, les vêtements les plus neufs avaient l'air défraîchis. Son corps entier sentait la sueur, malgré les parfums ou les eaux de toilette qui d'ailleurs viraient sur sa peau. Elle avançait, les mains tendues en avant, les yeux fermés, à la manière des aveugles, cherchant au hasard une direction à prendre, la trouvant tantôt dans un livre, tantôt dans la réflexion d'un artiste entendu à la télévision. Tantôt encore, elle la volait à une amie. Elle répétait en écho des phrases entières, qui lui avaient plu et dont elle avait compris le sens à moitié, elle les répétait avec l'entêtement, l'obstination de ceux qui se sentent pauvres et qui ont besoin de rallier des bannières pour se frayer une voie. Puisque la vie ressemblait à de la poix gluante, épaisse, noire, toutes les veilleuses étaient les bienvenues.

Elle ignorait alors qu'elle était en sommeil, qu'elle s'était creusée, à la manière des bêtes qui hibernent, des tunnels profonds et sinueux, qui devaient la transporter d'une terre vers une autre, du pays de sa famille vers un lieu qu'elle ferait sien.

C'était la guerre. Contre elle-même. Une guerre qui commença à coups de camemberts mous qu'elle emportait dans son lit pour mieux s'en gaver. Elle enfonçait ses dents dans la pâte tendre, grignotait engourdie, absente, les lamelles qui collaient encore au couteau. Elle avait encore faim, à trois heures du matin, ça la réveillait brusquement, un gargouillis dans le ventre. Elle salivait. Elle marchait vers la cuisine, défaillante, comme si elle avait jeûné depuis une éternité. Elle reprenait du camembert, du chèvre nappé avec du miel, un morceau de tomme, de la mie de pain et du gruyère.

Sa bouche, qui empestait le fromage fermenté, devint un trou d'égout. Elle ne maîtrisait plus sa faim. Elle enfournait tout ce qui lui tombait sous la main, gâteaux, viande crue ou cuite, lait, fruits. Elle croquait, elle avalait, elle engloutissait. Elle mastiquait, elle mastiquait. Il n'y avait jamais d'heure pour la faim, jamais d'heure pour le désir de la faim. Après le petit déjeuner, elle s'offrait encore une sucrerie, puis à dix heures, puis à midi. Après dîner, quand tous étaient couchés, elle repartait vers le réfrigérateur, volait les restes du repas, avec du pain, beaucoup de pain. Quand sa panse était pleine, tendue à en crever, quand elle ne pouvait même plus tenir en équilibre, quand le moindre mouvement pouvait amener le vertige, elle s'allongeait sur le carrelage de la cuisine et attendait de digérer, une main sur le ventre, les yeux révulsés vers le plafond. Elle mangeait de la haine. Elle ruminait sa haine. Elle était haine. Cela dura des mois. Chaque contrariété, chaque déception, chaque mécontentement devint prétexte à alimenter la machine qui exigeait plus, toujours plus. La machine infernale qui ingurgitait le fade, le salé, le sucré, le brûlé, avec une application lente et opiniâtre. Avoir vingt ans et être obèse !

« Je portais mon cœur en écharpe, dit-elle pensive à Jean-Pierre Lovin. Un ballon de chair bouffie, qui se déplaçait en soufflant, en ahanant. Un ballon léger, qui n'aurait demandé qu'à s'envoler ailleurs. Un geste aurait peut-être suffi. Une caresse, un câlin... »

Marthe allume une cigarette, aspire la fumée par bouffées courtes, la main en coupe sous la tige pour recueillir la cendre. Et, en fouillant du regard la pièce, elle s'étonne et s'irrite de ce qu'il ne lui propose pas un cendrier. Sur le bureau, entre deux piles de livres, elle découvre enfin une coupelle en cuivre et se lève la chercher. Elle bouge, montre son corps mince maintenant, ses longues jambes, ses fesses rondes moulées dans une jupe en cuir noir, fendue.

Elle se rassoit, fait la moue.

« J'agis comme la petite tante Sonia, dit-elle. J'étais venue vous parler de Samuel, et je remonte aux calendes de mon histoire. Suis-je incapable d'aimer ? Dans ma mémoire, il y a foule, des dizaines de gens qui m'ont marquée, qui m'ont changée, qui m'ont influencée, et que j'ai adorés. Et pourtant, je ne raconte que du « moi »...

Lovin-chat l'observe sans ciller. Il a à peine changé de position depuis le début de l'entretien. Il se gratte seulement la nuque avec un doigt, de temps à autre, très discrètement.

Il faudra qu'elle lui dise qu'elle déteste les chats.

L'année de ses vingt ans, elle s'était rendue en Castille. Boule de graisse, sous le soleil, elle rêvait de sultans noirs, de harems, de loukoums. L'été, torride, faisait flamber le ciel. L'air brûlait, irrespirable. Assommées par la canicule, des femmes s'évanouissaient dans les rues et les vieux ne sortaient plus leurs chaises sur le pas des portes. Le paysage était éblouissant. Elle avait suivi un homme. Il avançait, torse nu. Elle avait remarqué les pointes mauves des seins sur la peau hâlée. Elle avait aimé le pantalon blanc retenu par une fine cordelette, les espadrilles de paille tressée, les chevilles fines, nerveuses. Il marchait devant elle, à quelques mètres, sans se hâter, sans se retourner, avec une indifférence souveraine.

Par des ruelles étroites et tortueuses, où derrière des jalousies baissées, perçait quelquefois l'éclat d'un regard, il l'avait conduite jusque chez lui, dans une chambre crépie à la chaux dont le plafond était tendu d'un filet de pêcheur à larges mailles. La pièce était rafraîchie par un climatiseur qui bourdonnait avec un bruit de vieux moteur diesel. Un lit étroit recouvert d'une étoffe aux couleurs vives occupait un angle. Au milieu, une table basse. Sans un mot, il avait fermé la porte derrière eux. Sans un mot encore, tandis qu'elle ôtait d'un air bravache sa robe, enlevait son slip et montrait pour la première fois sa nudité à un homme, il s'était penché vers la table pour allumer une bougie rouge, épaisse et grumelée. Debout, pieds nus sur le carrelage, elle attendait. Elle se trouvait géante, avec ses cuisses énormes, son ventre, ses fesses charnues. Seuls ses seins, ronds et fermes, étaient encore beaux. Les perles de sueur qui naissaient sous ses aisselles la désolaient. Il avait tiré les rideaux, et une obscurité très douce s'était faite dans la pièce. Il s'était approché à mesure qu'elle reculait vers le lit. Ses yeux bleus, ses lèvres fines. Ses lèvres. Ses yeux.

Il avait dénoué la cordelette du pantalon qui, dans le mouvement de la marche, avait glissé sur les chevilles. Le bleu de la prunelle était clair. Un fond de mosaïque. Un fragment de lagune. Il ne portait pas de slip. L'un après l'autre, ses pieds s'étaient libérés de l'entrave du tissu. Ils étaient tombés sur le lit en silence, cherchant leurs bouches avant même de s'étreindre, les paupières déjà fermées.

Il s'était enfoncé sans la caresser.

Pourquoi avait-il fallu que la bougie se fende, répandant sur la table sa cire sanglante quand les sexes s'étaient rejoints ? Et pourquoi, alors qu'elle gisait inerte sur les draps, l'homme s'était-il levé pour former dans la pâte un cœur plat et difforme ? Du sang sur la table mais les draps où elle avait abandonné sa virginité étaient restés blancs.

Elle avait remis sa robe, ses sandales avec une lenteur infinie, espérant un mot, un regard, quelque chose qui les mettrait face à face, qui donnerait un peu d'humanité à cette minute. Lui, avait ramassé son pantalon, s'en était drapé les reins, nouant les jambes sur le ventre à la manière d'un pagne. Le pas souple, il avait gagné la fenêtre, soulevé un coin du rideau et s'était oublié là, immobile et guindé, le dos dans la pénombre, le visage dans la lumière jusqu'au moment où elle avait ouvert la porte pour partir.

Dehors, elle avait titubé, aveuglée par la réverbération du ciel, et s'était éloignée, en s'efforçant de ne penser à rien, pas même à la douleur qui lui barrait le front et lui donnait par instant l'impression de porter une casquette. Elle avait rejoint ses amis à la terrasse d'un café. Ils jouaient aux tarots. Elle avait commandé une orange pressée, elle avait observé le déroulement du jeu, les cartes qui tombaient sur la table en fer-blanc écaillée, les figurines enluminées. Elle souriait, répondait négligemment aux questions, elle paraissait même gaie et détendue. Elle s'était sentie flottante tout l'après-midi, puis le soir encore, dans le petit restaurant où elle avait sans doute forcé sur le vin blanc. Il y avait quelqu'un qui ne cessait de marcher dans sa tête, quelqu'un qu'elle ne voyait pas mais dont elle entendait le pas lourd et las, et ce bruit lancinant troublait sa vision. Elle s'accrochait d'une main au bord de la table comme s'il s'était agi d'une rampe, mais sa chaise ne cessait de s'enfoncer.

Au milieu de la nuit elle s'était redressée en sursautant, les yeux fous, pour prononcer enfin distinctement le mot qu'elle avait mâché, broyé, pulvérisé entre ses dents et qui, durant toute la soirée, l'avait vampirisée. « C'était ignoble », avait-elle chuchoté dans le noir. Mais elle n'avait pas su pleurer.

Il y avait eu le second, un barbu à la peau douce, obsédé par le souvenir d'un amour ancien. La photo de la fille ornait la table de chevet, si proche du lit qu'il suffisait de tourner la tête pour l'apercevoir, nue, vulgaire, juchée sur un tabouret de bar. Cette promiscuité était trop blessante pour Marthe qui hésita à revenir. Le barbu ne pensa pas à la rappeler, occupé à aimer d'autres corps devant le cliché ancien.

Et tandis que le cœur se racornissait, Marthe s'était obstinée à chercher encore, pareille à ces papillons qui viennent le soir se heurter contre les lampes. Les amants se succédaient. Il y avait eu les distraits qui négligeaient de respecter les rendez-vous, et ceux qui prévenaient qu'ils ne souhaitaient qu'une aventure. Il y avait ceux qui se disaient jaloux de leur liberté et ceux qui n'étaient jaloux que de leur propre plaisir. Entre ces mains, ces bouches, ces sexes, Marthe, qui ne s'était jamais réveillée, s'endormit tout à fait. De combien de nuits, ses nuits avaient-elles été tissées ? Elle n'avait connu que ces étreintes d'un soir, aigres et dures, où elle avait lutté contre l'homme bien plus qu'elle ne l'avait aimé. Combats étranges qui commençaient quand la verge entrait en elle. Marthe se cassait à l'intérieur. Morte, elle gisait sous le poids d'un ventre, de deux cuisses et attendait en silence l'éjaculation. Morte entre les mains de ces inconnus, toujours différents mais à jamais les mêmes.

Avait-elle mal choisi, mal élu ? Existait-il un âge où les hommes jouent avec les femmes, brouillant les fils des pelotes sages ? Un âge qu'il leur faut flétrir pour qu'elles grandissent et sachent ? Un âge qui demande à être meurtri pour trouver la plénitude ? Un âge qu'il faut étrangler pour s'initier à la force ?

Les repères qui lui avaient été donnés par une éducation puritaine et avare de paroles sur le sujet ne lui étaient d'aucun secours. La mère, confinée dans sa cuisine, subissait les reproches du père qui rentrait chaque soir en rêvant d'être ailleurs. La mère, dans un soupir, lançait parfois, rarement :

« J'espère que tu auras plus de chance que moi. Ton mari saura peut-être t'aimer. » Pourquoi n'avait-elle entendu, n'avait-elle retenu que cette forme aléatoire, ce conditionnel, qui d'amant en amant, amenuisait les chances d'une entente possible ?

Viviane était à Strasbourg, Paule à Marseille. Marcel suivait déjà le ruban de la route avec la roulotte. Il allait au pas de la jument et d'un troupeau de chèvres qui mettaient bas tous les ans. Dans la famille, à la rigueur, on évoquait la politique, les fringues, le théâtre, on étudiait les meilleurs régimes pour maigrir, on se concertait pour choisir les étapes des voyages à l'étranger. Mais chacun se débrouillait avec sa vie. C'était une loi tacite. Inviolable.

A Sonia, elle s'était ouverte.

Sonia avait conseillé.

Sonia, en retour, s'était livrée.

Et Marthe avait perdu sa faim. Son corps, enfin, trouvait sa forme, ses courbes et ses creux. Chaque confidence, chaque sanglot le soulageait de cette graisse jaune, de ce capitonnage de chair molle. Dans le cœur, la vie s'était déclenchée.

« Elle m'a insufflé l'élan vital pour survivre, dit-elle à Jean-Pierre Lovin. Je n'avais pas de but, pas d'ambition,

pas de volonté... Elle m'a inspiré le désir du futur...
Ou peut-être a-t-elle fait éclore ce qui tentait de naître
en moi...

— Il est l'heure, dit Jean-Pierre Lovin, froidement.

— Vous me mettez à la porte ?

— Il est l'heure ! Nous reprendrons la semaine prochaine.

— Vous êtes... s'étrangle Marthe... Vous êtes ignoble ! »

Les paupières de l'homme se plissent. Les yeux gris
étincellent, deviennent deux lames. Il se dresse pour la
reconduire vers la porte. Elle s'agite furieuse, cogne le
pied du fauteuil, enfile sa veste et, dans le même
temps, elle crie qu'elle ne supporte plus son cabinet de
petit bourgeois, son mauvais goût, sa tête de chat, son
mutisme. Elle crie que jamais il ne la reverra, qu'après
tout elle le paye, qu'il s'agit de ses sous, qu'il peut
avoir la politesse, la délicatesse d'attendre qu'elle ait
achevé sa phrase, qu'on n'interrompt pas les gens avec
cette brutalité, que tout ce comportement démontre
l'égoïsme, la bêtise, le souci de l'ordre. Elle, elle aime
ce qui est généreux, ce qui se donne sans compter, ce
qui est illimité, ce qui ne cesse de croître.

La porte se referme sur elle. Elle crie encore sur le
palier. Elle crie à s'enrouer la voix, en descendant au
galop l'escalier. Elle crie encore dans la rue, et se juge
folle de hurler ainsi, pour rien, dans le vide, contre ces
gens qui l'observent stupéfaits, qui s'écartent rapidement comme devant une pestiférée, qui se retournent
pour la regarder encore, sourcils froncés, lèvre mépri-
sante, qui s'arrêtent et piétinent dans l'espoir d'un
drame tandis qu'elle se rassérène, qu'elle s'appuie
contre un mur en se traitant d'idiote. Elle reprend son
souffle. Elle rit. Crier l'a soulagée. Elle se dit que c'est

déjà quelque chose, sa folie. C'est un bien précieux, une grâce du ciel.

D'ailleurs si elle meurt, dans la tombe, elle n'emportera avec elle que sa démence. Et elle s'arrête devant la vitrine d'une pâtisserie pour choisir un gâteau.

5.

Les lèvres barbouillées de crème, elle se laisse pousser et bousculer par le flot qui remonte le boulevard du Montparnasse. Elle avance, passive, repliée sur ses pensées. Autour d'elle, des respirations, des éclats de voix, des regards qui se croisent, des silhouettes qui restent vagues et dont elle ne voit que le coin d'une épaule, la touche pâle d'une joue, d'un front ou d'une main. La foule se déchire en charpie, pour se resserrer plus loin sur la place. Il faut la pourfendre, masse molle, informe, qui s'étire le long des trottoirs comme une hydre monstrueuse. Le ciel est noir. Les lumières clignotent. Les voitures klaxonnent. Elle prend lentement conscience du décor qui l'entoure. Ses yeux redeviennent sensibles à la valse des couleurs et des gestes qui se modifient sans cesse. Les sons bientôt se précisent, échappent eux aussi à la cacophonie. Pas à pas, Marthe reprend son énergie dans le kaléidoscope de la ville. Le noir mouillé du bitume. Le noir brillant du ciel. A droite et à gauche, cinémas, cafés, magasins qui engloutissent et déversent du mouvement humain, du chiffon, du plaisir. C'est l'heure où la ville devient charnelle quand les solitudes se frôlent dans les jeux des miroirs. Les structures s'éclairent d'une lumière jaune et brillante, les femmes, comme des oiseaux fatigués, viennent s'abattre le long des tables des bistrots, une à une ou par groupes, les yeux fardés, les lèvres sanglantes et humides, recherchant d'autres présences pour se distraire de leurs inquiétudes, de leurs petits malaises, de leurs nostalgies. Cuir, satin, soie, velours. Les corps apprêtés, habillés, parfumés, se guettent et s'épient. La ville ressemble à une gigantesque fleur coupée, dont l'odeur sauvage monte et croît. La nuit commence, folle, cruelle, impétueuse. C'est l'heure de la marée. De l'alcool. De la dérive. L'heure où il n'y a plus de passé, mais un présent qui se compte minute par minute, avec des Cendrillons qui débarquent en carrosse, le pied menu, la taille fine, la tête pleine de rêves, pour vivre l'émotion de quelques aveux ou d'un serment qui à l'aube, se flétrira.

De toutes ses forces, elle pense à Samuel, à leur histoire abrégée, dont elle n'avait pas pressenti la fin, dont elle n'avait pas prévu la chute. Elle les observe, eux, les gens qui se cherchent derrière les larges baies des cafés. Elles les voit qui s'efforcent d'être gais, qui se ramassent autour de leurs mots pour se séduire et s'appâter, pour s'emporter dans leurs repaires. Elle a connu ce manège de la nuit. Ces chevaux de bois que l'on enfourche au son de la musique, vous élèvent très haut, de plus en plus haut. Ils vous promettent des états bizarres, entre la fièvre et la rage, mais toujours, ils vous redéposent au petit matin, dégrisée et seule, avec une impression de néant.

Elle ne veut plus. Tout est sinistre et vain. Elle se dit en souriant qu'elle est peut-être condamnée à la solitude à perpétuité. Puisque même le mensonge ne lui suffit plus.

Et comme chaque fois qu'elle se retrouve au cœur de sa fragilité, absorbée par cette révolte qui bouillonne et l'isole des autres, Marthe se découvre emplie d'une volonté farouche, qui la détend et allonge son pas.

Elle n'ira plus chez Jean-Pierre Lovin. Ce fauteuil en cuir fatigué, patiné par le cul de tous ceux qui s'y enfoncent pour confier leurs désarrois, l'épouvante. Et si c'était contagieux, le malheur ? C'est peut-être un microbe qu'elle va attraper à son insu, qui incubera en elle, des mois, des années, mais dont l'évolution sera inéluctable, comme les douleurs rhumatismales, les cors aux pieds et les caries. Enfant, elle avait bien cru qu'elle n'aurait jamais de poils, comme son père. Mais des poils ont poussé, autour du mamelon des seins, sur le sexe, sur les jambes. Elle s'est crue à l'abri de tout, et elle a fini par divorcer de ses idées, de ses illusions, des gens qu'elle a aimés. Les choses se détachent, se défont, tombent en poussière, disparaissent. Sans cesse, le temps accorde puis ravit. Le temps crée puis tue. Il laisse en gage des images mutilées et éparses, qui surprennent par le ridicule de leurs poses, par leur naïveté, par leur candeur. Comme ces vêtements qui, la mode passée, semblent un accoutrement. Et toujours ce temps qui la pousse dans le dos, insidieusement, inexorablement, du temps derrière, du temps devant, qui ne s'enchaîne pas mais qui l'aliène, du temps qu'elle a voulu apprivoiser, mais non, les bornes s'effritent ; il faut recommencer à nouveau à imaginer, à projeter du destin.

Dans la rue de Rennes, elle ralentit. Samuel aimait flâner dans ce quartier, s'attarder devant les vitrines, lui désigner les robes qu'il désirait lui voir porter. Elle s'arrête. Elle chavire. C'est la tête qui chaloupe, grosse de ces souvenirs qui ne veulent pas mourir. Les mois ont passé, mais tout est à vif. Elle a les yeux tournés en dedans, comme des balises. Il est parti. Elle a trente ans. Quel jalon poser pour sortir de l'impasse ? Où puiser du réconfort ? Elle essaye d'imaginer les visages de ceux qui un jour remplaceront Samuel. Leurs traits sont noyés d'ombre. Mais leurs sexes, tumescents et livides, saillent. Elle voit une nuée de sexes qui s'alignent comme des quilles pour dégringoler à mesure, l'un après l'autre, flétris et minuscules. Elle imagine ces nus sans tendresse, ces corps léthargiques quand le désir a fui, et elle s'indigne, elle crie intérieurement qu'elle l'aime, Samuel, qu'elle n'en peut plus de refaire les mêmes gestes, boire, fumer, manger, marcher et respirer normalement, comme si rien ne s'était passé. « Un clou chasse l'autre », avait l'habitude de marmonner placidement la Mère quand l'un de ses enfants se plaignait d'une rupture. Mais toi, la Mère, pense Marthe, ta vie est d'une telle insignifiance, peut-être les premiers mois as-tu connu la passion, mais tu t'es dépêchée de traverser la rive, de marcher vers le calme, l'ordre et la répétition.

« Je te veux pour toujours, à jamais », avait dit Samuel le premier jour. Il avait mis de l'infini dans ce qu'elle croyait être une parenthèse. Elle n'avait pas voulu le croire. Aucune de ses liaisons n'avait duré plus d'un soir, plus d'une semaine au mieux. Il avait passé le cap de la semaine. Il avait franchi la barre du premier mois. Elle doutait encore. Elle refusait de construire. Elle s'enlisait dans le cynisme. Elle qui n'avait jamais su garder personne, pourquoi le garderait-elle, lui plus qu'un autre ? Lui qu'elle n'avait pas encouragé. Lui qu'elle avait négligé de rappeler ? Il la regardait, les deux mains en écrin autour de ses joues, il la regardait. Il se réveillait la nuit, il la prenait contre lui, il pleurait d'amour. Il la touchait et il criait qu'il aimait la toucher. Il la caressait et il soupirait que c'était beau. Il répétait que c'était doux, dix fois, mille fois. Il lui saisissait le bras, le massait, et elle prenait soudain conscience de la forme de son bras, de sa pesanteur, de la finesse du poignet, des poils qui couraient sur la peau blanche. Elle fermait les yeux, se laissait happer par le vertige que faisaient naître ces doigts le long de ce qui n'avait été avant qu'une part morte de son corps et qui maintenant frissonnait, tressaillait, s'animait. Il était fou. Il était ivre d'amour. Il était fou. Il chantait cet amour, devant elle, stupéfaite. Il était impertinent, il était poète. Il chuchotait qu'il n'en revenait pas, que ce corps-là se laisse prendre, les bras, les jambes, le ventre, les seins. Il remerciait et frottait sa peau contre la sienne. Elle restait comme une femme ahurie qui croit vivre un rêve et qui attend d'être rattrapée par la réalité. Elle avait peur. C'était trop grand pour elle, c'était trop large. C'était trop tardif.

On ne lui avait pas appris comment arroser pour faire grandir l'amour. Tout était sec, à l'intérieur d'elle. Ceux qui avaient précédé Samuel avaient tout pillé, saccageant le meilleur pour y planter le pire. Elle n'avait plus rien à offrir et même ses sourires étaient gauches, maladroits, invalides. Mais lui, s'entêtait à dire qu'elle était belle. Il la tirait vers un miroir, il lui disait : « Regarde. Connais-toi. » Et elle voyait une fille aux cheveux roux bouclés, aux yeux verts dessinés à l'oblique. Elle remarquait la bouche trop grande, le menton pointu. Fascinée, elle butait contre ce reflet qui avait quelque chose d'échevelé et de bestial, cette image de femme impudique et fière, qui se rengorgeait, qui se renversait en arrière, qui tendait les seins, qui se cambrait, et qui semblait si loin de cette fille flasque et obèse qui, en Castille, s'était dévêtue pour un inconnu. Il se tenait derrière elle, à demi masqué par la touffe des cheveux, vif, rieur, fabuleusement beau. Il était d'une patience inépuisable. « Et alors, disait-il, tu vas me faire payer les blessures que les autres t'ont infligées ? Tu vas me chasser de peur que je ne te quitte ? Avant même d'avoir essayé ? »

Elle souriait. Elle haletait. Elle oubliait de se méfier. Il avait su calmer l'inquiétude. Entre ses longues cuisses et ses bras, elle s'était réfugiée. Là, contre cette carcasse de chair et d'os qui l'enveloppait toute, dont elle écoutait mugir le sang et gronder la digestion, elle s'était apaisée. La boue se déposait pour laisser une eau claire et limpide apparaître à la surface des choses. Quand il partait le matin, le cœur ne se crispait plus. « J'ai besoin de toi. » Elle s'entendait dire ces mots partout, dans le métro, dans la rue, dans les magasins. Ils se mêlaient au bruit de la ville, ils se répandaient pour emplir de leur musique les avenues, les boulevards, les impasses. « J'ai besoin de toi. » Elle se limait les ongles. Elle s'épilait, elle courait au hammam, elle enduisait son corps d'huile et de lait, elle essayait des crèmes et des parfums. Elle se ruinait en produits de beauté, elle qui n'avait jamais soupçonné le plaisir de plaire. « J'ai besoin de toi. » Elle changeait, se séparait d'elle-même, de ce qui était elle dans la grisaille et la laideur, de ce qui était elle dans le tourment et la tristesse. Elle avait dormi tous les soirs en lui tenant le sexe, pressant dans son poing jalousement fermé cette chair tendre et molle qui se tortillait et pliait dès qu'elle avait lâché sa sève. Elle serrait sans faire mal. Elle osait presque penser : « Ceci est à moi. Ceci a été modelé pour moi. » Elle caressait la coque, retroussait un pli, étonnée d'être si orgueilleuse de ce membre riquiqui. Elle osait croire : « Ceci me fera des enfants. Ceci me laissera une descendance. » Et elle allait poser ses lèvres pour baiser ce futur. Elle lui disait en souriant : « Moi qui n'ai pas su te gagner, comment ferais-je pour te reconquérir si je devais te perdre ? » Il la serrait dans ses bras, en protestant, en la traitant de petite fille.

Se délester de ce poids de mots, d'images, de promesses, de projets ! Dans quel désir doit-elle mordre jusqu'au sang pour oublier ? Comment trancher ce cordon qui menace de se transformer en garrot ? Où fuir ?

Sur le boulevard Saint-Germain, elle s'arrête devant une cabine, pousse la porte de verre, feuillette son calepin, cherche une pièce de monnaie.

« Lucie ? »

La voix qui répond est vive, joyeuse.

« Marthe ? On parlait justement de toi avec Rebecca. Tu viens ? »

Marthe s'embrouille soudain, dit non, elle appelait simplement pour avoir des nouvelles, elle ne veut pas déranger. Elle s'en veut des larmes qui lui viennent, de sa voix qui s'enroue, de son entêtement à fermer la porte de la cage sur elle. A l'autre bout du fil, Lucie insiste gentiment :

« Où es-tu ? J'ai acheté du bois. Nous ferons un feu dans la cheminée. Allez viens, ne reste pas seule ! »

Marthe s'agite dans l'espace étroit de la cabine. Par les vitres sales, elle dévisage les gens qui marchent le dos rond, seuls. Où est Samuel ? Dans quel quartier se promène-t-il ? Comment s'habille-t-il maintenant ? En noir, dans les vêtements qu'elle lui a offerts et qu'il a emportés avec lui ? L'amour s'est usé mais le tissu des chemises qu'elle lui a choisies et qu'il porte à même la peau est souple encore. De nouveau elle éprouve la sensation de perdre l'équilibre, de se disloquer sous la violence de la douleur. Où se sont enfuis ces matins sous la douche qu'ils prenaient ensemble, les cils emperlés, chacun savonnant l'autre des aisselles aux orteils ? Ils se frottaient au gant de crin, bouche à bouche, amusés par un rien, le savon qui glisse ou le tube de dentifrice dont la pâte a durci. Et leurs yeux se parlaient encore et se cherchaient quand ils s'essuyaient dans les grandes serviettes en éponge blanche, quand ils s'habillaient, quand ils préparaient la table pour le petit déjeuner, étrangement heureux de poser leurs bols côte à côte, entre le pain, le beurre, le café et le lait. Marthe posait la main sur la cuisse de Samuel et fumait une cigarette, la première, celle qui a un goût un peu âcre sur la langue. Comme d'habitude, il était en retard. La radio égrenait l'heure, minute par minute. Samuel maugréait, avalait une tartine avec précipitation, les doigts dans la confiture ou le miel. Il gonflait les joues pour avaler plus vite encore. Il s'étranglait. Il toussait. A la radio la voix du speaker, imperturbable, annonçait l'heure. Samuel bondissait, renversant au passage la tasse de café. Il attrapait son cartable, lui pinçait la joue, revenait réclamer un dernier baiser. Elle fermait la porte derrière lui et tournait dans les pièces, les mains ballantes, rangeant machinalement un désordre qui témoignait de l'amour, les draps roulés en boule, l'amour, la serviette gisant sur la moquette, l'amour, et la vaisselle sale, et les cassettes éparpillées hors de leurs étuis. « Du cul, c'était du cul », devait-il dire à sa nouvelle maîtresse. Du cul quand, crucifié contre un mur, les genoux fléchis, il l'avait laissée le sucer et le mordre en ballottant sa tête de droite à gauche.

Lucie, qui n'a cessé de la raisonner, tente encore de la convaincre.

« Marthe ? On fera des grillades... On a l'intention d'aller danser ce soir. N'oublie pas ! Ce sont mes dernières semaines en France... Dis, tu te souviens que je pars à Boston ? »

Mais Marthe dit non, d'un ton ferme. Elle rappellera demain pour fixer un rendez-vous. Ce soir, dit-elle, elle n'a envie de rien. Elle voulait juste que Lucie lui tire les cartes, que Lucifer lui vienne en aide pour lancer un sort à l'autre, la rivale, pour qu'il se déprenne de cette fille qui les a séparés, qui est venue se mettre en travers d'eux, qui a fait de Marthe une insensée.

« Tu n'as pas fini ? gronde Lucie. Quand comprendras-tu que le destin n'existe pas ? C'est toi qui interprètes ! Toi seule ! »

Une brusque averse précipite le pas des fantômes en pardessus et manteaux marron. Ils s'égaillent pour se réfugier sous un porche. Leurs silhouettes se fondent dans la couleur terne de la pierre, avec pour seule palpitation la tache blanche du visage.

Marthe raccroche.

6.

Sur ce lit moderne, au sommier en lattes de bois, au matelas épais et ferme, Jean-Pierre Lovin a l'impression de s'enfoncer d'un seul côté, de pencher, de basculer vers le sol. Souvenir sans doute, de ce châlit en toile métallique qui grinçait à chaque mouvement et où, enfant, il jouait à rebondir avec son frère, les pieds joints et la bouche ouverte. Sous leur poids, quelques-uns des vieux ressorts avaient cédé. La qualité de leur sommeil en avait été changée. Chaque frémissement imprimé par un rêve ou un cauchemar déportait le corps vers la gauche ou la droite, dans le grincement de la toile d'acier qui tanguait et se creusait. Depuis, il les a entendus chanter ces sommiers. La toile susurre en épousant le rythme des corps qui, silencieusement, se soudent et s'abouchent. La toile feule, soupire et accompagne de son point d'orgue la fougue des amants. Et, quand le désir s'est éteint, la toile vibre sur deux notes, du poids de ces chairs qui se coudoient avec indifférence, rendues à leur autonomie. Entre Hélène et lui, on peut mettre une épée. Entre leurs ventres sages, un fleuve pourrait couler. Le Danube qui sépare Pest et Buda. Lovin ne s'est jamais expliqué pourquoi son existence est divisée à l'image de cette ville hongroise, pourquoi il est écartelé entre deux femmes, deux identités, deux attaches. Pest et Buda. Est-ce sa mère qui venait de Pest ? A moins qu'elle ne soit née à Buda et que son père lui, vienne de Pest. Peut-être étaient-ils tous deux originaires de la même partie de la ville. Enfant, ces précisions ne l'avaient pas intéressé. D'ailleurs, ses parents s'étaient ingéniés à tricher, à maquiller une partie de leur vie. Ils avaient renié leurs racines et les rares questions qu'on osait leur poser sur le passé rencontraient leurs sarcasmes. « Le passé, c'est du sable que le vent a emporté pour le faire retomber plus loin sur du sable. Tu peux distinguer, toi, le sable du sable ? Ne regarde jamais en arrière, mais en avant », disait sa mère. Et du coin de l'œil, elle lui faisait signe de se taire pour ne pas énerver son père que ce sujet exaspérait. Ses parents avaient définitivement cimenté une porte, eux les victimes qui se comportaient comme des coupables, et ils refusaient de s'en expliquer. Cette détermination farouche, attristante et risible, de déroger à la loi de leur peuple, ne s'était pas démentie jusqu'à leur mort. Ils avaient, par un déluge de paroles, dressé une haie autour d'un secret que plus personne ne songeait à violer ou à leur reprocher. Et leurs inventions ne tenaient jamais, car au fond, ils n'étaient jamais d'accord avec leurs mensonges.

Il se débat tandis qu'Hélène dort paisiblement. Nadette n'est pas rentrée. Cette nuit elle découchera encore. Il a peur d'imaginer sa fille hallucinée par la drogue. Il a peur de comprendre où elle est. Et les rares soirs où elle est là, assise à table, il se concentre sur son plat pour éviter son petit visage aux pupilles dilatées. De nervosité, pour s'empêcher une allusion ou un blâme qui risqueraient d'apeurer Nadette, de l'éloigner davan-

tage, il émiette son pain autour de son assiette. Ces soirs-
là, Hélène consomme plus de vin qu'à l'ordinaire. Une
main sur le cœur, le regard vague, les pommettes
colorées par ces deux taches carmin qui chez elle sont le
signe du souci, elle boit et elle rit d'un air emprunté, elle
jargonne, elle gesticule sur sa chaise, elle fume aussi sans
arrêt, mais quand elle s'adresse à Nadette, elle se
trouble, elle prend des précautions. Et sa bouche se
plisse entre tendresse et dureté. Hélène dort. Sa respiration est courte, sifflante. Depuis des années, elle se
tourne vers le mur pour dormir. Son corps, sous la
couverture, fait un petit tas rond. Elle se recroqueville
dans le sommeil, les genoux presque à hauteur du
menton, les bras enlaçant les jambes comme une gamine.
Il sait que souvent elle s'enferme pour pleurer. Il sait
qu'elle s'applique ensuite sur les paupières des com-
presses d'eau froide et de thé. La mère cherche maladroitement à se faire complice de la fille pour se la concilier et
rester à la charnière des deux mondes. Mais jusqu'à
quand ?

Il se lève, se dirige vers la salle de bains, endosse sa
robe de chambre, se livre à quelques ablutions rapides,
dans le noir. Il refuse de s'affronter dans le miroir, de
rencontrer les yeux bordés de rouge, la peau chiffonnée
et terreuse du vieillard qui guette sa fille. Dix-sept ans !
Elle n'a que dix-sept ans ! Dans la cuisine, pour couper
sa soif et chasser ce goût amer qui lui empâte la langue, il
se prépare une infusion de tilleul. Il a envie de donner
des coups de pied partout, dans chaque meuble, de
fracasser de la vaisselle sur le carrelage, de battre les
casseroles alignées le long de l'évier avec une cuillère en
bois, pour dominer le tic-tac de l'horloge, du temps qui
soudain s'entend et se compte. Le temps passe. Le temps
passera jusqu'à l'aube. Tout ce temps qui coule, l'acca-

ble. Il y a ce garrot sur son bras. Cette aiguille dans sa veine. Ce poison dans son sang. Il allume la lampe. Il éteint la lampe. Il ne supporte pas la lumière qui lui brûle les yeux. Il ne supporte pas l'obscurité. Et puis, il ne veut pas que Nadette, si elle rentre, le surprenne à rôder dans la cuisine.

Alors il remonte vers son bureau.

Instinctivement, son regard glisse vers le réveil. Quatre heures moins le quart ! Défends-la ta jeunesse, Nadette ! Où vas-tu ainsi ? Sur quel écueil, à fleur d'eau, t'es-tu déchirée ? Il entend son rire, sa voix frêle et moqueuse qui riposte : « Arrête ton baratin. »

Un voile rose a envahi le fond du ciel, une lumière indécise encore qui se dispute avec celle jaunâtre et crue des lampadaires. Le boulevard Montparnasse est silencieux. La maison elle, par contraste, semble animée : gargouillis des tuyaux, craquement des meubles, tintement des vitres. A plusieurs reprises, il a demandé « Pourquoi ? » Nadette ne donne pas de réponse. Elle dit : « C'est comme ça... parce que... pour être... » Et lui, d'insister aussitôt, comme un idiot, tombant dans son piège : « Quoi... Nadette ? » Elle, butée, narines pincées, rétorque : « J'ai pas d'explications... c'est toi le psy... c'est toi le raccommodeur d'histoires... j'ai eu besoin... avant, j'avais pas besoin... C'est plus fort que moi... Tu peux pas comprendre... »

Interminablement, les mêmes questions qui se heurtent aux mêmes réponses. Parfois elle pleure et elle promet. Elle dit que c'est fini, qu'elle n'y touchera plus, que ça la rend malade. Elle dit qu'elle ne veut pas leur faire du mal, qu'elle éprouve du remords à les voir se miner. Elle appuie sa joue contre la sienne et assure : « Papa... je t'aime... je vous aime avec Maman... avec Eric. » Devant ses mots, son cœur déborde, il la presse, il la serre dans ses bras, il caresse sa nuque, ces cheveux si fins sur la nuque, des fils d'ange, sa queue de cheval toujours de travers, mal retenue par l'élastique ou le ruban, il dit n'importe quoi, il dit que ça va s'arranger, qu'il est prêt à l'aider, qu'il ne veut pas qu'elle se démolisse. Il dit d'une voix émue de vieil amant : « Demande, ma belle, ma fille, mon amour. Pars, fais un voyage. Va ailleurs, aux Etats-Unis par exemple. Le monde est grand... » Il dit qu'il ne veut pas qu'elle meure, que ça apporte la mort violente ces choses qu'elle prend. Il parle trop, c'est plus fort que lui. Nadette se rétracte. Elle le repousse avec douceur. Elle lui glisse entre les mains. Elle l'embrasse, elle dit qu'elle va réfléchir, peut-être plus tard, elle ne sait pas. Elle a arrêté ses études au lycée pour commencer un stage d'animatrice radio. Pendant quelques semaines elle avait paru gaie, volubile. Elle avait invité des amis avec lesquels elle s'enfermait dans sa chambre pour réaliser des montages musicaux. La tension qui avait régné à la maison s'était relâchée peu à peu. Hélène et lui se souriaient, rassurés. Ils s'étaient rapprochés l'un de l'autre en dormant, ils s'étaient pris la bouche, ils s'étaient unis. Il rentrait plus tôt le soir, il avait refusé des invitations à quelques séminaires importants, il avait essayé d'éloigner Monique de sa vie... Mais la période de rémission n'avait pas duré. Nadette s'était fanée à nouveau. Elle se levait tard dans la matinée, multipliait les prétextes pour ne pas assister aux cours et restait oisive, à lambiner dans la cuisine en chemise de nuit, devant des bols de café qu'elle touillait d'une cuillère molle. Maintenant elle sort le soir. Il n'ose lui interdire de découcher.

Il est revenu le cœur gros, chez Monique. Ils font des crêpes, ils écoutent des sambas, des concertos de Mozart, des opéras de Verdi, elle danse devant lui, drapée dans des châles espagnols qu'elle déploie comme une aile autour de sa taille, elle coiffe des sombreros quand elle va faire des courses, et des voilettes dans les boîtes où elle l'entraîne et qui offrent, à leurs deux douleurs, des escales faites de bruits, d'odeurs, de corps et d'éclats. Ils font l'amour. Elle crie, elle l'appelle Lovin.

Quand il est chez elle, sur ses divans tendus de satin parme et argent, dans cette maison de poupée, où tous les objets sont fragiles et minuscules, où sous tous les fauteuils, sur les meubles, au pied du lit, s'empilent de vieux journaux de mode découpés, déchiquetés en festons suivant les lignes des mannequins qu'elle a soustraits pour préparer son album, il rajeunit. Elle le fait rire. Elle le bouscule. Elle dit qu'ils font un drôle de couple, elle, avec sa tête de vieux cheval espagnol, son hystérie et ses névroses, lui avec son visage lunaire, ses yeux foudroyés, son bégaiement et sa timidité. Elle se dresse sur les pointes, virevolte, tapote sa mèche, ses cheveux courts qu'elle crêpe légèrement sur l'arrière pour leur donner du volume et jure que sans lui, elle aurait pris le chemin de l'asile ou de la lune. « N'est-ce pas, Lovin ? » dit-elle en s'effondrant sur un fauteuil, la jupe retroussée sur ses cuisses maigres. Le carillon du téléphone couvre sa réponse. Elle décroche. Chez elle, Lovin a toujours l'impression de parler entre deux sonneries. Quand il proteste, elle dit : « On m'aime, ce n'est pas ma faute... Vous voudriez que je me coupe de mes amis, de mon travail, à cause de vous ? Je ne vous ai jamais posé d'ultimatum, je ne vous ai jamais ordonné de vous séparer d'Hélène ! » Elle roule des yeux furibonds, elle crie en parcourant les pièces, du salon vers la cuisine. Le téléphone grelotte encore. Dans sa colère, elle se baisse, arrache la prise, déclare avec dédain : « Vous avez raison ! On ne peut même plus se disputer tranquillement. » Mais aussitôt, elle s'inquiète, l'interroge : « Lovin, qui a pu m'appeler ? Et si c'était urgent ? Ma mère ? A son âge, une attaque... c'est possible ! » Elle tord ses mains, se lamente et c'est lui qui, excédé, rebranche l'appareil, compose le numéro, lui tend le combiné qu'elle vient prendre sur ses genoux, avec des mines de chatte. « Mam ? Tout va bien ? Non, je bavarderai plus tard avec toi ! C'était juste une angoisse », chantonne-t-elle en raccrochant précipitamment. Elle l'embrasse, se retourne, dit : « Attendez ! » et d'un coup de pied, elle s'arrange pour renverser le téléphone « ça va sonner occupé jusqu'à votre départ ! Vous appréciez au moins, Lovin ? » Il apprécie en hochant la tête, et pour mieux le lui prouver, il déboutonne son chemisier. Monique rit.

Jean-Pierre Lovin s'assoupit, plonge dans un rêve qui ne veut pas finir. Il se voit assis en tailleur, sur un trône, gros poussah au sourire fat. En procession, s'avancent des gnomes, aux corps disproportionnés, leurs têtes difformes juchées sur des jambes maigrelettes. Vêtus de hardes, nippes et haillons, ils déposent à tour de rôle, après une courbette obséquieuse, un présent au pied du trône sculpté d'emblèmes et de blasons, puis reculent et se regroupent pour entendre le verdict. Le poussah allonge une main grasse, aux doigts boudinés. Ce mouvement, inattendu, semble inquiéter la petite société qui échange de longs regards contraints, puis hostiles. Le groupe éclate. Les gnomes se dispersent, courent en tous sens et s'interpellent dans diverses langues, chaque gnome sourd au discours de l'autre, chaque gnome s'égosillant pour dominer le tumulte. Et Lovin a envie de crier à son tour pour avertir le poussah que les cadeaux sont un piège, qu'il devrait se méfier. Il comprend soudain que chacun de ces gnomes, que ce poussah, indiquent une facette hideuse de lui-même.

Cinq heures trente. La tête dodeline sous la fatigue. Il s'aperçoit qu'il a rempli machinalement une feuille de papier en croisant le nom de Nadette dans tous les sens. Il ouvre un tiroir, sort une pochette bourrée de photos en couleurs, et les contemple d'un air las. Nadette, douze ans, à Megève. Le bonnet tiré jusqu'aux oreilles, le visage barré par les lunettes, le corps matelassé par la tenue de ski, elle s'adosse contre le mur du chalet-hôtel et fait un signe timide de la main.

Il scrute le cliché à la loupe. Elle ne sourit pas. Mais il se souvient qu'elle avait été heureuse, cet hiver-là. Dans cette station, il avait rencontré Monique. C'était la fin de l'année. Ils avaient quitté Paris, en famille, pour une dizaine de jours. De courtes vacances qui allaient être décisives. Il se penche sur la photo, accommode son regard pour distinguer, par la porte du chalet laissée ouverte, la silhouette de cette femme brune, gaie, étourdie, qu'il a convoitée à l'instant même où il l'a vue sortir de sa chambre dans une tenue invraisemblable qui avait suscité les commentaires aigres-doux des touristes. La scène, arrachée au temps pour les quelques secondes exigées par la pose, ne semble avoir aucun lien avec ce qu'il a vécu. A-t-il joué à l'apprenti photographe avant ou après ? Il lui semble que c'est un ou deux jours avant, mais peut-être que deux heures seulement le séparent de ce moment où elle l'a tenu à sa merci, sous son regard. Peut-être aurait-il dû fuir ou se montrer plus ferme en la gardant à bonne distance. Peut-être aussi aurait-il dû se méfier ou s'engager avec moins de passion dans cette aventure. Mais à l'époque, il était tellement sûr que l'analyse avait tout réglé, tout clarifié, qu'il avait usé, rongé, toutes les zones d'ombres qui auraient pu subsister ! Il croyait s'être déchiffré jusqu'aux limites du possible ! Quel danger aurait pu lui faire encourir cette femme qui n'était qu'une note plus aiguë et chaude dans la vie morne et répétitive de la station ?

Elle avait fait les premières avances en le visant avec une boule de neige bien tassée qu'il avait reçue en pleine bouche, comme une gifle. Elle battait des mains, trépignait, criait : « Défendez-vous… » Mais il était demeuré stupide, de la neige sur les lèvres et les dents, à la regarder s'approcher. « Vous allez bien ? » avait-elle dit en dissimulant mal son envie de rire. Ils s'étaient appuyés contre une balustrade. Ils avaient bavardé jusqu'à l'heure du dîner. Plus tard, elle était venue les rejoindre à table, encapuchonnée dans une laine noire qui mettait en valeur l'ovale laiteux du visage et la bouche rouge, petite et renflée. Ses yeux noirs, d'une eau très pure, que les cernes et une touche subtile de brun sur les tempes, élargissaient, scintillaient, étrangement vifs mais doux. « Une fenêtre de l'âme », avait-il pensé en écoutant, assis un peu en retrait, cette voix basse et rapide, qui se déchirait dans des crises de fous rires. Elle se défendait. Non, elle n'était pas espagnole, ni argentine, ni même orientale. Elle était née à Paris près du parc Monceau, dans un logement qu'elle habitait encore car elle l'avait hérité de ses parents. Elle avait tenu à le retapisser complètement, pour assortir les satins et les soies aux stores japonais peints à la main. Non, pas par snobisme, expliquait-elle en riant. Mais en casant son grand corps brusque dans une bonbonnière, elle s'obligeait à plus de féminité. La conversation avait un peu langui, le cognac était bon, alors ils avaient parlé à bâtons rompus, des cartes postales hideuses gondolées par l'humidité qu'on vendait aux touristes, des maisons à l'ancienne qui avaient disparu de la région, du temps maussade qui avait régné ces derniers jours, des gens qui les entouraient. Monique avait imité avec drôlerie le patron de l'hôtel, le moniteur et quelques touristes. Hélène et les enfants riaient. Il avait été jaloux comme si on lui avait dérobé un privilège.

Le lendemain, Hélène s'était réveillée plus tard que de coutume. Il avait retrouvé Monique dans la salle à manger, et avec ce naturel, cette insolence qui la caractérisaient, elle lui avait proposé une randonnée. De cette matinée, il ne garde que le souvenir de quelques phrases, le reste est comme brouillé par une impression de tiède et de fondant. Mais c'est peut-être leur mala-dresse pour avancer dans la neige, leurs efforts pour extraire leurs pieds pris dans les lourdes chaussures, qui ont accru cette émotion. « Vous êtes solide ! avait-elle dit, en plantant ses yeux dans les siens. C'est rassu-rant ! » Il marchait à sa hauteur, désarmé. Il se raclait la gorge. Il restait grave, épouvantablement grave, tant il était bouleversé. Son cœur faisait un bruit considérable et il craignait de se trahir. Le vent soufflait, âpre, froid, un grand vent qui emportait tout, qui faisait chanter les mélèzes, un vent qui prenait leurs paroles et les leur rendait longtemps après qu'ils se soient tus. Il avait noté le bleu du ciel, la neige poudreuse qui crissait sous leurs pas, la majesté de cet espace qui vibrait, austère, glacé, la vallée couverte de brume. Près d'elle, il avait eu la sensation de retrouver cet homme incomplet mais intran-sigeant qu'il avait été et qui, peu à peu, s'était effacé dans l'ombre. « Vous êtes solide ! » lui avait-elle dit. C'était inexact. Il n'avait pas voulu la perdre, en lui révélant que la hâte mise pour arriver à certains buts avait atrophié en lui toute poésie et tout humour.

Elle lui rendait ses ressources et le courage peut-être de se faufiler hors de cette léthargie qui au fil des années, avait engendré une sorte d'état comateux. « Vous êtes solide. C'est rassurant. » Il redressait son regard vers le ciel, les arbres, les cimes des montagnes, il parlait de son mariage, de ses enfants, de son métier, il racontait qu'il s'était acharné à gagner un argent pour lequel il avait de la répugnance, il disait qu'il avait rêvé d'être pompier, il disait n'importe quoi. Ils s'étaient pris les mains, malgré les gants. Ils avaient suivi le sentier, en silence.

Ils s'étaient revus à Paris, à la Coupole, un soir vers neuf heures. Elle était arrivée les cheveux dégoulinants de pluie, les yeux fardés, très belle. Curieusement belle, emmaillotée dans un ciré jaune acidulé qui, dans l'obscurité, devenait phosphorescent. Elle avait dit en s'ébrouant :

« Vous êtes là ? Déjà ? D'habitude, je suis toujours la première. C'est un signe.

— Le signe de quoi ?

— Un signe tout court… C'est suffisant, non ?

— Expliquez-moi… Je ne sais jamais avec les femmes.

— Vous vous débrouillez très bien ! Contentez-vous de décoller. »

Il avait souri. C'était du bonheur pur, comme il n'en avait jamais rêvé. Un bonheur qui naissait des mots, qui se nourrissait de verbe. Un bonheur aussi qui se mangeait dans les mains, sur les lignes d'une paume large, longue, souple, qu'il avait appris à piquer de baisers, et qui s'appuyait contre sa joue pour des caresses qu'il avait cru laisser loin derrière, dans le monde de l'enfance.

Il riait contre son corps maigre, sa poitrine plate, il riait de ses reparties, il riait de ses inventions, il riait de ses déguisements. Il aimait son univers, son fouillis, sa folie. Il aimait ses objets, ses éventails, ses vases, ses divans, ses tapis, ses peluches. Il avait pris les ciseaux pour l'aider à achever un ouvrage sur la mode des années cinquante qu'un éditeur devait publier. Assis en tailleur sur la moquette, il épluchait comme un vieil enfant frappé de débilité, des catalogues anciens et jaunis et lui tendait avec précaution les figurines de papier qu'elle classait dans des chemises et pour lesquelles elle n'éprouvait aucun respect. « Celle-ci est laide ! » décidait-elle en soufflant dessus pour qu'elle s'envole. « Et celle-là, regardez, elle est bossue. » Elle éclatait de rire, décidait : « Donnez-moi des synonymes de ce vilain mot ! Voyons... gibbeuse... cabossée... chameau... dromadaire... La langue est pauvre, mon ami, pour exprimer une situation aussi affreuse. » Elle apportait la théière, elle repoussait tous les journaux, en vrac, sous un meuble « pour mieux bavarder », disait-elle, mais elle attirait un petit miroir, son bâton de rouge, se redessinait les lèvres, se pinçait les joues et estimait qu'elle aurait dû exciter la pitié avec son corps décharné. « Je rêve d'avoir des seins... » murmurait-elle les doigts écartés, éloignés de sa poitrine pour mimer le galbe idéal. Elle reprenait rêveuse : « Des seins... imposants... même si l'adjectif ne convient pas. » Et comme, sidéré, il se taisait, elle lançait : « C'est impossible, Lovin ! N'y songez pas ! » Elle avait insisté pour utiliser le vouvoiement, alléguant qu'il créait dans les rapports entre amants une note plus intime car plus équivoque. « Je tutoie mes amis, je voussoie les hommes que j'aime », disait-elle. Et après un instant de réflexion, elle continuait : « Il faut entretenir la distance. Toujours. Chercher à se séduire. Ne jamais croire que l'autre est acquis, possédé, colonisé, comme une petite chose. »

Mais parfois, brutalement, elle disait : « Tu sais, je t'aime. »

Elle était imprévisible et c'était sa gourmandise devant la vie et les êtres, sa hâte à courir pour faire la fête, faire du vélo, faire du canot, faire l'amour qui le ravissait, qui le restaurait après une journée épuisante, quand l'écoute des patients avait requis toute son énergie et sa prudence.

A force de courir chez elle pour vivre des moitiés de nuit dans son lit, il avait demandé à Hélène la séparation avec cette naïveté des hommes qui, quand l'amour les a désertés, supposent à leur compagne un sentiment semblable.

De cette période terrible, il ne lui reste qu'un souvenir flou. Temps marqué par la détonation sèche de portes qui claquent, par le désordre d'une maison où se brisaient un à un, avec une détermination rageuse, des objets beaux et chers. Hélène les projetait sur le sol ou contre le manteau d'une cheminée, en criant qu'elle ne laisserait rien, qu'elle ne sauverait du carnage pas même ceux, choisis à deux, durant leurs voyages au Mexique, en Inde ou en France et qui résumaient à eux seuls, plus fort que toutes les paroles de tendresse échangées, le parcours de leur couple. « Puisque tu ne m'aimes plus... puisque tout est fini, je casse... » Une période exécrable où les jours succédaient aux jours, tissés de silences, de cris, de gémissements, de reproches. Il vomissait, pris de nausée dans les pièces dévastées que la femme de ménage ne voulait plus ranger car Hélène y précipitait, dans ses crises d'hystérie, les tables sur les divans, les chaises sur les chaises, arrachant les rideaux de leurs tringles, les tableaux de leurs clous. Il les traversait haineux, hors de lui, avec l'intime conviction qu'on y brûlait des roues de caoutchouc pour se venger de lui derrière son dos.

« Cette odeur, disait-il, cette odeur ? D'où vient-elle ? »

Elle le regardait sans comprendre, rétorquait :

« Tu es fou, elle t'a envoûté, elle t'a ensorcelé. »

Elle avait pleuré. Elle avait supplié. Elle avait plaidé. Elle avait menacé. Elle avait fait intervenir les amis. Elle avait invoqué les enfants. Elle l'avait traité de lâche. Elle avait fait sa valise en menaçant de se tuer. On l'avait cherchée trois jours dans Paris en visitant tous les hôtels jusqu'aux plus louches. Elle était revenue, défaite, les yeux hagards, les jambes flageolantes. Elle était ivre. Ils avaient discuté encore pendant des nuits, déchirés, désespérés, elle, plaçant d'autorité sur la table une bouteille de vin ou de whisky, lui, calmant ses nerfs avec un tranquillisant, avant de fuir, à l'aube, chez Monique qu'il harassait du récit minutieux de ses infortunes.

Il y avait encore entre eux trop d'amour qui ne voulait pas mourir. Un amour qui n'était plus que spasmes, mais un amour quand même qui valait ce qu'il valait, né d'eux, qui était leur reflet ou le reflet monstrueux du quotidien. Leurs enfants renforçaient la solidité de cette chaîne qu'il se sentait incapable de briser malgré ses vœux, malgré ce merveilleux qui l'avait pénétré à Megève. Il évitait d'égrener le numéro de Monique, qui tyrannisait sa mémoire et qu'il avait appris sans effort, dès la première lecture, avant même de plier le papier où elle l'avait griffonné au crayon, trouvant à ces groupes de chiffres où alternaient les 3 et les 6, une harmonie familière. Mais Monique lui manquait, avec son rire, sa voix basse et rapide, ses jeux de mots, ses angoisses. Il l'appelait deux fois par jour pour entendre juste les trois ou quatre « Allô » qu'elle prononçait d'une voix joyeuse d'abord puis de plus en plus irritée à mesure que le silence se prolongeait, jusqu'au moment où il mettait fin à l'épreuve et raccrochait précipitamment.

Il n'avait plus de désir pour Monique, il n'avait plus de désir pour Hélène, il voulait la paix, il voulait rester seul, ne voir ni l'une ni l'autre, ne renoncer ni à l'une ni à l'autre, il ne savait plus pourquoi sa tête se craquelait, pourquoi il souhaitait tant dormir, pourquoi il se nourrissait de bouillons, de purée, de compotes comme un nourrisson privé de dents. Un soir il s'est laissé mettre à la porte par Monique exaspérée de l'entendre geindre sur son divan. Il s'est cru guéri. Durant un mois, il est revenu vers Hélène, soir après soir, avec des gestes de convalescent. Puis il a trahi son serment. Il a revu Monique.

Et Hélène est tombée malade.

Le temps a émoussé leur drame. Ils ont trouvé un compromis. La liberté sous surveillance.

Six heures vingt. Les lampadaires se sont éteints. Bientôt le camion poubelle éveillera le boulevard, en broyant entre ses mâchoires les ordures des humains calfeutrés. Il se sent vieux. Il se sent seul. Il étale devant lui les autres photos de leurs vacances, celles qui évoquent le soleil. A quinze ans, en Grèce. Nadette éclaboussée, qui se cabre et rit.

Nadette, qui dort sur le sable, nue dans le petit slip du maillot. Elle a déjà pris de la finesse, la taille est marquée, ronde, les seins sont deux boutons. Et les cheveux s'étalent sur la serviette, gorgés d'eau de mer. Nadette qui dégringole avec Eric les marches de l'hôtel, une fleur piquée dans la boutonnière du chemisier. Nadette sur le canot pneumatique, une mèche sur le front, la lèvre boudeuse, les bras croisés. Avait-elle commencé à se droguer ? Il croit que non. Il n'en est pas sûr. Mais il était si loin de la maison déjà, partagé entre les deux femmes, une nuit ici et une là.

Avec les autres, il sait, il peut, il arrive à les guider, ou à leur faire croire que... Goutte à goutte, l'espoir se distille. Sur le tourniquet de leur mémoire, ses patients retrouvent les chroniques inachevées, les résolutions oubliées ; ils compulsent, trient, abandonnent. Sur le tourniquet...

Lovin s'étire, soupire. Elle ne rentrera plus. Il est trop tard. Tout à l'heure, peut-être, vers midi. Pour déjeuner.

Ne rien lui montrer de l'insomnie. Ne pas jouer au flic. Attendre qu'elle vienne d'elle-même se confier. Et il crispe les mâchoires, les poings, les orteils, pour surmonter son désespoir.

7.

Petite Sonia du bout du monde. Chez elle, le temps s'abolissait. Marthe comptait pourtant les jours. Sur son agenda, elle écrivait quelques notes, une initiale, le nom d'une pièce de théâtre ou le sujet d'un film. Lundi. Vendredi. Que s'était-il passé entre ces journées ? La semaine n'avait pas laissé de traces. Les soirées s'étaient englouties dans une eau stagnante, presque noire. Lundi. Vendredi. Neige, vent, verglas. Soleil parfois, mais rarement, car la rue étroite n'admettait pas la lumière. Chaque soir les deux femmes ouvraient les fenêtres et développaient les persiennes de fer. Elles les repliaient au matin.

Sonia, insomniaque, debout à l'aube, crayonnait interminablement sur des bouts de papier, des plans illisibles pour aménager sa maison et buvait des tasses de café froid, sans sucre. Elle gardait sa chemise de nuit en nylon rouge dont le décolleté incrusté de dentelles démasquait la ligne des seins. Par habitude, elle ne prenait sa douche que vers onze heures, juste avant de s'installer à sa table de travail. Elle avait déjà fumé la moitié d'un paquet de gauloises quand, à son tour, Marthe se réveillait et venait la rejoindre. Au gémissement de la porte, au bruit des pas, Sonia bondissait pour rincer et chausser son dentier. Et pendant que Marthe faisait ses ablutions, elle réchauffait le café au bain-marie.

« Toujours à dessiner ? » disait Marthe, enrouée.

Sonia émettait son petit rire, deux roulades qui s'interrompaient par un « oui, oui ».

« Ça avance ? » continuait Marthe en croquant une biscotte.

Sonia admirait ses bouts de papier, faisait la moue.

« Pas vraiment. Je pousse. Je tourne. Pour habiter une maison il faut de l'imagination… et trouver son âme. »

Les rêves de Sonia tenaient tout entiers dans leur impossibilité à se réaliser. L'argent n'était pas en cause. Deux fois par an, des administrateurs bancaires lui rendaient visite pour la convaincre de placer en actions les trois ou quatre cent mille francs qui dormaient dans un compte courant. Sonia, hautaine, les recevait en les traitant invariablement d'usuriers. « Le tiers-monde, leur lançait-elle, se meurt par le jeu des profits et des intérêts. » Ils repartaient bredouilles, hébétés par un discours si dramatique et bizarre qu'ils se persuadaient avoir eu affaire à une folle. Folle, elle le fut quand reportant jour après jour l'installation de sa cuisine qu'elle avait détruite, elle fit sa vaisselle dans la baignoire et cuisina sur un réchaud à pétrole installé au milieu du vestibule. On la trouvait accroupie, habillée d'un boubou, entourée de bassines et de pots à épices touillant des plats qui prenaient des heures à cuire, on la trouvait qui jouait à la dînette, sérieuse et grave, fredonnant des rengaines ponctuées d'ordres brefs.

L'Afrique noire et ses coutumes austères la poursuivaient jusque dans Paris. Elle sacrifiait, en campant dans son appartement, à des rites mystérieux qui semblaient n'avoir aucun sens dans une société dite civilisée. Elle vivait dans ses murs comme dans la brousse du Nigéria ou les patios d'Alger, et les murs s'écroulaient. Ainsi, la seule entrée du salon, démolie trois fois au fur et à mesure de sa conception, lui prit un an, avant qu'elle ne comprît qu'elle désirait obscurément une voussure dont le dessin rappelait les courbes d'Afrique du Nord. Comme si sa maison devait, au prix de mille détails, refléter une certaine philosophie de la vie et des habitudes acquises dans des lieux profondément aimés et quittés à regret.

Maboule. Elle était singulière, Sonia. Alger, Paris, l'Afrique. Elle n'appartenait à aucun pays, elle refusait toutes les frontières. Elle était nostalgique de tous les cieux. Elle prétendait, rêveuse, que des événements qui se déroulaient dans les rues des pays lointains où elle avait séjourné, attendaient son regard, sa présence. Et elle se plaignait de manquer à ces rendez-vous. « C'est à Hong Kong ou à New York que je devrais me trouver en ce moment, pas à Paris, j'en suis sûre… Au fond, nous ne sommes d'un lieu que par hasard, par une sorte de coïncidence qui échappe à l'histoire, au destin, au mouvement des étoiles. Nous devrions être, sans arrêt, sur un parcours, un trajet mental ou physique pour éviter de moisir… »

Elle était étrange. Elle butinait çà et là dans sa mémoire, des souvenirs, des gestes, des théories qu'elle ressassait en les rafistolant, de sorte que, lorsqu'elle livrait ses réflexions à des non-initiés, cela semblait du charabia.

Marthe se laissait prendre dans la matière gluante de ses mots, dans les symboles de ses contes. Sonia expliquait le partage du pouvoir entre les hommes et les femmes, les fêtes des villages, le temps des récoltes, la majesté des chefs et la puissance des griots. Elle évoquait les traditions orales des peuples noirs, leurs mythes et leurs légendes, les oraisons pour célébrer les naissances et les deuils, la science des maléfices et le fétichisme. Marthe écoutait dans une sorte de distraction la musique faite par la voix, son changement de registre, les passages où elle vibrait d'émotion. Et elle remontait le temps. Avant David, Sonia avait vécu avec Kazar, le sculpteur. Marthe le rencontrait quelquefois dans la rue Daguerre. Elle ne connaissait pas les œuvres de l'artiste, mais l'homme, lui, était décevant. Des cheveux longs et gras repoussés derrière l'oreille, une barbe hirsute, jaunie par le tabac et, enfouis dans un gousset de chair fine et fripée, des yeux qu'on évitait car on ne savait s'ils étaient retors ou pervers. Son sourire, qui consistait en un allongement des lèvres du côté droit, contrariait les muscles de son visage, de sorte que l'on était gratifié d'un rictus cruel. Très grand, maigre, il portait une veste élimée, un pantalon en velours côtelé, un pull crasseux percé de trous, un sac de toile en bandoulière sur le torse. Il dégageait une odeur poivrée d'homme mal lavé, de vieillard négligent qui s'abrite derrière sa position d'artiste et qui joue de son laisser-aller comme d'une décadence.

Des jeunes gens éblouis par sa renommée et son talent, lui payaient des demis au comptoir. Il buvait sa bière avec gourmandise. Son sac reposait à ses pieds, dans la cendre, les crachats, les flaques de vinasse. Il ne répondait pas aux plaisanteries, il éludait les questions. Il acceptait les cigarettes américaines qu'on lui tendait ou fumait ses gitanes maïs jusqu'au mégot. Son verre vide, il s'en allait sans un adieu, indifférent et digne, le pas un peu traînant. Quand elle l'avait vu la première fois, Marthe avait reçu un choc. Par-delà les années, ces deux êtres qui s'étaient aimés et qui s'étaient séparés faute de pouvoir s'entendre, s'étaient mis à se ressembler, le temps leur donnant cette identité vague mais effrayante qui est le propre des jumeaux. Tous deux se moquaient de leur apparence et s'habillaient de vêtements mal taillés et sales. Tous deux avaient perdu leur sexe et montraient douloureusement qu'ils étaient devenus vieux. Leur ancienne union paraissait maintenant monstrueuse, indécente. Elle et lui ? Elle qui analysait la littérature orale africaine et enseignait à ses étudiants l'art de préserver un patrimoine en voie de disparition ? Lui dont les œuvres figuraient dans des musées célèbres ? Elle et lui. Tous deux seuls, avec leur vie derrière, et le fardeau de leurs souvenirs. Sonia parlait de lui comme d'un imposteur, un créateur qui cherchait à plaire aux foules, qui n'allait que vers les louanges et se dérobait devant la difficulté. Pourquoi ? Parce qu'elle n'avait jamais connu que l'ombre, le travail harassant des fourmis qui ont besoin d'être cent et mille pour dominer un sujet ? Sonia prétendait qu'elle avait détesté ses baisers, sa grossièreté, ses mensonges. Marthe aurait préféré ne pas imaginer leurs élans, leurs baisers, leurs étreintes. Sonia avait dit de lui qu'il était fou. Et sans doute l'était-il. Mais elle, elle ? Elle racontait que certaines nuits il l'avait terrorisée par certaines demandes, certaines exigences précises, inavouables aujourd'hui encore. Il y avait chez cet homme, disait-elle, un goût pour le néant, pour des rites moches. Ce seul mot de « moche » qui ne renseignait guère Marthe sur les turpitudes de Kazar, la troublait tant qu'elle écarquillait démesurément les yeux. Mais les aveux de Sonia ne souffraient pas la précision. Elle éclairait sa vie par des plages d'ombre, par un jeu constant de dérobades et de dévoilements. Elle avait seulement conclu un jour, d'une voix pensive, et cette réflexion avait obnubilé Marthe : « Avant de découvrir l'amour, on joue de soi-même avec insouciance. On est riche seulement de sa vie, et cette vie-là, parfois on n'en veut pas. Il faut pour conquérir son être de femme très profond, accepter de se mettre en quête de son orgueil. Kazar représente l'une de mes erreurs les plus cuisantes. »

Marthe n'écoutait, lui semblait-il, que le souffle de Sonia tassée contre le mur, les talons sous les fesses, les genoux emmitouflés dans un plaid en cachemire à carreaux verts et bleus. De cette psalmodie, elle ne sauvait que des couleurs. Et des atmosphères. Car les récits étaient liés au parfum des pralines qu'elles puisaient de temps à autre dans une coupe, au fondant d'une tarte Tatin, à la saveur fade d'une tisane.

Marthe en regardant Sonia, son front haut barré de rides, ses mèches de cheveux blancs frisés qui se dressaient comme deux cornes autour des tempes, se sentait alors très vieille et sage, comme si le visage de sa tante était le reflet du sien ou celui qui pourrait lui échoir un jour. A peine cette idée l'effleurait-elle, qu'elle s'alarmait : quelle serait sa vieillesse, si sa jeunesse se vivait déjà sous la poussée de la vieillesse ? La vie, un théâtre d'ombres ? La vie, du temps pour rien ? La vie, des heures plates, monotones, sans espoir ? Qui était-elle, une simple figurante ? N'y tenant plus, dans un geste de défense, Marthe se levait et se rapprochait insensiblement d'un miroir. Yeux verts, finesse des sourcils, bouche trop grande. Cheveux roux bouclés, rebelles, électriques. Elle se souriait. Tout était à sa place, à sa bonne place. Tout avait une couleur dorée, chaude, avec des ombres plus veloutées. Elle commençait à s'aimer de cet amour violent des filles qui découvrent sur le tard leur sensualité et le regard que leur portent les hommes. Elle ne savait comment se mettre en valeur, souligner plus subtilement l'arc de la joue, la pulpe des lèvres, la fossette du menton. Elle repoussait avec coquetterie une mèche de cheveux, arrangeait son collier, humectait d'un doigt ses sourcils pour parfaire leur ligne, reculait de quelques pas pour se détailler de face puis de profil.

Constatant le silence de Sonia, elle se retournait enfin, embarrassée, et la câlinait.

« Je ne sais pas ce qui me prend. Je m'observe comme jamais...

— Je vois, je vois... coupait Sonia exaspérée.

— Tu trouves que je m'occupe trop de ma personne ?

— Un peu trop, oui...

— Mais tu me trouves belle ?

— Dans un certain sens...

— Que veux-tu dire ? Belle, attirante, séduisante ?

— Je crains que cela ne suffise pas... »

Dehors, l'orage tonnait. Des éclairs violets déchiraient le ciel. Les paroles de Sonia prenaient une puissance d'oracle. Le cœur de Marthe se crispait.

Elle reprenait après un silence :

« Ne suffise pas à quoi ?

— A garder un homme. C'est à cela que tu penses, n'est-ce pas ? Et tu t'admires en imaginant leurs réactions. Mais tu ignores quelles facettes, quelles expressions de ton visage les séduisent et celles qui leur sont insupportables... Arrête donc de jouer ! »

Marthe ricanait, un peu désemparée.

« Je vais avoir vingt-cinq ans. J'ai couru à perdre haleine et personne n'a été assez proche pour tirer sur les rênes, pour m'affronter, pour me garder... Je veux savoir pourquoi... pourquoi malgré ma jeunesse, pourquoi malgré ma force, pourquoi malgré mes dents, mes yeux, ma bouche, je n'ai pas su les inspirer...

— Réfléchis...

— A quoi?... Cela changera ma solitude? Toutes mes amies aiment et sont aimées... Elles ont réfléchi tu crois?...

— Pourquoi cette jalousie? La vie se chargera de déposer des êtres devant toi...

— C'est le même limon qu'elle m'apporte... Des hommes brisés qui refusent l'engagement.

— Je ne te crois pas... Que veulent-ils de toi, alors? »

Marthe se récriait. « Ils »... « Ils », et elle haussait les épaules, gênée à l'idée d'expliquer avec des mots crus et laids, ce qu' « on » essayait de lui dérober.

Elle déclarait très bas :

« Sonia... J'ai le sexe plein de pierres... comme dans ton conte de la fille volage... Tu te rappelles? Les hommes se frottent à moi, me raclent jusqu'aux tripes, me saignent à blanc... Pourquoi? Pourquoi personne n'a voulu protéger mon ventre? Pourquoi tous ceux qui m'ont plu n'ont demandé que le combat? Pourquoi alors que je leur offrais mon amour ont-ils exigé ma fierté?

— Ils ont peur sans doute, de cette ferveur qui t'habite... »

Marthe haussait les épaules, revenait vers le miroir, se contemplait.

« Quelle ferveur? De quoi parles-tu? » criait-elle. Et elle pensait à Brune, son amie, qui avait fui New York, les bars de nuit, les machines, les bags-women, pour l'Europe. Brune, abandonnée enceinte et dont l'enfant était mort dans son ventre. Brune qui lui avait dit, lamentable, avec son accent américain :

« Marthe, l'avenir se pleure en moi. Si j'avais le courage, je m'aurais tuée. »

Elle attendait.

Elle attendait envers et contre l'absence. Elle attendait et se gardait du mensonge. Elle se demandait la raison de cette malédiction qui planait sur son nom. Les rues étaient pleines de couples. Ils avaient des histoires simples. Ils se rencontraient, s'aimaient, se mariaient. Ils avaient des projets. Ils partaient en vacances en groupe, entre gens du même âge. Ils n'appelaient jamais au secours. Marthe, depuis la Castille, avait pris des rides. Son cœur ressemblait à une vieille pomme fripée, incomestible, abandonnée au fond d'un compotier. « Bientôt pourrie. » Elle arpentait les pièces de long en large. « Qu'as-tu fait de ta vie ? » Elle s'arrêtait devant un miroir pour fuir aussitôt, de crainte de voir monter les larmes dans son visage convulsé. Partout ce labyrinthe. Ces couloirs étroits et sombres où régnait un noir plus dense que le noir. Et, invisible, omniprésent, ce regard impitoyable, qui ne cessait de la suivre, de la jauger, de la juger. Libre, certes elle était libre. Libre de vivre sans ambition, sans souffrance, une condition de femme construite autour du silence, du vide, du rêve et de l'ennui. Mais cet œil fixé sur elle qui semblait réclamer des comptes, la désemparait. « Où vais-je ? » L'angoisse lui coupait le souffle. Elle s'oubliait debout, au milieu d'une pièce, les objets lui tombaient des mains, ses yeux s'injectaient de sang. Le temps d'un éclair, elle s'était entrevue, et s'étant rencontrée, elle avait ressenti tout le danger qui émanait de cette présence fantomatique, maussade et bête, de ce double sans humour, sans amour. Dans ce face-à-face fulgurant avec son âme, elle s'avisait de ses limites et mesurait la corvée qui lui incombait : se supporter sans faillir, toujours et encore, jusqu'à la mort.

« Tu es maladroite. Fais donc attention, murmurait Sonia qui avait sursauté.

— Je veux tout. Tout et le supplément, protestait Marthe.

Sonia haussait un sourcil, allumait une gauloise, lui consacrait une pause.

« Tout ? Ne sois pas si absolue ! »

Marthe lui prenait les doigts, et avec un respect infini, y déposait un baiser. Un sourire éclairait le visage de sa tante et Marthe, attendrie, couvait des yeux les cheveux blancs qui contrastaient avec la jeunesse de la peau, les sourcils de coquette, d'un dessin si rigoureux, mais le regard dense, intuitif. Un visage duel où se reflétait chaque frémissement du cœur. Elle se disait que cette femme n'avait jamais dû avoir envie de la quitter, la vie. Elle avait su prendre des arrangements devinant, à son âge, un bout de la vérité, et s'en accommodant, ses illusions perdues. Mais cette transparence apprise, cette conscience de la paix avaient été payées avec les ongles. Sonia avait renoncé au désir. Il fallait la supplier pour qu'elle achète une robe, des chaussures, un foulard. Elle n'en comprenait plus l'utilité, s'approchait de l'ascétisme. Il fallait la gronder pour qu'elle consente à prendre des vacances, à quitter Paris pour deux semaines de détente dans un village ou au bord de la mer. Elle avait atteint la grotte à l'orée du temps, où l'on se détache sans tristesse de la curiosité. Marthe comptait sur ses doigts. Il lui restait trente ans à traverser pour parvenir à cet âge serein. Trente années à prendre d'assaut. « C'est ma vie, elle est à moi, à moi toute, et je ne sais pas comment m'en délivrer », se répétait-elle lentement, avec une douceur effrayante, et elle riait en silence, comprenant qu'elle s'effritait à l'intérieur. Dehors, dedans, les mêmes questions la taraudaient. Elle s'obstinait à ramasser le temps avec une épuisette. Et le temps perfide s'égouttait comme du jus, hier semblable à aujourd'hui et à demain. Pour aboutir, il fallait trouver la cadence. Mais il était peut-être déjà trop tard. Elle s'était habituée à la mort. Elle s'était habituée à la défaite. Elle s'était habituée à cette petite chanson douloureuse qui sourdait dans la nuit. A cette grande, immense solitude. Elle avançait incertaine, dans les limbes. D'ailleurs ceux qui l'entouraient avaient comme elle la pupille fêlée. Eux aussi dardaient sur la vie ce regard fracturé, ce double regard qui excentrait leur vision et les donnait pour excentriques aux autres. Comme ces vitres où s'est logée une bulle, qui absorbe l'attention et irrite. Ils étaient étrangers et étranges.

Marthe s'emparait de la déesse de la fécondité, la caressait, la retournait, s'amusait d'elle comme un enfant qui réclame sa poupée après une crise de larmes. Le ciseau de l'artiste avait laissé dans le bois des empreintes légères, des stries irrégulières qui épousaient la fibre. Elle frottait sa paume contre le ventre rebondi qu'une balafre cisaillait de part en part, explorait les courbes du visage taillé au biseau, jusqu'au moment où un frisson la parcourait. Silence. Sonia n'avait rien vu. Marthe remettait la statue à sa place... Elle aurait vendu son âme pour un sortilège.

La nuit, Marthe enfilait ses bottes, un chandail épais, un imperméable beige.

Sonia, devant ces préparatifs, haussait un sourcil, demandait invariablement :

« Tu vas travailler ? »

Marthe acquiesçait en vérifiant soigneusement son appareil photo.

« Tu rentres tard ?

— Je ne sais pas... Peut-être... Ne t'inquiète pas...

— N'oublie pas tes clefs », recommandait Sonia en l'accompagnant jusqu'à la porte. Elle tendait son front et recevait un baiser rapide. Marthe dégringolait l'escalier, l'appareil photo en sautoir sur la poitrine. Elle marchait longtemps, au hasard, avec le poids rassurant du boîtier contre son cœur et souvent elle arrivait en suivant les quais, aux confins de la ville, vers des espaces de béton gris, silencieux et déserts, où se dressaient des immeubles qui s'étiraient vers le ciel, lisses et hauts, comme d'immenses cartons d'emballage, troués par les alvéoles des fenêtres. Des êtres s'y agitaient ou dormaient. Elle tendait l'oreille pour surprendre le bruissement de leurs vies, l'entrecroisement de leurs pensées. Elle armait son appareil. Il suffisait d'une simple pression, à peine sensible, de l'index, pour arracher à la ville sa respiration. Ravir une image à la ville, une seule image, qui ne serait ni sentimentale ni agressive, une image qui l'évoquerait en la contenant toute. Et Marthe, qui voulait ravir ce qu'il y avait de plus secret et de plus sacré dans ce qui se déployait devant elle, reculait, choisissait ses angles, étudiait la lumière, la géométrie des lignes, puis finissait par renoncer à prendre le cliché. Un autre, plus loin, serait plus juste. Ici, c'était toujours ou trop osseux, ou trop dépouillé, ou trop vulgaire. Plus loin. Elle allumait une cigarette et reprenait sa marche.

Depuis qu'elle s'était surprise à parcourir de grandes distances en aveugle, comme sous hypnose, se retrouvant dans un quartier sans avoir fixé les choses alentour, elle s'était inventé un jeu. Elle nommait. Elle voyait un arbre, et l'appelait arbre. Elle voyait un homme et lui donnait un prénom en se décrivant à mi-voix, sa stature, ses traits et ses vêtements. Elle traversait un square et machinalement, en longeant ses grilles, elle cherchait l'enfant qu'elle avait été vers le coin où trônait le bac à sable qui montrait des coulées profondes, blessures faites par le piétinement de pieds minuscules. Depuis l'inconnu de Castille, elle éprouvait un besoin maladif, irrésistible, d'offrir un nom à tout ce qui était vivant. Ces yeux bleus, ce corps mince et bronzé dont chaque courbe la hantait encore, lui étaient un supplice. De n'avoir pas entendu sa voix, pas même son cri durant l'amour, d'avoir tenu entre ses bras un homme muet à jamais, la consternait. Pour cette vacuité, n'existait nul remède. Au commencement, il y avait eu l'étreinte et le silence. Au commencement, il y avait eu le désert. Elle lui inventait mille prénoms et les rejetait un à un sans indulgence, comme une infirmité supplémentaire. Une mystification. « Il » resterait insaisissable. Un funambule sur la corde raide de ses tristesses.

Les soirs de brume, elle allait vers Beaubourg. Le bâtiment de verre, si laid dans la lumière du jour avec son armature de plastique et de béton, prenait, les nuits de brouillard, la légèreté d'une bulle en suspens. Sur l'esplanade, un couple de mendiants tournait en rond pour se réchauffer. Allongés sur les pavés, des jeunes punks braillaient une chanson. Au fond, une vieille femme enveloppée dans un manteau noir. Marthe photographiait, le cœur battant. Elle figeait le couple de dos, les bras loin du corps. Elle prenait le couple en écrasant les reliefs pour donner l'impression d'un glissement ou d'un envol. Elle visait la vieille. Derrière elle le plan lumineux de la façade. Dans la nappe laiteuse du brouillard, la femme figurerait comme une tache, un élément que personne ne pourrait plus identifier. Epave ? Poubelle ? Rocher ? Le corps devenait une masse compacte et minérale. Marthe photographiait. Elle rendait cette femme silencieuse à jamais. Elle était sa mort dans le son bref du déclic. Mais pourtant jusque dans cette inertie profonde, la vie se devinait encore, sourdement, comme un enjeu.

Marthe, à bout de souffle, s'arrêtait et appréciait la scène. Le couple tournait toujours en rond. Les punks avaient entamé un autre refrain. La vieille n'avait pas bougé. Nul n'avait suspecté sa présence. Après une révérence, elle les quittait pour vagabonder ailleurs, devant la fontaine des Innocents ou dans la rue Saint-Denis. L'itinéraire importait peu. Elle se laissait guider par l'intuition. Elle prenait une photo. Puis une autre. Et à chaque fois elle avait le trac. La peur confuse de se tromper de sujet ou de répéter à l'infini le même thème. La peur de n'être pas assez ouverte à la magie de la rue.

Ces photos iraient rejoindre les autres, en vrac, dans un carton à dessins. Les magazines refusaient de publier ces clichés d'une ville qui apparaissait sauvage, rude et béante. Marthe persévérait pour le plaisir d'errer la nuit et pour ces rencontres éphémères avec des hommes qui surgissaient au détour d'une rue. Quand la voix ou le regard lui plaisait, elle acceptait de se laisser inviter dans un bar.

Elle expliquait ses photos, l'impression de flou et de solitude qu'elle voulait imposer. Elle parlait de Viviane, de Paule ou de Marcel. Elle décrivait les manies de sa mère. Elle brouillait les pistes en racontant Sonia, l'Afrique, les griots, les sorciers, Dieu et les fétiches. Elle mentait, dissimulait, inventait, idéalisait. Elle prêtait à l'un ce qu'elle extorquait à l'autre, modifiait les caractères, nuançait les comportements, évoluant à l'aise parmi ces doubles, sans jamais se trahir, se couper, faire un accroc. Les hommes l'écoutaient avec attention, étonnés par cette profusion d'histoires qui ressemblaient à des mythes, par cette flottille de personnages qui paraissaient surgir d'un roman du XIX⁰ siècle. Ces nuits-là, Marthe exultait. Elle se savait belle. Les yeux des hommes devenaient ses miroirs. Elle respirait par leur souffle, et chacun des sourires qu'ils lui dédiaient la rendait garce, femelle enfin, presque femme. Elle riait de les faire rire, de plaire, de les séduire. Ces nuits-là étaient comme une trêve à l'angoisse, une lucarne de lumière dans la pénombre. Et, comme les verres d'alcool succédaient aux verres d'alcool, comme son sang fouetté circulait dans ses veines à un rythme de plus en plus rapide, elle finissait par trouver, à trois heures du matin, son authenticité. Sa voix devenait plus alanguie, plus feutrée. Elle laissait des silences entre les mots. Le fil de la suture devenait plus souple, moins serré. Elle offrait en pâture sa vie et ses questions, trouvant dans ces morceaux qu'elle arrachait d'elle-même, une sorte d'épaisseur à son avenir. Comme si, derrière les mots, elle découvrait d'autres mots, qui eux, resteraient interdits, imprononçables.

Le temps de boire un café. Et elle repartait en refusant d'accompagner l'homme dans son lit. Éconduit, il devenait plus empressé. Il réclamait un rendez-vous, un numéro de téléphone, proposait de la raccompagner chez elle en taxi, insistait encore pour la revoir, lui fourrait dans la paume un papier où il avait noté ses coordonnées. Elle hochait la tête, fatiguée soudain, prête à tout promettre pour n'avoir pas à lutter ; elle disait « oui » distraitement, elle jurait qu'elle appellerait, bientôt, sans doute dès le lendemain, et elle claquait la porte du taxi.

Elle rentrait chez Sonia. En chemin, elle abaissait la vitre et abandonnait au vent des confettis, bouts de papier qu'elle avait déchiqueté et dont certains lui revenaient au visage. Elle se déshabillait et s'écroulait sur le matelas, ivre de fatigue et de froid. Quelques secondes avant de sombrer dans le sommeil, elle songeait avec satisfaction à cette écriture photographique qui la révélerait demain.

8.

La télévision allumée éclaire de lueurs bleuâtres la chambre plongée dans le noir. Des êtres privés de voix s'agitent sur l'écran, mais la radio est poussée à son maximum de puissance, et joue du jazz. Sur ces mesures, un couple armé dévalise une banque. Il sort à reculons tenant en joue des clients, aux bras théâtralement levés en l'air. Le couple s'embrasse dans une chambre d'hôtel. Une voiture heurte une barricade, tourne sur elle-même, se renverse et flambe.

Les images défilent, sans suite. La musique classique a remplacé le jazz. La nuque soutenue par des coussins, Marthe regarde sans voir et écoute sans entendre. La moquette, de chaque côté du matelas, est jonchée de paquets de cigarettes, de tasses vides renversées, de cendriers pleins de mégots, de pelures d'oranges. Un jean, les deux jambes en accordéon, gît près de l'armoire. Des mocassins en daim bleu se chevauchent. Un sac de cuir déverse son contenu de papiers, de livres et de maquillage. Quelle erreur a-t-elle commise ? Celle d'avoir aimé jusqu'à la folie ce corps brun et musclé qui avait, dans sa nudité, une clarté singulière, comme si toute la peau avait eu le pouvoir d'absorber les rayons de lune ? Et, chaque fois qu'elle avait fait l'amour avec Samuel, tandis qu'il pesait sur ses seins et s'enfonçait à l'intérieur d'elle, longuement, elle avait eu le sentiment que par leurs souffles mêlés, ils avaient joué avec la vie. L'enfant pouvait naître de leurs vertiges, par la grâce de Dieu. Ils s'entre-regardaient et marmonnaient langue contre langue. Sa bouche était profonde, étroite et chaude. Il suffisait de boire à cette coupe humaine, pour faire taire tous les impératifs, les humiliations et les colères. Et le bonheur, à force, était devenu une courbature. Comme la ruine de ce qu'elle aurait pu être, séparée de lui. De ce qu'elle aurait pu faire s'il n'avait été là à mettre des brides à ses ambitions, à son goût effréné de la nuit et de la solitude. L'amour était comme une sorte d'anesthésie confortable, un lieu dérobé et chimérique qui la protégeait de tout et dont elle avait voulu par mille feintes et mesquineries se libérer. Longtemps, elle avait cherché à tâtons une issue, persuadée que le bonheur était abrutissant et qu'il faisait disparaître l'énergie qui l'avait propulsée vers l'avant. Elle répétait à Samuel : « Tu me rends vaseuse. Je n'ai plus le courage de rien. » Elle avait tant vécu dans la violence que seul le doute lui permettait de créer, d'inventer, d'innover. Elle voulait de la tristesse, du chagrin, du désarroi. Elle voulait de la peur, de la précarité, du danger. Elle voulait de la menace pour sentir tressauter son cœur comme aux premiers moments de leur amour, quand elle craignait toute la journée qu'il oublie de lui téléphoner ou de respecter leur rendez-vous. Elle n'avait pas prévu qu'à la longue, épuisé par les scènes de jalousie qui alternaient avec les faux départs larmoyants, il romprait brutalement leur liaison. Les deux derniers mois surtout avaient été un enfer. Elle se réveillait en sursaut, possédée par des cauchemars atroces et récurrents qui la faisaient hurler et que Samuel tentait en vain de calmer. Mais elle n'avait jamais osé lui avouer ses rêves où, installée derrière lui, elle lui picorait avec délectation la cervelle, une serviette blanche, damassée, nouée autour du cou.

La tête souriante d'un présentateur s'encadre sur l'écran. Un reportage sur la vie des animaux succède au film policier. Un tigre s'étire, bâille et montre ses crocs. Un tigre ou un lion? Peu importe, cette bête-là lui est familière car elle ressemble en plus noble, à celle qui la hante depuis l'enfance et que personne n'a réussi à tuer ou même à exiler. Carnassière, issue et nourrie sans doute de ce haut mal qu'il est convenu d'appeler la vie, elle monte la garde autour d'un espace personnel étroit et consternant, prête à jaillir de l'ombre pour renifler, mordre et déchirer ceux qui d'aventure se rapprochent d'assez près pour susciter une émotion. Rien ne trahit sa présence, pas même ces signes particuliers qui marquent à fleur de peau certains visages où se devine, avec la trace du mal qui les ronge, le domaine de l'âme. Leurs yeux qui brillent comme s'ils avaient commis un meurtre, le pli malsain de la bouche ou leur teint trouble dénoncent avant même que des mots ne soient prononcés, le travail sourd et lent du drame qui s'accomplit en eux. Leurs abîmes restent au cœur de leurs projets, et leurs étreintes ont quelque chose de fatidique comme un baiser de la mort. Mais ceux-là étaient vieux et ils avaient eu le temps d'avoir leur compte de déroutes et de désillusions.

Chez Marthe la bête était souple et savait se replier vers sa cage pour tromper l'adversaire. C'est plus tard, quand Samuel avait commencé à se détacher qu'elle avait deviné un fragment de la vérité. Mais leur couple avait été trop rafistolé. Alors par habitude ou par dépit, Marthe avait laissé faire, se contentant d'observer cette

« chose » qui accourait silencieusement des profondeurs, à travers des labyrinthes compliqués, pour s'avancer à découvert et dévoiler toutes ses disgrâces. Tantôt chacal, tantôt vipère, elle guettait l'agonie de sa proie ou crachait son venin, avec pour excuse, le souci d'une perfection exagérée et lassante. Comme si, pour être aimée tout entière, pour être acceptée dans son intégralité, une fois les tentatives de séduction amorcées, il fallait aussi savoir apprivoiser et adopter le monstre qu'elle abritait et qui ne cessait de ricaner à propos de n'importe quoi. Juché sur son piédestal, il surveillait, jugeait et blâmait, accoutumé à la solitude jusqu'à l'obsession, ravagé par le désir de faire le vide, un vide immense et plat qui était peut-être apparu à la mort du père et qui n'en finissait pas de durer. Et c'était pour mieux entendre crier ce vide, que Marthe avait marché, le monstre accroché à ses talons. Seul Samuel, les premiers temps, avait eu le pouvoir de l'intriguer suffisamment pour l'égarer sur des pistes fausses ou l'immobiliser. Mais c'était lui qui avait fini par fuir, anéanti. Et le monstre qui désormais avait vaincu, jouissait de toute la place et se vautrait, bien découplé, au point que la haine avait tout submergé.

Marthe attire le miroir lourd et carré, bordé de pin, qu'elle a appuyé contre le mur et qui a glissé entre les draps. Dans la lumière bleue, les joues sont émaciées et d'une couleur cadavérique. Les cheveux s'aplatissent, emmêlés, secs et ternes sur le front et le long des joues. Les yeux... Non, pas les yeux.

Cette lueur qui gagne de jour en jour la prunelle, d'instinct, elle la reconnaît. Elle s'accorde au velours soyeux, un peu éteint et râpé d'une draperie que la Mère avait déballée d'un coffre pour la déchirer en lamelles fines. Quel usage en avait-elle fait ? Marthe a oublié. Sans doute des chiffons pour cirer les meubles en palissandre de la salle à manger. Il se pouvait aussi que la Mère se fût acharnée sur cette pièce pour dominer sa colère. Pressentant la dépression, le médecin avait recommandé de l'éloigner de Paris. Le père avait négligé d'écouter ces conseils. Il n'avait pas eu vraiment tort. Ces crises sporadiques duraient depuis tant d'années, pourquoi se serait-il inquiété justement de la dernière ? La Mère protestait depuis si longtemps contre la vie et le train monotone d'une maison où tout le monde entrait, sortait, téléphonait, sans prendre garde à elle. Elle observait cette famille où quatre enfants se démenaient, s'agitaient et grandissaient. Quel rôle lui concédait-on ? Etait-elle encore indispensable ? Elle avait commencé alors, insensiblement, à parler de sa santé. Et cette petite litanie avait fait son effet. Elle avait repris la première place. Migraines, furoncles, lumbago, entorses. Les maladies se suivaient et s'enchaînaient. Jamais plus d'une à la fois. Sitôt que le médecin la prétendait guérie, elle se plaignait d'une autre partie de son corps. Elle choisissait le moment où toute la famille était réunie autour de la table, pour prendre cet air inspiré qui lui retournait le blanc des yeux. Ses lèvres s'évasaient, ses paupières se plissaient, ses muscles, comme tétanisés, se contractaient. Sa figure devenait un masque souffreteux, pâle et dolent. Elle semblait, tête basse, recroquevillée sur sa chaise, se retirer en elle-même pour localiser le lieu de la douleur. Et parfois, des accès terribles de toux lui déchiraient la gorge. « Bois un verre d'eau », conseillait Viviane, en mâchant ses spaghettis. La Mère secouait la tête, pour dire non. Sans être jolie, elle avait des formes agréables et graciles. Un visage ovale, des yeux gris, des cheveux châtains tirés sur les tempes qui formaient un chignon sur l'arrière, car elle les perdait, et on en trouvait partout, sur le lavabo, dans ses papiers, près de son assiette quand elle déjeunait.

Dans ses vêtements d'une coupe trop stricte, taillés dans des draps marine, qui lui donnaient un aspect sévère, elle incarnait sa profession d'institutrice. Elle voulait offrir d'elle l'image la plus impersonnelle. Elle avait même choisi de colorer ses lèvres d'un rose beige un peu gras et onctueux, moins pour les montrer que pour mieux les gommer.

« Tu as pris tes médicaments ? » demandait Marcel. Le père, assis en bout de table, ralentissait ses gestes et mangeait d'un air contraint, l'appétit coupé. Il était le seul à comprendre que ces maladies, pour la plupart simulées, intervenaient pour le punir d'une erreur qu'il avait faite et qui ne pouvait s'évoquer devant les enfants. Cette femme jeune encore et inguérissable, exprimait par ses plaintes répétées, une prière stridente qu'il ne pouvait pas combler. Et, bien souvent, il repoussait son assiette encore pleine et se sauvait à la cuisine pour préparer le café. La Mère enfin, au dessert, annonçait d'une voix mourante qu'elle allait mieux. Tandis que Paule et Marcel desservaient la table et lavaient la vaisselle, elle se précipitait sur le téléphone et prenait un rendez-vous pour se faire ausculter. L'œil perspicace que le praticien posait sur elle, sa main experte qui lui palpait le ventre, l'entrecuisse, les seins, ses questions brèves, concises et patientes, sur la nourriture qu'elle avait ingurgitée, sur le nombre de fois où elle avait uriné, déféqué, devaient la rassurer. Quelqu'un en ce monde s'inquiétait des troubles qui affectaient son organisme et en dressait un bilan détaillé. Quelqu'un, en lui témoignant une écoute attentive, la défendait des parasites qui infectaient et déréglaient son corps. Dans les cabinets des spécialistes — qui n'étaient jamais les mêmes, car elle se déprenait d'eux aussi vite qu'elle leur avait accordé sa confiance et avait chanté leurs louanges — elle se détendait. A l'appel de son nom, elle se levait avec empressement, les narines frémissantes, l'œil grave, la démarche élastique, son petit sac verni pointé en avant. Elle s'avançait à la rencontre de cet homme vêtu de blanc, qui une main sur la poignée tenait la porte ouverte et lui tendait l'autre, qu'elle serrait avec effusion. Leurs regards se croisaient et la mère rougissait, un peu émue, intimidée. Elle s'arrêtait, balbutiait : « Bonjour Docteur. » Et elle pénétrait dans l'antre sacré avec la mine béate, conspiratrice, des femmes sur le point de commettre un adultère.

Marthe l'avait accompagnée une fois. Elle était âgée de douze ans. Mais elle avait ressenti une jalousie féroce en surprenant ce sourire ambigu qui avait éclairé le visage de sa mère lorsque celle-ci s'était redressée pour marcher vers l'homme en blanc. Que se passait-il derrière cette porte close où sa mère, nue, se livrait à un regard étranger ? Comment la touchait-il ? Puisqu'elle revenait si souvent dans son cabinet, c'est que, bien sûr, il était son amant. Sinon, elle aurait pris un vieux monsieur digne, comme le médecin de famille qu'elle appelait quand eux, les enfants, étaient malades. Son père se doutait-il qu'il était probablement trompé ? Marthe avait connu dans cette salle d'attente, durant le quart d'heure de la visite, toutes les nuances de la colère, du chagrin et de la méfiance. Elle avait rêvé de défoncer cette porte, de les tenir tous les deux sous le feu de son regard tandis que, penauds, ils se seraient relevés. Elle aurait entraîné sa mère loin, bien loin de tous ces docteurs qui la caressaient sous le prétexte de la guérir. Et elle aurait été la dépositaire d'un secret dont même son père aurait été exclu. Sa mère était ressortie du cabinet, transfigurée, heureuse, l'ordonnance pliée dans sa main. Elle avait payé le tarif pour vivre tranquille quelques jours — un temps variable selon que l'examen qu'elle venait de subir l'avait satisfaite ou non — et prête à suivre ces rites magiques et minutieux prescrits par le médecin et dont elle allait vérifier le résultat. Marthe, aveuglée par la rage, lui avait fait une scène. L'idée que sa mère s'était engouffrée dans le cabinet pour consentir à des pratiques ignobles et honteuses, ne la quittait pas.

La Mère raffolait des médicaments, des potions à ingérer à heures régulières. Elle retirait de la boîte en carton la posologie qu'elle lisait soigneusement, en hochant la tête. Elle contrôlait ensuite, par précaution, dans le dictionnaire médical rangé dans la bibliothèque, si le traitement qu'elle devait suivre s'appliquait bien à la nature de son mal. Ces deux étapes terminées, elle préparait sur la table les flacons de gélules, une cruche d'eau et un verre. Penchée sur l'ordonnance, elle suivait à la lettre les recommandations, et se dopait en se tâtant la gorge, comme pour suivre dans la trachée le passage des drogues qu'elle gobait avidement.

Marthe ne croyait plus à ces indispositions. Sa mère jouait la comédie pour continuer à voir en toute impunité ses amants. Elle n'était pas malade. Elle était menteuse. Elle devait recracher les cachets après avoir fait semblant de les avaler. Bouleversée d'amour pour son père, Marthe venait à tout moment l'embrasser, le cajoler, le bercer. Elle lui lançait des coups d'œil apitoyés, convaincue de la profondeur de sa solitude et de son malheur. Son secret la tourmentait, mais par scrupule, elle n'osait rien trahir. Elle tournait autour de lui, l'aveu au bord des lèvres, méditant sur la manière de le prévenir contre « sa » femme qui abusait de sa confiance, de sa bonté, de son argent. « C'est cher, un médecin ? » demandait-elle. « Tu l'aimes, maman ? » questionnait-elle anxieusement. Elle n'allait pas plus loin. Les réponses de son père variaient selon qu'il était amusé ou agacé par cette insistance. Mais de toute évidence, les explications qu'il lui offrait étaient insuffisantes car, peu à peu, cet homme floué la dégoûta. Qu'il pût encore rire, plaisanter, inviter à la maison ses amis d'enfance pour « taper le carton » en buvant une anisette, la décontenançait. Il ne devait rien ignorer de la vérité, seulement il était trop lâche pour intervenir. Et, la nuit, avant de s'endormir, elle appelait le plaisir en fantasmant sur des cliniques, des chambres d'hôpital, où des silhouettes en blouse blanche la frôlaient en murmurant des mots latins compliqués. Sur ces territoires qui fleuraient l'éther, la pommade, l'impuissance et la mort, des mains douces, savantes, larges et brunes la violaient et lui apprenaient la volupté. Elle ne parvenait jamais à se représenter le visage de ces hommes. Seules leurs doigts, qui avaient le pouvoir de lui trousser la jupe, de se frayer un chemin le long des cuisses et d'effleurer le haut lieu de l'interdit, apparaissaient à l'évocation des mots « médecin », « docteur ». Jouissance et maladie étaient synonymes.

Le corps saigne mais se fortifie. Le corps défaille, chancelle, se couche, transpire sous les draps, tremble terrifié à l'idée que la vie puisse le quitter et se relève un matin, frais et dispos. Le corps geint à sa façon, obéissant aux ordres du cerveau. On fait alors appel à ces médecins guérisseurs de l'âme.

La Mère était malade, mais bien vivante.

Et c'est le père qui est mort le premier, avec discrétion.

Marthe grimace et le miroir bascule vers la place vide du lit. Tout à coup, elle ne sait pourquoi, les souvenirs l'ont renversée d'une chiquenaude sur ce matelas et ricochent d'une image à l'autre, défiant le temps, et les efforts accomplis pour les parquer à l'abri derrière un mur. Se peut-il que des actes révolus qui n'ont demandé que les quelques secondes nécessaires à leur réalisation puissent vous hanter pendant des années sans faiblir d'intensité ? Elle comprend maintenant la signification de cette phrase sibylline : « Ton mari saura peut-être t'aimer. » De fait, elle l'a toujours bien entendue, cette phrase, elle avait toujours compris qu'entre eux, « cela n'allait pas très fort », comme la Mère le chuchotait à Sonia, lorsque celle-ci, revenue d'Afrique, prenait des nouvelles de la famille. Sonia hochait la tête d'un air compatissant. Marthe relevait la tête de son livre et invariablement questionnait d'un air candide : « Entre qui cela ne va pas fort, Maman ? » Et elle connaissait, par avance, le ton et la formule de la réponse qu'elle obtiendrait : « Cela n'intéresse pas les petites filles. Ne t'occupe pas de nous. »

On dit que les fleuves ne remontent jamais leur cours. Qu'ils vont, de leur source, se jeter sans faillir dans la mer. Mais les hommes succombent et reviennent sans cesse vers les lieux d'où on les a bannis. Ils reviennent pour découvrir que passé et avenir sont reliés par un pont dont l'arche, brisée, ne peut se réparer. Ses deux piliers s'élèvent sur les deux rives, mais les bords descellés ne se rejoignent pas. Chaque année, des éboulis emportent d'autres moellons et élargissent la fracture. Des images de l'enfance, sans doute puériles, mais nécessaires, se sont effacées. Les événements ne sont plus coordonnés. Les lacunes de la mémoire s'ajoutent à des oublis récents. Un rouage a dû se détraquer. Mais lequel ?

Le reportage dans la jungle s'achève. La publicité propose un intermède.

Marthe pleure.

9.

C'était par une de ces nuits où le cœur bat la chamade. Une nuit où le froid était âpre. Une nuit de pleine lune. Marthe s'avançait vers le Châtelet, infléchie contre le vent, et ses cheveux se rabattaient sur ses joues, sur ses yeux. Elle chantait, ivre de joie, le long des quais où la Seine, noire, mugissante, frappait la maçonnerie. Elle chantait avec la certitude absolue de sa liberté. Ces rues, vidées par la bourrasque, étaient à elle. Elle était vent. Elle était ces larmes qui jaillissaient d'entre ses paupières, larmes versées par le froid et pour le froid. Elle était force pure. Cette nuit, elle se sentait un peu sorcière. Elle fixait au-delà des monuments, du ciel et des immeubles, quelque chose d'invisible encore, une photo à créer, une image à détacher du réel. Cette photo était déjà en mouvement et s'édifiait avant même la rencontre du sujet.

Quand elle parvint sur la place du Châtelet, le vent s'était un peu calmé. Les deux théâtres étaient éteints. Un taxi ralentit à sa hauteur, accéléra, puis disparut.

Marthe s'engagea dans la rue Saint-Denis. Sa hâte la quittait. Sa nuit ne serait pas différente des autres. Elle glana quelques images sans importance. Elle s'acharna, piétinant devant les bars encore illuminés. Leurs néons zébraient le trottoir de lueurs rouges et bleues. Elle revint sur ses pas, découragée, et s'affala sur l'une des marches de la fontaine des Innocents. Sur les palissades qui clôturaient le chantier du trou des Halles des affiches étaient collées de travers. Elle était trop loin pour distinguer les figures. Au téléobjectif, elle balaya le visage hiératique de Féla, et celui hilare d'un cambrioleur qui vantait les mérites de la Samaritaine. Devos, narquois, jouissait du noir et blanc à proximité d'une publicité Obao où une surfiste dansait sur la crête d'une vague. Marthe abaissait le téléobjectif quand surgit, à petites foulées, un homme en jogging noir. Elle calcula la distance entre l'homme et l'affiche, et prenant appui sur le genou, elle chargea délicatement l'appareil et appuya sur le déclic. La pointe extrême de la planche de surf sembla percer comme un aiguillon le ventre de l'homme. Le rire de la surfiste pâmée en arrière, walkyrie de la mer, paraissait plus triomphant encore. Marthe aimait les photos qui, par leur composition, défiaient la vraisemblance.

D'instinct il comprit qu'il avait attiré l'attention. Sa tête pivota. Son corps vira sur lui-même. En l'apercevant, l'homme se redressa imperceptiblement pour trouver une ligne provocante. Elle sourit. Elle l'attendit en allumant une cigarette.

« La lumière était suffisante, j'espère ? cria-t-il, ironique.

— C'est pleine lune ce soir ! » répondit-elle sur le même ton. De l'index elle lui désignait le ciel.

« Vous m'en voyez réjoui. » Il arriva en sautillant. Les marches l'arrêtèrent un instant. Il les gravit. Posant un pied sur la margelle du bassin, les mains sur les hanches, il poursuivit :

« Ma silhouette présente un intérêt puissant ?

— Peut-être... Je constaterai sur épreuve. »

La clarté vieil or des spots dissimulés contre les flancs du bassin, nimbait le visage anguleux, aux lèvres sensuelles. La peau mate avait des reflets d'albâtre. Les cheveux souples, lourds et sombres, partagés par une raie, retombaient de chaque côté du front où s'étaient collées des mèches trempées de sueur. Les yeux noirs, un peu enfoncés dans les orbites, le nez busqué, aux arêtes vives, lui donnaient l'air d'un oiseau attendrissant et un peu inquiet.

« Le verdict du professionnel sera-t-il indulgent ? »

Marthe arrondit la bouche pour répliquer, mais dans sa gaieté, elle éclata de rire.

« Allez, on improvise. Je vous offre cette photo et en échange, vous m'invitez à boire un verre... Je pensais faire du jogging ce soir. Je n'ai pas pris de " blé " !

— D'accord », dit-elle, étourdiment.

Il lui prit d'autorité le coude et l'entraîna vers un bar encore ouvert. Elle s'abandonnait, mais la vieille gêne remontait à la surface comme un bouchon. Et déjà, elle cherchait un prétexte pour se soustraire et fuir. Il dit qu'elle n'était pas obligée de répondre à ses questions, mais il voulait tout de même savoir ce qu'une jeune fille pouvait faire dans la rue, seule à cette heure.

« Mais des photos... !

— Pourquoi la nuit ? La journée ne vous suffit pas ? »

Elle hésita puis haussant les épaules.

« La journée, je dors, je rêve, je lis... J'émerge seulement l'après-midi.

— Vous êtes une drôle de fille », murmura-t-il en lui ouvrant la porte du bar et en s'effaçant pour la laisser entrer.

Plus tard, elle devait constater qu'il se précipitait au-devant de toutes les portes, pour lui céder le passage. Il exécutait une sorte de ballet pour pousser ou tirer, retenir le battant et reculer, et cette attention à prévenir ses gestes devant les obstacles la touchait comme une preuve d'amour infini.

La salle était enfumée et bruyante. Des garçons la traversaient dans tous les sens en bousculant les sièges. Ils choisirent une table étroite dans le fond. Marthe se débarrassa de son imperméable et quand leurs regards se croisèrent, elle sut qu'elle se livrerait tout entière, qu'elle inventerait même au besoin pour le surprendre et le garder auprès d'elle aussi longtemps qu'elle le pourrait.

« On se présente ? » dit-il, en lui tendant la main qu'elle serra, amusée.

« Je m'appelle Samuel !

— Marthe. »

Il ne put s'empêcher de commenter :

« Il fait un peu ancien... On ne peut pas l'abréger... Ni lui trouver un diminutif.

— Ah ? dit-elle, sur la défensive.

— Vos parents, quand ils vous cajolaient, ils vous appelaient comment ?

— Sans importance. »

Le serveur s'approcha. Samuel commanda un whisky ; elle, un citron pressé qu'elle but, amer. De temps à autre, leurs yeux se rencontraient et Marthe ressentait un choc dans la poitrine ; une petite douleur qui la brûlait en dedans dont elle cherchait vainement la cause. Sans doute avait-il au fond des yeux cette désespérance que les femmes aiment lire chez les hommes, cette trace laissée par la solitude quand elle a fondu sur un être, et qui ne disparaît plus jamais malgré les gens dont il a appris à s'entourer. Il y avait là un vide qu'elle aurait peut-être aimé peupler si elle n'avait été indifférente à tout.

Il expliquait qu'il était professeur de langues dans un lycée. Il terminerait son contrat et se rendrait au Brésil. Il ne supportait plus, disait-il, les pays froids. Il voulait vivre pieds nus, sous le soleil. Elle l'écoutait, légèrement distante, surveillant du coin de l'œil les allées et venues des consommateurs. Leur mouvement était devenu incessant. Un courant d'air, créé par la porte battante, chassait vers les miroirs biseautés piqués de gris, vers le plafond peint en noir et rouge, chargé de lustres rococo, les volutes de fumée. Elle comprenait que cette nuit, elle ne parlerait pas de Paule, de Viviane, de Marcel ou de sa mère. Cette nuit, elle ne parlerait pas de sa quête ni des images qu'elle traquait. Pour une fois, la parole était à l'autre. Il racontait qu'il était né aux portes du désert, à Ouarzazate, au Maroc. Elle lui fit répéter ce nom qu'elle trouva très beau, et quand il l'eut dit quatre fois avec une expression sérieuse puis de plus en plus enjouée, elle affirma qu'elle lui trouvait les sonorités chantantes, qu'on pouvait imaginer le générique d'un film uniquement composé par ce nom déroulé en spirale, comme une intrigue.

Quand il voulut lui décrire la cité, elle l'arrêta d'un geste, en effleurant ses doigts furtivement, et pour la première fois, depuis qu'ils étaient entrés dans ce bar, elle s'anima, toucha terre, et ses yeux cessèrent de papilloter vers la sortie.

« Non, s'il vous plaît. Vous allez tout gâcher. J'ai toujours peur des cartes postales. Ouarzazate suffit pour créer un décor, pour sentir le désert. »

Devinant sa surprise, sa déception, elle ajouta :

« Je préfère imaginer. Que pourriez-vous me dépeindre que je ne sache déjà ? Du sable ? Des montagnes ? Des pierres ? Je vois du bleu et du blanc. De la lumière. Mais une lumière presque insoutenable...

— Vous êtes vraiment ainsi ? demanda-t-il, découragé.

— Ainsi, comment ?

— Vous ne ressemblez pas aux filles que je connais. Elles sont légères, un peu creuses, elles se détendent au moindre mot. Vous, c'est le contraire. On dirait que tout vous pèse, qu'il vous faut prendre la vie au sérieux pour pouvoir y croire. »

Elle respirait plus vite. Confondue, elle en accusait l'atmosphère surchauffée de cette salle bruyante, mais ses orteils dans ses bottes étaient gelés et le bout de ses doigts était bleu et piquant. Le désir progressait. Pire que la mort, elle craignait ce tournoiement du sang qui la précipiterait vers lui pour une étreinte courte, éphémère, qui la ramènerait en Castille, cette terre haïe. Elle songeait que cette évocation était crissante, comme du sucre renversé sur le sol, que l'on piétine par mégarde et qui vous crispe jusqu'à la racine des cheveux. D'un amour à l'autre, c'était la même panique qui se faufilait jusqu'à l'écœurement, une hébétude faite d'impuissance à retenir les êtres et de soulagement quand ils confirmaient cette peur en la laissant partir sans un mot d'explication. Cette joie maligne à se laisser décevoir durait depuis des années. Une vieille compagne...

Il allongea sa main vers celles de Marthe qui se joignaient, inertes et froides devant son verre, effleura le bracelet d'argent sans toucher la peau, le bracelet qui se maintenait à la limite de la manche et joua à le tourmenter, avec une lenteur telle, qu'elle en pâlit.

« Vous êtes... attirante, malgré votre gravité. Mais c'est un défaut qui se répare, murmura-t-il, en l'observant par en dessous.

— C'est gentil ! Je vous remercie... de m'accorder cette chance. »

Elle avait voulu riposter avec humour mais force lui fut de constater avant que l'écho n'en mourût, que le timbre de sa voix qui se répercutait follement à ses oreilles, sonnait faux. Irritée, elle se rejeta en arrière. Samuel souriait, les lèvres plissées par une expression moqueuse.

Ils se turent soudain. Tout se tut autour d'eux. Des paroles venaient sur les lèvres qu'ils n'entendaient plus, qui se laissaient deviner. La salle formait un tableau baroque, avec ces gens habillés de costumes à la mode presque identiques par leur forme et leur couleur, qui s'abandonnaient lascifs sur les banquettes et sur les chaises. Au-dessus des verres, à toutes les tables, des ponts formés par des bras dont les mains se scellaient. Marthe voyait tourbillonner devant ses yeux des myriades de lumières miroitantes. Elle paya leurs consommations. Elle se cramponnait encore, de toutes ses forces, à l'idée qu'elle allait le quitter au bout de la rue pour revenir chez Sonia s'allonger dans son petit lit, où elle lirait, comme d'habitude avant de s'endormir, quelques pages d'un livre tiré au hasard sur les rayons poussiéreux de la bibliothèque.

Elle se retrouva rue Rambuteau. Elle le précéda dans le couloir de l'immeuble. Elle se dirigeait sur la droite vers l'escalier, quand elle s'aperçut qu'il ouvrait une porte donnant sur la cour. Elle découvrit, par l'entrebâillement, la maisonnette ceinte d'une clôture en bois, les quatre chats qui se pressaient sur le seuil en miaulant, étiques, l'échine dévorée par une pelade affreuse, les plantes desséchées qui jaillissaient de pots de terre minuscules.

10.

Ils n'avaient pas fait l'amour.

La maisonnette était toute en longueur. Une pièce peinte en blanc servait de bureau et de salon. Des fauteuils de velours vert, aux accoudoirs labourés par les griffes des chats, laissaient dégorger par endroits, des houppes de crin gris. Deux statuettes khmères, jumelles, le front bombé et haut, couronné d'un diadème, étendaient gracieusement leurs bras, paumes retournées, doigts écartés pour une bénédiction sereine. Quelques gravures et des tableaux à l'huile décoraient les murs. Sur une table protégée par une toile cirée blanche, le buste d'un mannequin, évidé et peint, avait été transformé en abat-jour.

Samuel, empressé, accourait de la cuisine, les mains encombrées par un plateau.

« Tu bois un coca ?

— Je préfère du thé... »

Il s'éclipsa aussitôt, la laissant tourner dans la pièce, les pans de son imperméable ouverts, la ceinture traînant au sol, comme une femme en peignoir. Suspendus à des patères, des manteaux et des vestes s'empilaient les uns sur les autres. Aucun ne semblait féminin. Mais il aurait fallu se rendre dans la salle de bains afin de vérifier s'il vivait seul. Elle avait appris à repérer d'un coup d'œil la présence d'une autre. Un tube de rouge à lèvres, des épingles à cheveux, un flacon de parfum, menus objets disséminés sur les tablettes, étaient les signes éloquents d'une liaison. Elle se refusa dans un élan superstitieux à s'en assurer et elle attendit, debout, les dents serrées, attentive aux sons qui provenaient de la cuisine, le tintement de la théière qu'il rinçait et qui heurtait la faïence de l'évier, le chuintement de la vapeur d'eau qui s'échappait du bec de la bouilloire.

« Ceylan ou Darjeeling ? cria-t-il en tendant la tête hors de la cuisine.

— Peu importe... tu as un cendrier ? » dit-elle d'une voix qu'elle cherchait à rendre neutre.

Ses yeux continuaient à balayer la pièce, notaient l'ordre strict qui régnait sur le bureau et les étagères où tout semblait classé. Encore une maison d'où on la chasserait poliment au matin après avoir refait le lit et aéré la chambre. Une foule de vieux souvenirs l'envahit, de ceux qu'on ensevelit d'abord avec une souffrance vraie, puis par vanité blessée, enfin avec ce désabusement que vous donne l'habitude. Avait-elle un regard désarmé quand un homme l'éconduisait ? Si son orgueil ne lui avait pas dicté à chaque fois la solution de la fuite, aurait-elle eu une chance de se faire aimer quand tout semblait perdu ? Si elle avait su patienter, insister ?

« A quoi rêves-tu ? demanda Samuel en disposant sur la table la théière et les tasses.

— A ma vie ! Pourquoi t'ai-je suivi ?

— Mais pour ça... » riposta-t-il en s'emparant de l'appareil photo dont elle s'était défait en entrant et qui reposait sur un fauteuil. Réglant la mise au point, il prit deux photos. Il riait, heureux tandis qu'elle haussait les épaules d'un air maussade, furieuse de lui trouver du charme et de la beauté.

Il versait un thé clair et parfumé quand il se ravisa brusquement.

« Attends... J'ai une musique qui est faite pour toi. Shakti !... Le plus grand joueur de cithare. »

Il s'affaira un instant devant une pile de disques et en choisit un qu'il plaça sur la platine. La mélodie qui inonda la pièce était de celles qui vous pétrifient tant elles savent traduire les pénombres de l'âme, le ciel, la terre et les montagnes. Le thème se développait imperceptiblement. Se jouant du temps et le recréant, le musicien l'égrenait note après note avec une douceur pathétique. Il s'attardait sur une harmonie, qui s'assouplissait et enflait pour s'accorder à une autre, tout aussi menue et frêle. La vibration se propageait, reprise, rehaussée par le claquement sec d'une paume sur la peau de tambour. Et l'on distinguait le crissement des ongles et le souffle des exécutants car tout dans cette musique était vivant. Marthe, dans une fulgurance, revit la lumière qui auréolait la Castille à l'heure du soleil couchant, l'or et le pourpre du ciel, avec, au loin, la ligne noire des bêtes que les paysans menaient au puits. Elle entendit le cri rauque de l'oiseau de proie qui, survolant les collines, s'épouvantait de la mort du jour. Elle se vit dans la distance et la durée, se tenir droite dans une immensité de sable. Devant, derrière, le même monde étale se déployait à perte de vue, ni tout à fait mort ni tout à fait vivant. Alors, dans une secousse, elle s'élança dans les bras de l'homme qui l'étreignit et l'embrassa.

Ils écoutèrent Shakti en buvant du thé. Allongés sur le dos côte à côte, ils se tenaient par la main, jouant à se caresser du bout des doigts, du bout des ongles et s'étonnant des frissons qui, montant de leurs paumes parcouraient leurs corps. Parfois Samuel se redressait sur le coude et la dévisageait longuement. Elle ne bougeait pas, paupières mi-closes, et si elle restait impassible, le cœur, lui, se ridait comme l'eau à la surface d'un étang. Lovée dans un bien-être qu'elle redoutait de dissiper, elle souriait « en dedans » comme si ses muscles avaient appris à sourire, et son ventre, et ses jambes et ses mains. C'était le sourire le plus grandiose qu'elle eût jamais esquissé, non pas ce sourire qui montre les dents pour éclairer le visage, mais un sourire qui serait né dans les profondeurs mêmes de son être, et qui, si elle s'était laissée aller, l'aurait fait vagir.

« Je kidnapperai ta tristesse, promit-il en embrassant doucement ses lèvres. Tu verras. »

C'était simple. Ses seins se presseraient contre cette poitrine. Elle le laisserait plonger dans son ventre qui s'ouvrirait. Mais elle savait comment cela finirait, comment toujours cela se terminait. Comment elle les haïssait quand ils s'endormaient auprès d'elle, assouvis, dans une fixité de pierre. Et elle, avec ses questions, ses éternelles et interminables questions qui la tenaient éveillée jusqu'à l'aube, meurtrie, humide et bafouée. Elle pouvait toujours espérer qu'avec celui-là, enfin, elle saurait jouir. Combien de fois avait-elle calmé sa méfiance pour aboutir au même désenchantement ?

Elle le regarda. Le corps moulé dans le jogging était mince et souple mais puissant. Il avait une grâce silencieuse, une beauté sportive. Les muscles, à chaque geste, jouaient sous la peau, tendons durs et longs. Quand il avait surgi dans la nuit, elle avait cru voir une porte s'entrouvrir en grinçant, et à contre-jour, son père, les manches retroussées très haut sur les bras, lui avait fait un signe. Elle avait retenu son souffle devant cette vision. Samuel s'était avancé et Marthe n'avait plus su si c'était l'inconnu ou le souvenir du père aimé, qui l'avait émue. Elle savait seulement que depuis cinq ans, depuis sa mort, son passé lui avait échappé et qu'elle n'en retrouvait les bribes qu'à de rares moments d'ivresse, quand le vin ou le hachisch lui martelaient le sang jusqu'au délire.

Samuel se tordit dans une reptation lente qui rappelait le supplice des poissons échoués hors de l'eau et bascula sur le ventre, s'appuyant sur les coudes. Elle l'écoutait, enfermée dans un rêve spongieux et gris où l'on croit se perdre en ne bougeant pas. Il racontait les pièces claires, baignées de soleil de Ouarzazate, la lumière qui dansait sur les murs chaulés et la faïence bleue des carrelages et des frises. Les rideaux de perles de verre enfilées sur des cordelettes fines, s'enflammaient au crépuscule. Le mobilier était sobre mais chacune de ses lignes avait cette perfection des choses qui se marient au ciel et à la terre. Et quand venait le soir, dans le vent qui apportait des effluves délicats, de café, de menthe et de cigarettes, les femmes sortaient les nattes sur la véranda, avec une pile de coussins de cuir.

Les yeux rivés sur ses lèvres, elle songeait qu'il se serait bien entendu avec Sonia, quand elle réalisa que demain, sans doute, il ne voudrait plus d'elle. Elle en éprouva une angoisse si violente qu'un goût de sang lui emplit la bouche. Elle bondit sur ses pieds, lui tendit la main pour l'aider à se soulever à son tour, et d'un air de défi, elle dit :

« Viens… allons dormir. »

Dans la chambre minuscule, encombrée par un grand lit et une armoire à glace massive et ancienne elle se déshabilla en silence. Assise sur le lit, elle se débattait pour arracher avec des gestes nerveux ses bottes, son pull et son jean. Elle ne garda que son slip. Elle se disait que lorsque la porte de l'armoire était ouverte, le lit devait s'y refléter tout entier. Combien de jambes de femmes, de sourires de femmes, de poitrines, de ventres, ce miroir au tain gris, moucheté de poussière avait-il réfléchis ? Combien de fois un couple, le même homme toujours, embrassant une femme différente ? Et combien de fois, à genoux, allongées, debout, des femmes cheveux dénoués, s'étaient laissé voler leurs images, leurs expressions de joie et leur lassitude ? Un miroir d'amour qui vous épie, qui sait, lui qui a tant observé, celles qui viennent se mettre contre le ventre de l'homme en rugissant de plaisir, et celles qui sont comme des oiseaux morts, les ailes repliées, le bec dur, les paupières fermées, vivantes par le souffle mais vieilles, ternes, abîmées. Il vint fermer la fenêtre que l'espagnolette gardait entrebâillée, descendit le rideau en lames d'acier, et en se retournant, il la découvrit enfoncée sous la couette. « Déjà ? » murmura-t-il en la bordant. Il fit le tour des pièces, éteignit toutes les lampes, et s'arrêta dans la salle de bains pour se brosser les dents avant de la rejoindre dans le noir.

« Tu es bien ? Tu n'as pas froid ? »

Elle ne répondait pas, craignant qu'il n'entende claquer ses dents.

« Vous ne parlez jamais de vous, mademoiselle la photographe ? » demanda-t-il en l'attirant vers lui. Ses mains la palpaient, épousaient le contour de ses hanches en frôlant la ligne des seins, caressaient les cuisses, revenaient vers le visage, les joues et les cheveux. Ses mains modelaient avec douceur ses membres ankylosés. Il ignorait encore que ce corps qu'il berçait n'éprouvait guère d'émotions. Aucune laideur n'aurait pu tenir, tout entière, dans ce mot qui la condamnait au silence. Il agirait sans doute comme les autres en se murant dans un silence pudique et embarrassé. « Au suivant », se dit Marthe rêveusement. Et sa bouche répondait aux baisers. Sa langue tournoyait autour de cette langue un peu rêche et parfumée au dentifrice. Il se hissa sur elle, l'écrasa de son poids et l'embrassa, paupières fermées, concentré sur son plaisir. C'était sa faute. N'appartenait-elle pas à ce troupeau de femmes timorées qui gâchent stupidement leur vie, par peur, en avouant leur mal, d'être prises pour des infirmes ? Certaines n'allaient-elles pas jusqu'à simuler, frénétiques et hurlantes, un prétendu orgasme ? A quelle aliénation se préparaient-elles en jouant, soir après soir, la même ignoble comédie ? Une seule fois, Marthe s'était laissée aller à cette imposture. Les cris qu'elle avait voulu joyeux avaient ressemblé aux spasmes du chagrin. Elle avait réagi comme dans les films, enfonçant ses ongles dans le dos de l'amant, elle avait soupiré, frémi, râlé. Hébétée, elle avait vu l'homme se soulever, rejeter sa tête en arrière pour happer très haut de l'air. Ses lèvres s'étaient ouvertes avec le rictus des poissons qui viennent buter contre les parois de verre d'un aquarium. Mimant ses expressions, elle aussi s'était redressée pour gigoter, maladroite, appliquée à cacher sa maladresse. Accouplés, ils étaient séparés par leur solitude ; elle, enclose dans sa tristesse qui se muait en aversion, lui, absorbé par chaque coup de rein et le plaisir qu'il en obtenait. Elle avait observé son nombril, la touffe de son sexe, elle s'était acharnée à s'émouvoir, mais elle n'avait ressenti que mépris et honte. Lui, dressé sur elle, les doigts broyant ses seins, ne semblait rien remarquer ; peu à peu, son visage s'était alourdi en se défigurant : la bouche s'était enflée et bleuissait, les veines sur les tempes s'étaient gonflées, les yeux s'étaient retournés dans les orbites pour montrer la cornée blanche et vitreuse. Alors, épuisée par la haine, enchevêtrée à lui, elle avait gémi plus vite, plus fort en se cachant le visage dans ses mains dans l'espoir qu'il se hâterait de jouir.

Quand il était revenu à lui, il avait cligné très vite des paupières et chevroté d'un air gêné : « Pardonne-moi, je n'ai pas su t'attendre. »

Marthe subjuguée, avec les yeux agrandis d'un enfant qui aurait assisté à un tour de magie et qui ne pouvant comprendre comment d'un chapeau surgissent colombes et lapins, se résigne à l'illusion, Marthe s'était juré d'éviter ce recours pour n'avoir plus à essuyer l'humiliation de ce « pardonne-moi ». Comment avait-il percé son drame ? Le sexe émettait-il des ondes mystérieuses qui indiquaient que la femme avait joui ? Ou est-ce en s'effondrant sur elle, le cœur battant, qu'il avait réalisé que le sien était resté calme ?

Elle n'avait pas approfondi la question, recroquevillée sur ces scènes défilant devant ses yeux, se revoyant trembler, se contorsionner, embrasser, pleine de rancune pour ces exercices pitoyables de vieux clown qui ne trompaient personne, hormis elle-même. L'homme s'était assoupi sur le dos, écrasé de fatigue. Elle avait voulu larder de coups de couteau son torse gras et blanc. Il allait partir et peut-être rapporter cette anecdote à quelques copains entre le vin et le fromage. Que dirait-il « mon vieux, une planche » ?

Elle s'était levée pour se baigner le sexe, ôter d'elle ce liquide gluant. Elle avait écouté ses ronflements en s'ébouillantant les cuisses, voûtée sous sa douche, désespérée par ces images qui la hantaient. Il avait dû la plaindre d'aller traquer aussi loin le plaisir sans pouvoir l'atteindre. Car il n'avait aucune raison de croire au simulacre, d'imaginer qu'un être puisse se livrer à de telles simagrées.

« Tu t'endors ? » demanda Samuel en couvrant ses joues de baisers. Elle ouvrit les yeux, étudia en silence le visage qui surmontait le sien, les yeux noirs, le nez busqué, les deux rides profondes qui marquaient le contour de la bouche, et qui apparaissaient maintenant. Il y avait de la tendresse dans le regard, dans le sourire. Elle referma les paupières. Il n'insista pas.

« Viens ! Blottis-toi contre moi. Tu seras bien. »

Marthe, déconcertée, ne réagit pas. La proposition était si étrange, si incroyable, qu'elle ne sut comment l'interpréter, et elle préféra rester immobile, parfaitement immobile, tandis qu'il la poussait, la tirait et l'enlaçait avec des gestes délicats et caressants.

11.

Au matin, Marthe découvrit, au creux du lit, une
feuille de papier ornée de lettres écrites en majuscules et
de chiffres. « Tu dormais trop bien. N'oublie pas de
revenir. Claque la porte derrière toi ! 42.74.26.54. » Elle
consulta sa montre. Il était onze heures. Elle ne l'avait
pas entendu se préparer et partir. Elle pensa que cet
homme était fou. Fou de ne pas ressembler aux autres.
Fou de l'autoriser à le revoir. Elle prit une douche rapide
et s'habilla. La maisonnette était parfaitement calme.
Dans la cuisine, sur la desserte, elle trouva du café
encore chaud, qu'elle but debout, en grignotant une
tranche de pain sec. Elle ne toucha pas au plateau qu'il
avait préparé. Le beurre avait ramolli. Le lait qui se
couvrait d'une taie, menaçait de tourner. Elle rangea
dans le réfrigérateur les denrées périssables. La lumière
orange accusa le vide des claies. Une salade achevait de se
faner sur l'étagère du bas à côté d'une banane blette. Il
ne devait jamais dîner chez lui. Accroupie sur le
carrelage, elle ne se décidait pas à refermer la porte,
malgré l'air froid qui s'échappait. Elle scrutait ces
étagères nues, cette salade aux feuilles fripées et cette

banane presque pourrie, comme si ces détails étaient décisifs pour comprendre Samuel. Elle sentit monter en elle une émotion étourdissante, faite de gratitude, de fierté et de bonheur. Elle se dit qu'elle aimerait bien le remplir de fruits. Choisir au marché les produits les plus frais, les plus beaux et les lui présenter joliment, dans des corbeilles ou des coupes en grès. Picotements de mille épingles sur le crâne, sur la langue. Le sang se retira du cœur. Elle claqua la porte du réfrigérateur, se rinça le visage et arpenta la cuisine, les joues dégoulinantes d'eau, cherchant vainement à se ressaisir. Elle se versa une autre tasse de café qu'elle lampa par petites gorgées, les yeux dans le vague, souriante. Elle imaginait qu'elle passait la journée ici, à écouter de la musique en parcourant des revues. Elle prendrait un bain chaud, une cigarette aux lèvres, la plante des pieds posée sur le rebord de la baignoire. Son corps sentirait bon la femme, la joie, la paix. « Je t'attendais, dirait-elle. Je voulais te revoir. » Et pour se faire pardonner, elle l'inviterait au restaurant, chez le Brésilien. Ils commanderaient du vino verdi frais, et sa résistance à l'alcool étant faible, dans une minute de vertige, elle lui offrirait sa bouche par-dessus la table. Ils sortiraient étroitement enlacés, amoureux. « Et pom... pom... pom... » fredonna-t-elle. Elle ricana. « Du vrai roman-feuilleton ! Avec un happy-end !... ils eurent beaucoup d'enfants... furent très heureux ensemble... et la mort les oublia. »

D'une voix acide, elle s'ordonna de déguerpir au plus vite, avant, oui, avant de commettre un forfait, en fouillant dans les penderies ou les tiroirs du bureau pour dénicher des lettres, fouiner dans ses souvenirs et sa vie. La sonnerie du téléphone tinta à cet instant. Elle se raidit, blême, comme si elle avait été surprise en flagrant délit. Elle avait souvent observé qu'elle s'empourprait devant des gens dont elle redoutait qu'ils la soupçonnent d'avoir abusé de leur confiance ou d'avoir eu, les concernant, une pensée mauvaise. Et, leur prêtant cette intention qui la blessait, sans doute parce qu'elle y avait songé confusément, elle se défendait avec âpreté, par circonlocutions, et bredouillait, le regard clair, tandis que le regard de l'autre, lui, se chargeait lentement de suspicion. Le timbre retentit à huit reprises. Elle se dit qu'elle avait assez tardé. Elle revint dans la chambre, gribouilla sur la missive un « A plus tard, peut-être, au détour d'une rue » et l'abandonna bien en évidence sur l'oreiller. Elle retapa le lit et rinça sa tasse. Puis elle enfila son imperméable, adressa un adieu aux statuettes khmères, se saisit de son appareil et ouvrit la porte en chassant du bout de sa botte, les chats qui demandaient à entrer. Le ciel était clair, lavé par les bourrasques de la veille. Elle repoussa le portail de la barrière, hésita et mue par une impulsion, elle prit une photo de cette maison silencieuse où un homme lui avait rendu sa paix. Elle sortit, tête baissée, comme une femme qui refuse de prendre des repères pour ne se donner aucune chance de revenir.

Elle marcha vers Beaubourg et poursuivit son chemin jusqu'au café qu'elle connaissait. Elle commanda un express au comptoir. Elle s'examinait dans les miroirs qui décoraient les murs, elle suivait du regard le garçon maigre qui évoluait entre les tables comme un corbeau, elle balançait sur le zinc une pièce de cinq francs, mais tous ces mouvements semblaient le fruit d'un rêve dont elle n'entendait pas la résonance. Une autre s'agitait en elle. Une femme aux yeux de petite fille, qui ne pouvait s'arrêter de contempler les traits d'un visage penché vers elle. Elle s'était acharnée à croire que les ruptures l'avaient armée pour résister à toutes les manœuvres de séduction. Et en une nuit, un homme en jogging noir, qui hormis ses souvenirs d'enfance à Ouarzazate, n'avait rien trahi de sa vie, avait fêlé la carapace. « Il va te boire puis jeter la coquille. » Mais la joie était trop puissante. La joie lui donnait des ailes. La joie redressait sa poitrine. Elle chantonna. Des hommes lui sourirent. Elle rayonnait. Des femmes lui adressèrent la parole avec bonté. Les couloirs du métro lui semblèrent parés d'affiches éclatantes. Elle admirait des slogans publicitaires qui, hier, auraient provoqué son persiflage ou ses critiques. Jusque dans les plus médiocres, elle percevait une légèreté. Elle acceptait qu'Evian soit l'eau la plus naturelle et qu'on ne puisse bien se marier qu'au Printemps.

Dans l'avenue du Général-Leclerc, elle lorgna les boutiques et joyeusement se promit un cadeau. Veste, robe ou pull ? Elle résolut de flâner malgré le froid, et elle laissa dans chaque magasin le souvenir fugitif de son rire. Les vendeuses accouraient, Marthe les considérait d'un œil qu'elle croyait perçant mais qui lui rendait des visages flous. Elle tâtait les étoffes, inclinant la tête pour refuser d'un air si péremptoire qu'elle provoquait une panique soumise. On lui proposait d'autres modèles qu'elle détaillait sans en demander le prix, ne sachant ce qu'elle cherchait mais déterminée à le trouver. Et parfois, elle plaçait sa main sur son cœur pour en apaiser les battements désordonnés.

Mozart jouait dans l'une des boutiques. Les murs étaient capitonnés d'un velours jaune très pâle. Un fauteuil Voltaire, tendu d'une soie rayée verte et blanche, invitait à de longues confidences. On décrocha pour elle quelques pièces de la collection. Les vêtements, vaporeux, avaient des lignes hardies. Ils dévoilaient une épaule ou soulignaient le galbe des seins et des hanches.

Marthe secouait la tête, navrée. Mozart l'empêchait de partir. Soudain, elle avisa, accrochée à un cintre, une robe de soie sauvage noire, d'une découpe admirable, qui s'accordait, pour toute fantaisie, un décolleté en pointe dans le dos.

Dans la petite cabine, Marthe enleva son jean et son pull, rougissant du foin blond qui couvrait ses jambes. Elle fit jouer la fermeture Eclair, cousue sur le côté, repoussa le rideau et esquissa deux pas vers le miroir.

« Avec des talons, l'ensemble sera parfait », émit derrière elle le fantôme de la vendeuse, car Marthe ne voyait plus que cette fille svelte, grave et belle qui s'avançait à sa rencontre dans le miroir. Elle pirouetta, soulevée sur les pointes, fixant éperdument son reflet.

« Peut-être... » murmura-t-elle en revenant dégrisée vers la cabine où elle se déshabilla le cœur gros. En remettant ses vêtements, elle songeait qu'on ne se défait pas aisément des vieilles peaux.

Dans le couloir de l'immeuble, chez Sonia, elle jeta un coup d'œil machinal sur la liste des noms des locataires, remarquant pour la première fois que le sien n'y figurait pas. Les factures et les lettres administratives arrivaient au domicile de sa Mère qui les gardait en réserve pour les lui remettre lors d'une visite. Les autres parvenaient rue Monsieur-le-Prince, à son adresse officielle et elles attendaient dans la boîte près de deux à trois semaines avant d'être ouvertes et lues. Mais elles étaient rares et le plus souvent, il ne s'agissait que de cartes postales qui résumaient, par des formules banales, le séjour d'un ami à l'étranger.

En gravissant les marches de l'escalier elle comprit brusquement qu'elle vivait en touriste, rôdant entre trois lieux sans jamais s'installer vraiment. Le temps de grimper le premier étage et la rancœur empira. La veille encore, la constatation flagrante de son nomadisme n'aurait suscité que son amusement. Mais son dépit ce jour-là en hélait un autre, inavouable. Jamais elle ne reviendrait dans la maisonnette de la rue Rambuteau pour y vivre et être aimée. Elle tournerait sans répit, de logement en logement. Elle s'insinuerait un jour ici, un autre là, bousculant les êtres pour qu'ils l'accueillent et la reçoivent.

Elle gratta ses chaussures sur le paillasson avant d'enfoncer la clef et d'ouvrir la porte de cet appartement où, pensa-t-elle, on la tolérait. Devant le tremblement de sa main et au bruit lugubre des verrous, elle eut l'intuition d'une catastrophe imminente comme si de l'autre côté de cette porte, Sonia elle aussi l'attendait avec humeur, et qu'il allait suffire d'un rien pour déclencher entre elles une dispute. Quand elle voulut la refermer, la porte lui échappa et claqua avec fracas. Le silence retomba. Marthe s'avança vers le salon et sans grande gaieté cria un bonjour sonore. Sonia qui travaillait, tête baissée, lèvres pincées, sous la lueur jaune de la lampe ne répondit pas. Marthe ne s'approcha pas pour l'embrasser. Elle déposa sur une table son appareil photo et se dirigea aussitôt vers sa chambre avec le sentiment que chaque pas esquissé dans cette maison accentuait son étrangeté. La pièce lui parut sinistre et sale, avec ses murs où la peinture s'écaillait, où les colliers africains pendaient, lamentables, à leur clou. Elle tourna quelques instants sur elle-même pour trouver une occupation avant de se laisser glisser sur le lit où elle s'endormit. Elle rêva, se réveilla en nage et se retourna à demi inconsciente vers la fenêtre. Il faisait jour encore. Elle se rendormit.

Plus tard, elles eurent une violente altercation. Sonia, les joues empourprées mais la voix calme, coupante et acide, reprocha à Marthe sa désinvolture.

« Ton petit sourire satisfait, disait-elle, tu aurais pu le laisser là où tu as passé la nuit. En revanche, si tu avais seulement songé à me téléphoner ce matin pour me prévenir que tu étais encore vivante, tu m'aurais soulagée de quelques heures d'angoisse. »

Marthe soupira, s'accroupit pour mieux fourrager dans le réfrigérateur. Elle bouda les fruits et préféra les fromages. Elle déballa les papiers et fit la moue, décrétant, ironique :

« C'est une véritable scène de jalousie ! »

Du coin de l'œil, elle remarqua Sonia qui ôtait lentement ses lunettes et serrait les mâchoires pour siffler :

« Imbécile !... Tu ne comprendras donc jamais rien ?

— Que dois-je comprendre ?

— Les autres existent !... Tu ne penses qu'à toi... Ton égoïsme est incroyable ! »

Marthe accusa le coup mais repoussa brusquement son assiette. Entre les deux femmes, le ton monta peu à peu jusqu'au moment où, dans sa rage, renonçant à s'expliquer, Marthe d'un coup d'ongle ouvrit le magasin de l'appareil, arracha vivement le film des picots et l'exposa à la lumière. Sonia n'eut aucune réaction. « Voilà ! Je voulais te raconter mais cela n'en vaut pas la peine ! Je détruis tout ! Tu es contente ? » murmurait Marthe. En quelques secondes, sur la pellicule qui blanchissait, les images s'effacèrent, retournant au néant. Et il semblait à Marthe tandis qu'elle tirait avec des mouvements saccadés et incohérents sur la bande où disparaissaient, avec les clichés pris durant la nuit, le corps de Samuel et les deux photos qu'il avait faites d'elle, qu'en se confiant à

Sonia, elle aurait été dépouillée de la même manière. Chaque aveu aurait fait filer au loin jusqu'à les rendre évanescentes toutes ses impressions ou les aurait réduites à quelque chose d'infiniment dérisoire. Désormais, ce serait la mémoire qui aurait la charge de retrouver chaque son, chaque mot, chaque vibration de la lumière, la mémoire qui seule pourrait ressusciter le grain rêche des joues mal rasées, la beauté lourde et puissante du corps et le sourire qui lui était venu lorsqu'elle gisait entre ses bras.

Sonia, scandalisée, ne fit pas un geste. Marthe lâcha enfin le film qui tomba sur la table avec un bruit sec et rebondit deux fois. Dans un chuintement, la bande détendue s'enroula sur elle-même, comme pour se protéger. « Je vais partir d'ici aujourd'hui ou demain », dit Marthe en ramassant la bobine pour la faire sauter doucement dans le creux de sa paume. Sonia la regardait intensément sans paraître prêter attention à ses paroles et, devant ce silence qui devenait angoissant, Marthe perdit de son aplomb et s'assit avec embarras sur la chaise la plus proche.

« Tu es sadique. »

Marthe ne sut jamais qui avait prononcé cette phrase ni à qui elle était adressée. Sonia avait déjà fait volte-face et s'était éloignée tranquillement vers son bureau.

12.

Le parc Monceau s'enfonce lentement dans la nuit. Une à une les allées ont perdu leur perspective et le ciel, très gris, s'est avancé pour noyer d'ombre les pelouses. Le gravier crisse sous la charge pressée des secrétaires qui sortent des bureaux, et des mamans attardées qui poussent leurs landaus en se penchant en avant pour adresser un sourire au bébé protégé par des couvertures et une capote.

« J'ai un peu froid », dit pour la troisième fois Monique.

Jean-Pierre Lovin sursaute, et d'un mouvement las, se redresse, entraînant avec lui sa compagne qui n'a pas lâché son bras et dont la pression des doigts s'affermit sur la manche de son manteau.

Ils marchent vers les grilles donnant sur l'avenue de Courcelles, d'un pas ralenti, réglés l'un à l'autre.

« Qu'avez-vous donc ? Vous n'êtes pas très bavard cet après-midi, reproche Monique.

— Excusez-moi ! J'observais... ces enfants... J'aurais dû avoir... »

Il se tait, la respiration coupée. Monique fait la moue.

Par habitude elle sait qu'il ne sert à rien d'interrompre sa rêverie en le harcelant. Dans quatre, cinq foulées peut-être, il prononcera le mot suivant, et la phrase sera enfin complète quand ils piétineront devant le feu de signalisation.

« ... un enfant... » poursuit Jean-Pierre en dévisageant curieusement un gardien qui ébouriffe ses cheveux avant de reposer sa casquette sur son crâne.

Derrière les grilles, l'avenue est bruyante et charrie son troupeau de voitures qui fuient dans une course mystérieuse. Leur masse tantôt compacte, tantôt fluide n'est trouée que par les faisceaux des phares qui, à l'arrêt, ressemblent aux yeux jaunes des requins.

« De vous... » articule-t-il d'un air endormi tandis qu'ils traversent la chaussée, mêlés à un groupe de jeunes adolescents qui chahutent.

Monique maîtrise péniblement sa surprise, puis sa colère et, d'une saccade sur son bras, elle l'oblige à forcer l'allure.

« Vous exagérez, dit-elle amèrement.

— Je sais...

— Vous dites cela à cause de Nadette ? » interroge-t-elle, dans l'espoir d'un démenti. Il évite de la regarder. « Vous dites cela par amour ou par caprice ? » insiste-t-elle. Mais elle n'obtient pas de réponse. Ils poursuivent leur route. La pluie se met à tomber en gouttes larges et serrées quand ils arrivent devant la lourde porte cochère en fer forgé du 25, avenue de Villiers. Lumières. Monique balance l'une après l'autre ses chaussures et s'affaire pieds nus, silencieuse. « Elle a volé un bijou à sa mère, hier », marmotte-t-il de ce ton rauque qui l'agace prodigieusement. Elle n'a pas besoin de se retourner pour savoir qu'il s'est écroulé, dans le coin du canapé près de l'accoudoir. Dans ces moments-là, pour lutter contre l'asphyxie que lui inspire sa morosité, son premier désir est de courir vers la fenêtre pour aérer les pièces, laisser le froid entrer avec le vent ou fondre vers lui pour le secouer. Elle le trouve malhonnête de venir s'installer chez elle dans une mollesse des muscles et du cœur, navré d'un rien, alléguant des prétextes aussi futiles que vains pour s'étioler et se morfondre.

« Lovin, vous me devez trois cents francs », dit-elle avec fermeté. Et comme il fronce les sourcils, surpris : « C'est le prix que vous exigez d'un patient. Je ne vais pas vous écouter, moi, pour du beurre ! »

Il pose sur elle un regard implorant.

« Ecoutez... — Non, intime-t-elle. J'en ai assez de subir les problèmes de votre fille... Consacrez-moi ces quelques heures pour parler d'autre chose. »

Il se renfrogne, se plaint d'une migraine et se dirige vers la salle de bains pour prendre une aspirine. Restée seule, elle s'étudie dans un miroir, bat des cils et défait avec nonchalance deux boutons de son chemisier. Son visage est noir comme un pruneau. Noirs les yeux, noirs les cheveux, noire la gorge. Noir aussi le cœur ? Noir depuis que cette gosse, qui les tient en otages, papillonne avec la mort ? Elle rehausse lentement, au bâton de rouge, le dessin de la bouche. Lovin aime l'embrasser, au mépris de ce fard qui imprime sur ses lèvres une trace oblique. Et elle le laisse partir en prenant soin de lui apposer ce sceau qui dénature son expression. Sans doute se débarbouille-t-il dans le taxi.

« Vous avez une cigarette ? » Monique, sans se retourner, désigne imperturbable un coffret vernissé posé sur un meuble. L'espace d'une seconde, leurs regards se croisent et se retiennent, complices, dans le miroir. La tendresse la submerge. Elle sourit à le voir si grand, si imposant, un verre d'eau pétillante à la main. D'un coup sec des talons, elle pivote vers lui, mais il a déjà battu en retraite. En silence, Monique continue son mouvement et se rend dans la cuisine.

Asperges en vinaigrette, jambon et yaourt. C'est en ouvrant les papiers, en préparant la sauce, qu'elle se souvient brusquement que sa langue a fourché. Il a oublié. Il a tout oublié. Sa réflexion odieuse et cruelle fait resurgir, plus vive encore, la souffrance du ventre qui, à peine enflé, a dû être délesté de sa graine.

Elle dispose sur un plateau le vin, les verres, le sel, des tranches de pain de seigle, s'arrête pour respirer et se tâte machinalement le front comme si elle avait la fièvre. Elle revoit le grand alezan doré lancé au trot sur la piste de Vincennes, tête droite et fière, emporté par la puissance des jarrets qui l'arrachaient du sol. Elle entend l'écho sourd des sabots qui frappaient en cadence le mâchefer. Numéro trois, casaque et toque rouges. Elle avait parié sur lui pour ces deux raisons, malgré les pronostics des journalistes. Lovin restait sceptique sur ses chances. Il avait accepté néanmoins de la suivre des tribunes vers les écuries et d'assister à la sortie pour l'entraînement. C'était là, sous le ciel, à proximité des stalles tièdes et fumantes, dans l'excitation des jockeys, des propriétaires et des bookmakers, sur le trajet des chevaux qui sortaient attelés et frémissants, qu'elle avait voulu lui apprendre la nouvelle. Sous leurs pieds, la pelouse était grasse et humide. Ses talons aiguilles s'y enfonçaient comme dans la chair d'un fruit.

Elle emporte le plateau dans le salon. Ils mangeront par terre, sur le tapis.

Accroupi devant la cheminée, Lovin, les joues cramoisies, souffle sur le feu qui refuse de prendre. Au passage, avant d'aller chercher les plats, Monique lui gratte la tête et il lève les yeux vers elle avec reconnaissance.

« Vous me faites du bien », dit-il en l'arrêtant pour enlacer ses jambes.

Elle n'est plus jamais retournée à Vincennes. L'alezan avait été distancé dans les premiers cent mètres. Lovin avait refusé l'enfant. Sa passion déjà exclusive pour Nadette n'admettait pas de s'amoindrir un peu pour faire de la place à un autre. Des tribunes, des cris isolés avaient éclaté, pour encourager les favoris puis de gradin en gradin, l'hystérie s'était propagée, créant une clameur unique, folle et impétueuse qui avait déferlé sur la piste, pareille à une bourrasque, et avait galvanisé pour un dernier effort la cavalcade qui passait en trombe. Elle avait perdu. Elle aurait pu défendre cette naissance, menacer de le quitter et d'élever l'enfant par ses propres moyens. Elle avait préféré laisser parler l'orgueil, choisir le déchirement plutôt que de négocier la vie de ce qui lui paraissait être un gage et une preuve d'amour.

Elle se souvient parfaitement de cette nuit où la lune était cornue. De cette lune qui semblait rire tandis qu'elle se donnait éperdument. Et Lovin qui ne disait jamais un mot, qui se contentait simplement de pousser des sons inarticulés, Lovin n'avait cessé de parler avec une douceur bouleversante. Des groupes d'hommes se précipitaient au-devant du gagnant qui paradait, le port altier, superbe. On les bouscula. Elle ne voyait que les perdants, les toquards qui rentraient un peu raides vers les écuries. Parmi eux ce numéro trois, qu'elle insulta tout bas. Les silhouettes des grands chevaux qui piaffaient, la tête décrivant des cercles pour refuser le mors puis qui se soumettaient les naseaux dilatés, devinrent le symbole de cette blessure portée au ventre et au cœur, alors que pour dissimuler sa détresse en cette minute sombre et triste, elle avait feint la désinvolture dans un sourire tendu.

Il a oublié. Il reparle de Nadette en coupant ses asperges, l'assiette maladroitement équilibrée sur ses genoux croisés, de Nadette, en enfouissant dans sa bouche de grands lambeaux de jambon, de Nadette, en se servant du pain. « Elle me pose une question silencieuse à laquelle je ne sais pas ou ne peux pas répondre, répète-t-il. La vie à la maison, dit-il en cherchant ses mots, devient un enfer. Même Hélène ne peut plus lui faire confiance. » Ils ont commencé par cacher les porte-monnaie, mais quelques objets précieux ont disparu, et maintenant c'est au tour des bijoux dont la valeur est plus sentimentale que marchande. « Elle finira par voler des cartes bleues ou par agresser quelqu'un pour avoir de l'argent », chuchote-t-il très bas comme s'il craignait de lancer un charme ou de prophétiser.

Monique grimace. « Placez-la dans un établissement ! Auprès de vous, elle est en péril… ! »

L'instant d'après, elle regrette sa repartie et nuance, modifie la gravité du propos. « Enfin… elle pourrait être en péril… » A quoi bon l'abattre ? Elle l'aime lui, pas un autre. Toucher à sa fille c'est le perdre sûrement. Elle l'aime avec ses impuissances, son aveuglement, ses désarrois. Et elle s'attendrit devant ce corps mal habillé, en pantalon de velours côtelé et chemise à carreaux, ce corps qui garde son sérieux jusque dans le lit, qui se met à l'écoute de son sexe comme si chacune de ses palpitations avait un sens à déchiffrer. Mais c'est peut-être ses yeux gris qu'elle aime plus que tout, les yeux d'un chien fidèle et doux, qui quémandent, supplient et semblent emplis de peur.

« Voulez-vous un yaourt ? » coupe-t-elle en sortant son étui à cigarettes. Dans leurs pots en faïence, ses cactus miniatures déploient leurs membres noueux. Elle avait tenté d'ajouter à leur groupe un bonsaï, un genévrier de

Chine, âgé de vingt ans, qui en moins d'une semaine avait dépéri. Les cactus avaient constitué autour de lui un cercle malfaisant, dardant leurs épines dans sa direction comme pour lui ôter l'espace nécessaire à sa survie.

Elle s'étend sur le dos, tourne les yeux vers le feu, et demande pour changer le tour de la conversation : « Elle est venue cette semaine, votre petite vieille ? Vous savez que sa réflexion de l'autre matin m'a obsédée ! Je trouve cela beau, moi, quelqu'un qui affirme vouloir vivre son présent comme si c'était un futur en puissance ! »

Lovin acquiesce en souriant. Il attire son pied et tandis qu'il lui masse un à un les orteils, il raconte la séance de cette dame de soixante-dix ans qui suit, depuis des mois, une analyse.

Monique l'écoute et réfléchit. Cette phrase proférée au parc Monceau est-elle, après bien des mois de silence, l'amorce d'un regret ? Il était resté dans la salle d'attente près d'une plante verte sur laquelle il secouait ses cendres pendant qu'on l'examinait. Qu'avait-il ressenti ? D'un commun accord, ni l'un ni l'autre n'avaient voulu évoquer cette matinée affreuse. Elle se souvient du médecin qui enfilait un gant en plastique transparent, et agitait ses doigts pour les assouplir. « Il va me chanter les petites marionnettes », s'était-elle dit en luttant contre la nausée. Au milieu de la pièce, dans un rayon de lumière, tourbillonnaient de fines particules. Les mots d'une prière jadis mille fois répétée s'étaient bousculés sur ses lèvres, mais ils étaient arrivés en désordre, plus proches d'un blasphème que d'une supplication. La scène lui avait paru étrangement familière, elle retournée sur le dos comme un poulet déplumé et le poing de sa mère qui s'enfonçait dans le volatile pour lui arracher les entrailles, avec la main qui s'accrochait aux viscères et aux intestins et qui ramenait, ensanglantée jusqu'au poignet, jusqu'aux bracelets, des matières molles et putrides.

L'exploration s'était prolongée tandis que le médecin essayait de la détendre en unissant son souffle au sien. Ses yeux étaient le seul repère et Monique s'y était ancrée de toutes ses forces pour échapper à la vision des ongles de sa mère qui gouttaient de sang, qui se débarrassaient sur un papier journal étalé sur la table, de la dentelle rosâtre des poumons et du fragile volume du cœur.

« Il a près de neuf semaines », avait déclaré le médecin en hochant la tête d'un air satisfait. Monique aurait souhaité qu'il ne prononce pas un seul mot, qu'il se contente juste d'observer en conservant pour lui les secrets que lui livrait l'intimité de son utérus. Plus tard, tout prendrait une résonance démesurée, le chagrin allait s'enraciner sur ces commentaires pour se bâtir une mémoire... Son premier avait été conçu avec un amant qui en deux nuits, deux nuits brèves, l'avait engrossée, comme une vache que l'on mène au taureau. Elle l'avait éliminé sans un soupçon de remords. Mais cet enfant, ce pépin encore, minuscule et déjà condamné, cet enfant de leurs larmes et de leurs baisers était, elle s'en doutait, sa dernière chance d'être mère.

Elle tend l'autre pied et Lovin y appuie lentement ses paumes pour remonter jusqu'aux chevilles.

Toutes ces heures d'amour pour en arriver là, pendant que lui feuilletait des magazines pour tromper l'attente. Dehors, il y avait, en ce mois d'avril, un soleil précoce, un ciel bleu et dégagé, des gens attablés joyeusement aux terrasses des cafés. Et comme elle avait essayé de se souvenir de l'aspect d'un fœtus de neuf semaines, elle était restée bizarrement obsédée par l'image d'un hippocampe, dressé fièrement sur sa queue, avec son profil gracieux de jeune cheval de mer. Que deviendrait-il demain ? Une masse de sang chaud où surnageraient quelques caillots plus gros ? Dans la cabine, elle avait considéré pensivement, avant de l'enfiler, son slip dont le fond était sale, jaune, gélatineux, puis elle avait remis ses vêtements un à un, avec une lassitude infinie. Elle avait dû s'asseoir sur le petit banc de bois pour ne pas céder au vertige. Elle gardait l'impression que quelque chose s'était cassé en elle et que cela pendait salement en se balançant, comme une branche à moitié brisée se retient par quelques fibres.

La main de Lovin s'égare le long de sa jambe et enveloppe d'une caresse plus précise les rondeurs de la cuisse. Il aime qu'elle porte des bas, appréciant, dit-il, l'instant où les doigts cessent de palper, en le faisant crisser, le nylon ou la soie pour toucher l'intervalle mince de la peau lisse, chaude et un peu moite. Elle le regarde, mains croisées sous la nuque, s'offrant avec cette tranquillité des femmes qui se laissent déshabiller et détailler avec un plaisir enfantin et provocant. Il fait sauter une à une, sans se hâter, les petites pinces des jarretelles, roule les bas jusqu'aux mollets, froisse la jupe et plonge les mains sous le chemisier avant de s'étendre sur elle de tout son poids.

Quand ils font l'amour, Lovin rit. Il rit en l'embrassant, en tétant ses seins, en s'enfonçant en elle. Il rit et il crie. C'est pour ce seul rire, ce rire enroué qui la sort de l'oubli, qui l'enchante et l'émerveille, qu'elle patiente année après année ; pour ce rire que les autres hommes n'ont jamais eu quand elle se donnait à eux et qui, lorsqu'elle l'entend, conjure tous les maux. Ce rire, il semble qu'elle le porte depuis l'enfance. Tapi en elle, il s'était assourdi, éteint presque, avant que Lovin n'arrive et ne ramène, avec le bruit de sa joie, le chant du monde. Et ce rire l'a rendue à elle-même, intacte.

« Tu es belle », balbutie-t-il, haletant pour retrouver sa respiration. Elle cligne les paupières. Devant ses yeux, son oreille rouge, brûlante, le lobe voilé d'un fin duvet et un morceau de joue blême. Le feu crépite. Elle est là, dans son désordre, portant cet homme à demi nu entre ses cuisses, les épaules encerclées par ses mains. Et ses hanches s'ankylosent jusqu'à ce qu'elle ne sache plus ce qui est à elle et ce qui est à lui, de toute cette chair. Sans la regarder, les yeux accrochés aux flammes il répète encore qu'elle est belle d'une voix qui s'ensommeille. Il a totalement oublié sa présence. Elle le repousse, se redresse et tire sur ses bas.

Lovin a remis de l'ordre dans sa tenue et attisé le feu lorsqu'elle revient en brandissant par le col la bouteille de porto. Il est plus de onze heures et le martèlement de la pluie sur le balcon devient plus rapide. Monique arrache le bouchon, le lèche d'un coup de langue et verse le liquide avec précaution. Elle songe que ce petit verre qu'ils dégustent toujours après l'amour, qui est presque un rituel, arrange leur silence, les dents heurtant le cristal pour entendre encore quelque chose chanter quand les corps se sont désenlacés. Un long moment s'écoule pendant lequel ils restent côte à côte à méditer devant le feu, sans faire d'autre mouvement que celui de fumer et de se resservir du porto.

Puis Lovin, en détachant ses mots, se met à parler : « J'aimerais parfois entrer au sein de ces flammes comme j'entre dans la vie des gens. Vérifier par quels moyens la chaleur se diffuse dans la bûche pour la brûler et la réduire en cendres. C'est toujours par l'intérieur que le feu entreprend le bois, comme la passion qui carbonise le cœur des hommes lorsque l'autre a dit le mot qu'il faut à l'instant où il faut. » Il plaisante, bâille, claque la langue. Monique a quelquefois l'impression absurde que faire l'amour le rend sociable, qu'il ne devient intelligent et drôle qu'après avoir exorcisé sa tristesse dans la sensualité. L'amour le rendait euphorique et heureux. Il était pris de rires fous, d'envies frénétiques de faire la fête comme un petit garçon qui aurait eu des cheveux gris et quelques opinions arrêtées sur la vie et les gens. Chaque fois elle s'égayait devant cette brusque éloquence. Il arrivait, anéanti, silencieux, sourd presque, les oreilles rompues par les jérémiades de sa femme et de ses patients et la tension qui se relâchait, avec les repères qui s'abolissaient, l'entraînait vers un plaisir à vivre, vers des confessions interminables.

Il réclame un pot de confitures qu'il pioche d'une cuillère dolente en la tapotant contre le verre avant de l'élever.

« Vous voulez sortir ? Vous voulez bouger ? dit Lovin.

— Il pleut dehors...

— Ne vous inquiétez pas, vous ne vous mouillerez pas même le bout du nez... Préparez-vous... »

Sans attendre sa réponse, il ouvre son cartable, en extirpe une paire de chaussettes propres, sa manie après l'amour. Il range les sales entre deux dossiers et commande un taxi par téléphone. Monique s'habille en dictant joyeusement ses conditions. « Jurez que cette nuit vous danserez avec moi. Allons jurez-le-moi. » Elle s'interrompt, oublie d'enfiler son deuxième bas pour venir en sautillant l'embrasser dans le cou, par petits baisers légers qui pépient, et il rit, l'implore de se hâter.

Elle répète « oui, oui, je vais me dépêcher » mais erre poitrine nue, seins plats et longs, à la recherche d'un collier, d'une brosse, traîne tandis qu'il ronchonne et piétine derrière elle. Le klaxon du taxi retentit dans la rue, l'empêchant de vérifier, une dernière fois, son maquillage dans le miroir. Elle prend son sac à l'arraché, claque la porte derrière eux.

Dans la touffeur des boîtes de nuit, ils gagneront encore quelques heures de joie. Une porte. Une grille qui s'ouvre à hauteur des yeux. Tentures dans le couloir. Dans le silence, les premières mesures qui leur parviennent, montent et s'intensifient. Sur les murs, par dérision, des fresques qui représentent des saints. Les colonnes sont ornées de bustes de plâtre grimaçants. Des femmes chaloupent entre les tables, le visage peint, seins et fesses moulés dans des robes étroites et scintillantes. Dans ce désor de carton-pâte, assises au fond des alcôves, elles paraissent jaillir d'une toile de Picasso, les lignes du corps brisées, le cou déboîté des épaules, chaque membre disjoint des autres, magnifiques poupées s'étalant en morceaux sur les banquettes de velours rouge. Parterres de peaux blanches, noires, métisses. Silhouettes statuaires, parées de plumes, de pagnes, de rubans. A peine ces filles se sont-elles engagées dans les allées de ces bars de nuit, qu'elles changent, se durcissent, glissant entre lumière et obscurité, vers le halo central, où fourmille l'essaim. Leurs rires explosent, rauques, exaspérés. Des rires qui sentent la cigarette, l'alcool, la mascarade. Elles décroisent les cuisses, s'interpellent, s'ovationnent. Mais tout en parlant, leurs regards, à l'affût, pleins d'angoisse, fouillent l'obscurité pour repérer et traquer l'homme d'une étreinte.

Lovin aime observer cette chasse à l'amour qui s'ouvre, impitoyable, lorgner des vieux qui appuient leur bouche rose et flasque sur les épaules dénudées des jeunes filles, ou les femmes qui se vautrent, la jupe remontée sur les cuisses. Il est fasciné par le sordide et guigne, du coin de l'œil, toutes les filles.

Adolescent, il avait acheté par correspondance quelques revues érotiques avant de s'apercevoir qu'elles régnaient déjà dans la bibliothèque de son père, camouflées derrière les grands romans du siècle. Il avait gardé de ces lectures un goût immodéré pour les jarretières, les slips de dentelle aux couleurs criardes, les soutiensgorge à balconnets, les gants longs et noirs, les talons pointus. Ces panoplies servaient à écourter la distance entre les fantasmes de la jeunesse et ceux de l'âge adulte, et bien souvent il suffisait à Monique de poser, une jambe découverte et pliée, avec une certaine expression qu'il estimait coquine, pour susciter le désir et raviver ces images qui s'étaient gravées à jamais dans sa mémoire.

Lovin sirote un cognac. Monique s'aventure sur la piste. Danser l'émeut. La musique hurle une incantation douloureuse et envoûtante. Quelques pas pour saisir le rythme et elle se laisse happer dans un tressaillement de tout son être. Près d'elle, des dos, des ventres, un visage à peine entrevu. Un peuple pour une nuit, dont les membres butent les uns contre les autres. Un peuple qui s'ignore et qui se séparera sans un regret. Elle tourne, genoux fléchis. Des yeux globuleux. Une bouche noire. Une dent en or. Des figures de déterrés lorsque la lumière vire du jaune au bleu, puis qui brusquement semblent saigner quand le rouge gicle du plafond, à reculons de la mort à la vie. Le temps, ici, n'a plus de prise même s'il s'acharne, de morceau en morceau, à reconquérir son entendement. Elle ferme les paupières, se laisse emporter, évitant de se faire heurter par des coudes et des pieds, esquivant les effleurements. Une femme fend le groupe, coiffée d'un chapeau piqué d'une grande plume d'oiseau qui ondule et frissonne à chacun de ses pas. Des sourires sournois l'accueillent, puis la masse reprend son impassibilité. La piste possède sa géographie, ses espaces, ses courants dans ces rondes qui se forment, se déchirent, se reforment encore pour se clouer sur place lorsque la musique passe sans transition d'un rythme sautillant à un rythme plus lent. Et le parfum douceâtre, élémentaire, de la sueur qui ruisselle de la racine des cheveux aux chevilles, se mêle à d'autres plus volatils mais entêtants. Monique danse. Elle danse, incurvée, toute maigre, noire. Elle danse le buste droit, les épaules remuantes. Elle danse et crie à tue-tête les dernières syllabes des refrains. Elle se contorsionne et fait signe à Lovin qui l'observe amusé. Il soulève son verre, lui porte un toast. Dans un rire, elle se retourne et lui montre, poings sur les hanches, ses fesses. Puis à nouveau, les mélodies reprennent leurs droits sur ses nerfs à vif. Jazz, samba, jazz encore, twist et rock. Un slow la plaque contre le corps d'un cavalier. Elle accepte, troublée, la pression humide de sa main sur sa robe trempée. Pas à pas, elle glisse, guidée par lui jusqu'au centre de la piste. Trois minutes sur une voix froissée, caressante, qui se déchire dans un souffle et s'endort pour laisser entendre la plainte du saxophone. Ils se séparent. Lovin la regarde intensément. Elle en éprouve un plaisir secret, honteux, comme si elle s'était roulée dans la boue devant lui.

Cuivre, batterie. Trompette ou synthétiseur. Les heures passent. Monique ne quitte pas la piste. Peu à peu, tandis que ses muscles se fatiguent et s'épuisent, qu'autour d'elle les visages deviennent hâves, défaillants, de méchants souvenirs s'en reviennent. Lovin dodeline de la tête, assommé par son cinquième verre. Des images, des bouts de réflexion la ralentissent et déforment ses traits. Le rêve d'une autre vie, plus ordinaire mais plus équilibrée, le rêve de quelque chose de plus net, qui la rassemblerait toute, femme-amante et femme-mère, où elle ne découperait plus à l'infini dans des catalogues poussiéreux et vieillots les silhouettes des mannequins des années cinquante, ce rêve qui la titille par intermittence, ouvre la trappe du regret. Elle maintient le rythme mais en automate presque, comme si ses pieds qui gonflent dans les escarpins étroits, s'étaient ensorcelés.

Elle étire les bras, bascule sa gorge vers l'arrière et la bouche grande ouverte pour aspirer de l'air ou pour expulser un cri qui ne viendra plus, elle ravale son dépit. Elle foule son territoire minuscule en songeant qu'elle broie sous ses talons une limace velue et blanchâtre qu'elle appelle pompeusement son désespoir. Elle se persuade que tous sont venus ici accomplir une cérémonie religieuse, sacrifier dans la pénombre, le bruit et l'alcool, ces petits vers qui les rongent, qui pénètrent sous les yeux pour les gonfler d'une poche, qui s'insinuent dans la chair pour la chiffonner, la boursoufler, la bourgeonner. En mesure, elle lève les jambes avec les autres, tape dans les mains, et pile ces insectes qui se détachent d'eux pour dégringoler sur la piste.

Lovin la ramène chez elle au petit matin. Rencognée contre la portière du taxi, Monique a la raideur d'une statue déchue de son piédestal et qui, en rencontrant le sol, se serait fracassée.

« Cet enfant ? C'était une plaisanterie ? chuchote-t-elle en lui tendant ses lèvres tandis que le taxi se gare devant la porte de son immeuble.

— Quel enfant ? demande Lovin hébété de sommeil.

— Tout à l'heure, dans le parc, vous aviez dit...

— Montez vous coucher, ma chérie, nous en reparlerons demain...

— Demain ? répète-t-elle, hagarde.

— Bonne nuit, mon amour », souffle-t-il en se penchant pour faire jouer le loquet de la portière.

Elle descend. Elle compose le code qui ordonne l'ouverture de l'entrée. Elle se hisse, de marche en marche, en s'agrippant à la rampe.

Elle avait voulu revenir seule et à pied de l'hôpital. Les avenues étaient blanches de soleil. A mesure qu'elle avançait, elle avait senti la couche de coton collée au fond du slip s'imbiber davantage de sang. Cela pissait tout seul, comme un robinet mal fermé. Toute sa vie s'était concentrée là, entre les lèvres de son vagin qui s'écartaient lentement pour la laisser filer. La marche lui meurtrissait les reins et la douleur grimpait le long de la colonne vertébrale, s'irradiait dans les muscles des bras et des jambes. Elle ne savait plus comment se tenir ; elle se balançait, roulait des épaules, redressait son buste ou se courbait. Elle marchait avec précaution, le corps de guingois, les talons en équerre, attentive à cette outre gorgée de sang que chaque pas malencontreux renversait. Et elle s'arrêtait parfois, pour sentir la chute terriblement lente d'un caillot qui s'arrachait de la matrice, roulait et s'affaissait sur la couche de coton. Soulagée, elle repartait, déchirée comme ces éponges qui, ayant trop servi, verdissent et partent en lambeaux. Elle aurait voulu pouvoir se blottir dans un petit coin comme une chatte, panser ses plaies en se léchant longuement. Elle aurait voulu que quelqu'un la soutienne, qu'on vienne l'embrasser et la bercer. Elle souffrait et appelait d'instinct sa mère, de rue en rue. Elle avait terminé cette course ridicule et morne devant un lampadaire où elle avait vomi le repas léger qui lui avait été servi à l'hôpital.

Dans la cheminée, le feu n'est pas mort et la bûche de châtaignier achève de s'y consumer. Monique, serrant la bouteille de porto contre son cœur, s'allonge sur la moquette et observe, sourcils froncés, la dernière et courte danse des flammes.

13.

Les histoires se ressassent. Des paroles, des odeurs, l'éclat d'un sourire surgissent à l'improviste, frappent à l'arrière, sur la nuque, comme sur un gong. Les portes de la détresse s'ouvrent, toutes grandes, sur le vide.

Marthe crie. Le nom de Samuel. La mémoire érige, détruit, fignole, la mémoire tourne en rond et geint. Les souvenirs sont des excroissances qu'il faut trancher au bistouri ou ronger une à une sans pitié. Marthe hurle, puis se tait. Marthe pleure, puis se calme. La souffrance s'apaise aussi brusquement qu'elle s'est déchaînée.

Les amis refusaient de l'entendre. Ils l'engageaient à penser à l'avenir, à conquérir son rang parmi les photographes, à se faire exposer, à se consoler avec un autre amour. Certains, croyant lui plaire, accusaient Samuel de cruauté ou de lâcheté. Les autres étaient sans opinion, se contentant de hocher la tête pour signifier qu'ils comprenaient l'intensité de la douleur mais qu'ils étaient néanmoins impuissants à l'aider. D'ailleurs les confidences que Marthe leur imposait étaient comme ces croix qui se dressent sur les tombes d'un cimetière. Un premier plan qui s'offre à la vue de tous pour témoigner pudiquement du calvaire. En dessous, la chair des choses. En dessous demeure le détail des événements, des expériences, des vérités, que l'interlocuteur ne peut qu'imaginer. Où commence chaque amour ? On ne peut en supposer ni le départ ni la fin.

Aussi Marthe est-elle revenue chez Jean-Pierre Lovin. Il l'a reçue, perplexe, le regard un peu méfiant. Elle ne s'est pas excusée. Ils sont restés face à face, longtemps silencieux. Il a fini par l'agresser : « Alors, qu'est-ce qui vous a décidée ?

— La vie de Sonia ! Je n'en peux plus de la porter !

— La vie de Sonia ? dit-il surpris.

— Oui. »

Mais cette vie dont elle veut se débarrasser, Marthe la retient encore et l'évite. La question cependant demeure, vivace, lancinante. Pourquoi fait-elle allusion à sa tante quand elle cherche à comprendre l'échec de son couple ? Et pourquoi l'amorce lancée, c'est une autre pensée qui vient s'immiscer dans son esprit pour lui tambouriner les lèvres ?

La pellicule gâchée fut glissée dans la poche arrière du jean. Marthe supporta la bosse désagréable de la bobine en plastique qui lui tortura la fesse. Elle s'infligea le bruissement du film qui cria jusqu'au moment où adhérant complètement à la poche, il finit par se taire. A moins qu'elle eût cessé de l'entendre quand elle cessa de se reprocher sa lâcheté.

Le soir de la querelle, elle aurait dû s'obliger à quitter la maison de Sonia. Par angoisse, par amitié, pour ces deux sentiments confondus, elle n'en avait rien fait, et les semaines avaient continué de couler, identiques, sans but et sans projet. Il y avait dans cette volonté tacite de différer la rupture, la peur vague qui empoigne deux êtres sur le point de revenir à leur propre solitude.

Oppressée par une irritation qui allait grandissant, Marthe avait envisagé de retourner vivre chez elle. Mais livrée à elle-même, plus rien n'aurait d'importance. La vision des repas bâclés l'en avait dissuadée. Elle savait que la boulimie pouvait la reprendre, qu'elle était là, tapie dans un coin de ses entrailles pour à nouveau distordre le corps et l'enlaidir. Chips, gâteaux secs, tablettes de chocolat, mastiqués avec hargne, la main voltigeant de la bouche au paquet, dans un rythme de plus en plus rapide et machinal. Soupes Maggi bues comme des potions, debout devant l'évier, avec des bruits de lèvres intempestifs. Elle était venue s'installer chez sa tante, par jeu d'abord, puis pour abolir l'ennui. Elle était venue, portée par ce hasard qui lie les gens les uns aux autres, et elle restait maintenant tant elle craignait d'être pétrifiée par le silence de son studio.

Dans la journée, oisive, elle tournait à travers les pièces ou se figeait devant les vitres, prisonnière d'elle-même, sans oser écarter les barreaux de la cage. Elle ne voyait plus les objets qui décoraient cet appartement, les masques sur les murs, la déesse de la fécondité, les tapis, les coussins. Il lui semblait qu'elle marchait parmi des pierres, dans un désert gris et sans relief ; et la pauvre lumière qui filtrait par les carreaux de la fenêtre, enlaidissait jusqu'aux couleurs des fleurs fraîches que Sonia arrangeait pourtant avec art dans des vases dont la teinte et la matière s'harmonisaient avec le bouquet. Tout était ombre, tristesse, curieusement mortuaire. Les coussins étaient mités, les murs se lézardaient, les tapis trop poussiéreux s'effilochaient en longues franges où l'on se prenait les pieds. Tout gardait, jusqu'à l'excès, la marque du temps. Sonia, qui s'agaçait de la voir évoluer de son pas d'automate, de la cuisine au salon, le cheveu terne et en épi, la houspillait : « Coiffe-toi », disait-elle.

Marthe, dans un mouvement d'humeur, se tournait vers elle et criait « Non ! » Puis elle s'excusait. Les larmes lui montaient aux yeux. Elle disait : « Sonia, je suis méchante… Sonia, ma Sonia chérie, si tu savais comme je t'aime. » Mais Marthe savait que le ressort, entre elles, était définitivement cassé.

Le soir, elle tournait dans la ville avec, pour compagnons, ses appareils photo. Et ses errances, selon le degré de sa mélancolie, allaient s'élargissant ou se rétrécissant autour de la fontaine des Innocents. C'était là, elle le pressentait, qu'elle reverrait Samuel si elle devait le revoir un jour. Elle rêvassait de ce moment comme une midinette. Elle rêvait de faire l'amour, toute nue, les mains glissant sur son torse, pour d'adroites caresses. Elle rêvait de le surprendre par la liberté de ses gestes, par sa fougue et son ardeur. Elle reprenait mille fois la même scène, s'y attardait, souriante, pour mieux s'imprégner de sa force, de sa sensualité. Son corps inhibé était parcouru de frissons. Elle suffoquait, repue déjà. Toute son ambition convergeait vers ce désir qui dominait tous les autres. Elle, nue et l'impudeur de ses baisers. Ensuite que se passerait-il quand elle jouirait enfin ? Comment revenir indemne de cette région-là ? Prenant peur, devinant qu'il lui faudrait inventer une autre quête vers l'impossible, elle remaniait son fantasme en le calquant sur le souvenir de la Castille, sur cette éternité de pierre où elle s'était immolée.

Le printemps arriva. Les promenades nocturnes devenaient agréables. Sur les balcons, les plantes fleurissaient, les fenêtres s'entrouvraient, laissant fuir vers la rue, éclats de voix et rires. Les rideaux de voile blanc se gonflaient avec mollesse sous le souffle de la brise. Il pleuvait encore. Mais les averses étaient brusques et brèves et dans les flaques des caniveaux, le regard pouvait parfois accrocher un fragment de l'arc-en-ciel entre trois bouts de carton qui descendaient le courant avant de sombrer. Sonia aussi desserrait les dents. Elle parlait de repartir en Afrique. Elle avait repris son régime à base de carottes bouillies et de viandes grillées pour perdre avant l'été un peu de sa corpulence, mais elle s'arrangeait pour le rendre inefficace en croquant dans l'après-midi des petits gâteaux qu'elle accompagnait de généreuses cuillerées de miel ; les premiers étant un mal fatal de sa gourmandise, les secondes un mal nécessaire pour s'éclaircir la gorge après ses trois paquets quotidiens de gauloises sans filtre.

Marthe, qui la taquinait, photographia à plusieurs reprises ses jambes dodues, serrées l'une contre l'autre, lorsque le matin après la douche, elle se hissait sur la balance afin de vérifier la perte ou le retour de quelques centaines de grammes. Sonia, qui essayait naïvement de tricher, soulevait avec coquetterie ses orteils coiffés d'une corne longue, épaisse et recourbée. « Si tu rognais tes ongles ? Ça doit peser son poids... conseillait Marthe, à croupetons pour cadrer sa photo à hauteur de mollets.

— Oui, oui, tu as raison... je devrais... » répondait Sonia qui, perdue dans ses spéculations, n'écoutait pas.

Ces clichés, pris par jeu, se révélèrent de qualité. Sur la balance, dans la ligne droite de l'os, la chair mouillée était floue. Les jambes semblaient en apesanteur. Autour, les volumes de gris et de noir étaient habilement dégradés pour créer une transparence, un halo qui allait s'assombrissant. En quelques mois, Marthe avait fait des progrès rapides. Ses épreuves étaient comme d'immenses blessures, une transfiguration du réel. Elles libéraient, avec le mouvement, ce caractère mystérieux parce que fragile de l'être et son tremblement intérieur. Les blancs étaient grenus, presque sonores dans les larges plages de noir, les couleurs étaient dures et brillantes. Encouragée par Sonia, Marthe proposa quelques photos à une agence de presse qui les accepta et lui fit signer un contrat.

Le soir de cette signature, Marthe retourna à la Fontaine des Innocents. Elle s'assit sur une marche et observa les ruelles qui perçaient la place comme des rayons. Avec le retour du printemps, le quartier s'était à nouveau animé. Les boutiques de merguez et de jus de fruits exhalaient des odeurs d'épices et de brûlé. Des groupes déambulaient en riant et elle attendit, solitaire parmi eux, jusqu'après minuit, les yeux fatigués de guetter l'apparition d'une silhouette en jogging noir.

Pendant une semaine, soir après soir, elle se planta sur cette marche et trompa le temps en grignotant des frites huileuses. Puis elle se lassa. Elle avait même fini par oublier pourquoi et pour qui elle attendait. Elle fit des photos du panier de la petite fleuriste où dormaient, emballées dans de la cellophane, des roses aux couleurs trop soutenues. Elle photographia les sébiles des musiciens autour desquels faisaient cercle les badauds, bonnet mou empli de piécettes, abandonné sur le pavé, casquette informe ou boîte de réglisse au fond légèrement terni. Elle photographia la gaucherie et la séduction d'une gamine assise au pied d'un arbre qui fumait une cigarette, les yeux levés au ciel pour suivre les ronds de fumée.

Puis elle changea de lieu. Elle rêvait d'un décor artificiel, gigantesque et délirant où chacune de ses photos composerait, dans le grouillement d'une multitude, des mosaïques. La Foire du Trône s'installait à la Porte Dorée. Elle y courut. Pour ses manèges, son grand huit, son ambiance. Elle entra par les allées bruyantes, bordées de baraquements délabrés, jonchées de papiers gras, de cornets et de canettes, dans le monde des femmes à barbe et des tunnels de la mort, dans cet univers de palais en carton où des miroirs reflétaient en les déformant les corps de leurs victimes. Elle progressa, jouant des coudes, parmi les danseuses en collants roses, les avaleurs de feu, les saltimbanques aux robes chargées de fausses pierreries, les monstres musclés et les cow-boys au chapeau informe. L'air suintait le nougat, le vin, la gaufre, le pain ramolli. Marthe brisait les angles, réduisait les distances, et appuyait sur le déclic. Des petits garçons hurlaient d'énervement et se calmaient subitement en plongeant leur nez dans des barbes à papa d'un rose douteux ; des adultes excités piétinaient le long de queues interminables, bras dessus bras dessous, attendant leur tour pour éprouver sur les balançoires la loi de la gravitation. Marthe photographiait. Des gitanes obèses aguichaient les passants et leur proposaient la bonne aventure. L'une d'elles se pendit à son bras et l'accompagna sur plusieurs mètres, la suppliant de lui livrer sa main. « Tu es belle, très belle, laisse-toi faire », marmonnait-elle. Marthe s'en débarrassa en armant son appareil. La femme, indécise d'abord, recula de quelques pas, son corps cherchant son équilibre et sa bouche une expression ingénue. Marthe sacrifia le visage pour ne prendre que les mains que, sur sa demande, la gitane accepta de tendre ; elles étaient brunes et boursouflées mais sur les paumes s'épanouissait ce réseau minuscule de lignes qui étaient celles de la vie. « Pour toi, maintenant c'est gratuit. Viens dans ce coin je vais te lire ton avenir », dit la femme. Marthe refusa en souriant. Fermant le poing, elle se contenta d'expliquer : « C'est à moi. A moi seule. Je préfère ne rien savoir. » La femme avertit alors d'un ton ému : « Celui que tu cherches t'apparaîtra. Mais tu le perdras et il se peut que tu en meures. Attention à toi. » Marthe, une seconde interloquée, éclata de rire et tourna les talons pour fendre le tourbillon de la foule qui l'aspira.

Elle photographia les yeux exorbités des gens qui sortaient, encore titubants de peur, des baraques où des spectres et des monstres les avaient frôlés, et les yeux de ceux qui descendaient en trébuchant des voitures qui les avaient propulsés et élevés dans l'espace pour les laisser retomber en chute libre.

Elle surgissait du stand d'un illusionniste quand une main s'abattit sur son épaule. Et, se retournant, incrédule, elle aperçut Samuel. Il souriait. Il ne remarquait rien de sa pâleur. Il se penchait vers elle, lui prenait la main et la portait délicatement à ses lèvres en murmurant un « Bonjour Princesse » qu'elle trouva sarcastique. Elle ne se dégageait pas, ne souriait pas, ne soupirait pas. Elle restait là, les mains ballantes, comme privée de volonté, à le regarder fixement. Elle cherchait un lien de parenté entre ce visage et le souvenir de celui qui l'avait si longtemps obsédée et elle se désespérait de le trouver encore plus beau, plus émouvant avec cette ligne épaisse des sourcils qui se rejoignaient sur le front, ses yeux noirs et profonds. Elle le regardait, la respiration coupée. Le cœur, fou, s'emballait et cognait avec violence. Les cheveux ! Oui, il les portait longs, mais ils avaient du volume, une brillance. La bouche, fine, arquée. Et la lèvre inférieure, rouge et renflée, était partagée en deux coussinets par une ride légère qui la creusait en son milieu. Alors, devant son air enchanté, elle ressentit une sotte envie de pleurer, une envie de s'écrouler dans la poussière et de se faire ramasser par lui comme une enfant. Pour maîtriser sa gêne, elle en appela au vieux réflexe de la cigarette. Elle pencha la tête pour fouiller dans son sac.

« Tes photos ? Je croyais que tu les faisais uniquement la nuit ?

162

— Cela dépend du sujet », répliqua-t-elle, en allumant son briquet.

La première bouffée la calma.

« Elles peuvent attendre ?... J'aimerais te voler ton après-midi », lança-t-il. Et il poursuivit, narquois : « Au fait, bravo pour ton petit mot... Tu joues ainsi avec tous les hommes ?

— Non ! Pas vraiment.

— En fait, tu as eu raison... Puisque nous nous revoyons... Mais, moi, tu sais, j'aime guider ma vie... »

Elle ne répondait pas, ne le regardait plus. Elle avait glissé sa main dans le cordon de l'appareil et se meurtrissait le poignet en serrant le fil.

« Je te dois un café. Viens ! »

Et comme six mois plus tôt, il lui prit le bras et la pilota entre deux stands, hors de la foire. Elle se raidissait, bredouillait des excuses. Les yeux de la gitane s'interposaient, liquides et marron, la prévenant du risque. « Il se peut que tu en meures. » Il grimaça. Il avait l'air si contrit qu'elle céda. Et elle l'accompagna dans une sorte de vertige, les jambes molles, loin des flonflons de la musique, vers un café sale et nauséabond.

14.

Ils dînaient chez lui d'une salade ou d'une viande grillée et toujours régnait dans la maison un fond musical, un disque que Samuel allait changer de quart d'heure en quart d'heure sur la platine et dont il sélectionnait soigneusement les plages. Elle l'épiait, les yeux mi-clos. Quand il tournait la tête, la lumière créait sur son visage des ombres furtives. Les lèvres étaient trop fines, le nez trop busqué, les joues trop creuses. Les prunelles, sous l'arc très sombre des sourcils, avaient un éclat presque d'or, une luminosité qui la laissait vibrante et étourdie. Il portait une chemise, col ouvert et relevé comme un comédien et des jeans au pli impeccable. Elle frissonnait quand il bougeait car tantôt il lui semblait qu'il était très grand tantôt plus petit qu'elle. Et elle tremblait à le sentir rôder autour d'elle, le trouvant à ses côtés chaque fois qu'elle bougeait, la cernant par un champ invisible, présent partout, comme si, même loin d'elle, à quelques pas, il effleurait par son regard toute la peau, le ventre et le dos, des chevilles jusqu'aux orteils. Elle craignit alors de lui dévoiler ce qui, malgré les régimes, n'avait jamais pu mincir, ses fesses, charnues et rebondies.

Marthe s'éternisait dans les fauteuils, empotée, les lèvres étirées dans un sourire idiot. Une potiche. Une marionnette qui ne se commandait plus, qui craignait de faire du tapage avec ses dents lorsqu'elle grignotait un biscuit, avec sa glotte lorsqu'elle buvait un verre d'eau, avec son ventre lorsqu'elle digérait. Tout son corps lui devenait odieux, ses jambes qu'elle croisait pour se donner une contenance, ses mains qui s'allongeaient avec prudence à la rencontre d'un objet comme si elles risquaient de le rater ou de le laisser choir, son visage dont elle n'aimait plus les expressions et qui lui semblait à tout instant virer du cramoisi à la pâleur. Elle perdait même, avec sa voix qui s'altérait, son vocabulaire et ses idées. Elle prononçait trois mots, hésitait, se penchait vers son paquet de cigarettes, doublant en moins d'une semaine sa consommation. Elle en allumait une, il venait la lui enlever des doigts et l'écrasait. « Arrête, disait-il, tu te tues. » Il brisait la tige dans le cendrier et sur un ton qui la faisait frémir, un ton presque anxieux, il poursuivait : « S'il te plaît, arrête... arrête, pour moi. » Cette douceur lui nouait le ventre. Elle ne voulait pas s'arrêter de fumer rien que pour l'entendre encore, de loin en loin, lui répéter : « Arrête, tu te tues. » Cette phrase, à elle seule, devenait une mélopée amoureuse, le premier recours quand elle croyait qu'il relâchait son attention ou devenait moins prévenant. S'il oubliait que ce goudron qu'elle absorbait pouvait la tuer un jour, se disait Marthe, ce serait le signe de la fin, l'inévitable retour de la solitude. Elle était là, calée dans un fauteuil, avec tout le poids des fesses qui écrasait les ressorts et le poids des idées, des hypothèses et des questions. Assise, avec son petit museau de souris.

Il venait mettre son visage tout près du sien. Elle s'éblouissait. Il empoignait à pleine main une touffe de cheveux et lentement, avec une violence contenue, il lui faisait plier la tête, ployer le corps et elle tombait près de lui sur la moquette, à genoux, en riant. « Enfin, disait-il, je t'entends. Ris puisque tu ne veux pas parler. » La femme profonde, que les interdits avaient cuirassée, cette femme-là, dès qu'il s'approchait, sortait de son fourreau, audacieuse et tranchante, comme un sabre. Le sang se mettait à cogner plus vite jusqu'au cœur. La vue se brouillait. La chambre entière se morcelait, là sur la gauche, le bureau, et sur la droite, la palme d'une feuille du caoutchouc dans le flou d'un mur qui venait brusquement à la rencontre de la prunelle.

Tout se confondait et devenait flou, léger, aérien. Poignant. Sans doute, parce que cet homme qui souriait face à elle, qui la regardait avec attention comme pour deviner son âme, lui rappelait une exigence à la fois concrète et abstraite, le désir fou d'un lit qui deviendrait un autel. Les lèvres entrouvertes, muette, elle le toisait avec cette expression orgueilleuse qui l'amusait tant. A genoux l'un devant l'autre, elle arc-boutée, lui, rapprochant insensiblement sa bouche. Grain jaune d'une peau si fine qu'elle adhère aux os des pommettes et aux ailes du nez. Pores ouverts sur le poil dru. Le visage en paraissait encore plus crochu, comme ravagé. Elle louchait pour sombrer à nouveau dans le disque brillant de l'œil, le diamant de l'iris noir piqué d'or, où elle voyait se refléter son propre visage. Elle se souriait en lui souriant. Il l'étendait. Il parlait contre sa bouche. De son arrogance. De sa beauté. Il l'embrassait. Et elle, de sa main lui tenait la nuque, gardant les yeux ouverts pour voir les siens qui s'étaient fermés, ces paupières presque huilées à force d'être mauves, ourlées d'un filet de longs cils noirs. A travers les lamelles d'acier des stores, la lune glissait son premier quartier. Le temps se creusait pour atteindre son centre. Le temps prenait son burin. Le sang affluait, venait battre toute la peau du corps. Le sexe devenait comme un four. Brûlant.

Elle le regardait et se souvenait des autres, de tous ces autres qui lui avaient fait l'amour comme s'ils avaient voulu la mettre à mort. Elle le repoussait. Elle connaissait la pente et l'angoisse de cette pente.

Elle chuchotait : « Samuel ? Pourquoi ? Pourquoi moi ? »

Il battait des paupières avec l'air de quelqu'un qui se réveille. Il se redressait sur le coude. « Quoi ? » Elle reprenait ses questions. Elle ajoutait : « Tu vas jouer avec moi ? Tu vas me montrer ce que signifie l'amour et me chasser ? » Il claquait des doigts, la taquinait : « Evidemment. » Elle se mordait les lèvres, furieuse d'avoir été prise en flagrant délit... d'amour. « Tu veux vraiment savoir pourquoi ? reprenait-il. Ton intuition ne te suffit pas ? Tu veux des mots ? » Elle réfléchissait. « Oui. Parce que personne ne me les a dits encore. Ce n'est pas par coquetterie. Tu seras le premier... » Et elle omettait de préciser « depuis mon père ».

Les deux statuettes khmères gardaient leurs sourires énigmatiques et doux. On ne savait qui était le mâle et qui la femelle. Elles étaient jumelles en tout, le même diadème, le même pagne, le même geste d'offrande. Et cependant, quelque chose d'imperceptible à l'œil les distinguait l'une de l'autre.

« J'ai envie de te faire l'amour devant les dieux, répliquait Samuel.

— Par provocation ? »

Il riait, rabattait d'un mouvement vif de l'index la

mèche qui harcelait son front. « Peut-être, je ne sais pas... mais c'est une idée qui me plaît.

— Les dieux sont des intrus, disait-elle, maladroite.

— Les dieux sont nos garants. Ils transcendent quelques-uns de nos moments. As-tu remarqué que l'anagramme du mot étreinte donne éternité ?

— Je ne connais rien au mysticisme.

— Toi ? Toi, après ce que tu m'as confié sur Sonia ? Sur ta déesse de la fécondité ? Ces statuettes khmères ont le pouvoir, dit-on, de bénir les couples... Ecoute, le premier soir, le soir de notre rencontre, déjà, je crois que je voulais t'enchaîner. Et c'est toi qui m'as libéré !

— De quoi ?...

— Du jour le jour... De l'habitude... »

Un écho bizarre lui répercutait des dizaines de fois chacune de leurs phrases. Samuel gagnait la chambre. Elle le suivait, venant d'un pas hésitant se blottir contre lui, appuyer son menton dans le creux de son épaule, les jambes soudées aux siennes.

Il l'étreignait, l'embrassait, la contemplait. Il dénouait ses cheveux, les étalait en écartant les mèches.

« C'est eux, ta nudité... Tu es magnifique. »

Elle le pressait contre elle, la gorge contractée par l'émotion, et ses os pénétraient sa chair jusqu'à la souffrance, sans qu'elle gémisse, appuyant plus fort encore, compressant leurs deux poitrines. Elle aurait voulu l'enfoncer en elle comme un enfant, un bébé, son bébé.

Il la déshabillait, à genoux sur le lit. Le sommier grinçait, le matelas gardait tous les creux et se gondolait. Il disait : « Attends, je vais te donner une preuve. » Il soulevait la couette, battait les coussins, fouillait sous le traversin et ramenait triomphalement, entre deux doigts, un cheveu long et roux. « Ceci appartient à une femme qui a dormi hier soir entre mes bras. C'est bien à toi, n'est-ce pas ? »

Elle hochait la tête, amusée. « Oui.

— Si tu avais été une femme du désert, de Ouarzazate par exemple, tu te serais déjà évanouie de terreur, disait-il. Là-bas, la nuit, on enterre en cachette les cheveux et les rognures d'ongles de crainte que l'ennemi ne les utilise pour vous jeter un sort. J'espère que tu as peur ! Parce que j'ai l'intention de t'inoculer la maladie d'amour. »

Elle riait, toussait pour chasser ce graillement qui lui effilochait la voix.

« Tu peux. Tu peux tout sur moi, même sans sorti-lège. »

Il l'embrassait. Il tirait sur une botte puis sur l'autre. Il ôtait jambe après jambe le jean qui résistait et s'enlevait mal. De leur silence, de leurs yeux rivés, émergeait cette promesse forte et douloureuse, ce quelque chose qui devait arriver quand ils l'auraient débusqué et arraché à l'autre, coûte que coûte, presque gravement. Marthe pensait que ce tournoi d'amour était un combat avec les dents. Il déboutonnait sa chemise, puis d'un coup, en écartait les pans, et dévoilait la rondeur des seins.

« C'est mon théâtre, chuchotait-il. Ils me jaillissent tous les soirs au visage. Ils sont beaux, ils sont pleins. Sign of my hands. »

Elle lui donnait sa bouche. Elle riait avec lui contre ses lèvres. Elle apprenait à rire les seins nus, mouvants, tassés contre son torse, et dans une sorte de fièvre, elle se cambrait, s'entravait plus solidement encore à lui. Quand elle ouvrait les yeux, il lui semblait que la lumière était aveuglante et mobile et que le désir trouvait sa profondeur dans l'obscurité totale.

Le soir où il la vit nue, où il vit sa peau pâle trancher

contre la sienne qui prenait sous la lumière des reflets violets tant il était bronzé, il voulut la pénétrer très vite. Il lui écartait les jambes quand elle le repoussa et roula sur le côté. Il la rattrapa, lui distribua quelques baisers pour l'amadouer et amena une fois de plus son sexe au-dessus de son ventre. Les yeux durcis, elle plaqua ses deux mains en croix sur son pubis.

« Tu es bizarre... » dit-il, les yeux plissés.

Il se redressa, s'assit sur le bord du lit, les jambes pendantes et alluma une cigarette. Il se leva pour se rendre à la cuisine. Quand elle vit s'éloigner ce corps osseux et plat, elle crut l'avoir perdu. Qu'elle eût échoué avec les autres, lui importait peu. Mais avec cet homme elle se refusait à être prise en tenailles entre lui et le mur et compter les heures jusqu'à l'aube pour s'habiller et fuir. Elle bondit hors du lit. Elle enfilait sa chemise quand il réapparut. Il fit la moue.

« Tu renonces vite... lui dit-il en lui pinçant le menton. On reprend tout et on recommence à ton rythme... O.K. ? » Il la souleva, la coucha de biais entre ses bras. Elle ne put s'empêcher de trouver qu'ils auraient fait une belle photo, agrippés l'un à l'autre, elle, tout en longueur sur le lit, lui recroquevillé pour mieux la porter.

« Tu crois vraiment que c'est grave ? Que l'amour ça tient à ça ? »

Il y avait un accroc dans sa tête. Cet homme, qui acceptait de le ravauder, lui parut d'abord suspect. Ces mots qu'il prononçait tout bas, semblaient être dits dans une langue étrangère tant ils étaient extravagants.

« Pourquoi ? demanda-t-elle.

— Devine, Princesse. Devine. Endors-toi mais rêve de moi cette nuit. »

Ils s'étaient assoupis. Toute la nuit, leurs cuisses

s'étaient frôlées. La peau, le poil, au moindre contact, se hérissaient. Les chevilles en ciseaux se fermaient, s'ouvraient, se refermaient encore pour retenir le désir, pour camoufler ce clignotement de joie, d'espoir, cette tension poussée à son paroxysme qui fusait et se dilatait à la fourche du corps. Elle dormait et entendait pour la première fois son sexe qui criait. Elle dormait et sursautait heureuse, quand il prononçait son prénom pour l'appeler plus près de lui. Suant, soufflant, geignant, ils se heurtaient l'un à l'autre, embarrassés de leurs doigts, de leurs orteils, attentifs à chaque silence, bien que feignant l'inertie. Il y avait jusque dans le noir, sous leurs paupières, de la lumière. Et leur sommeil avait été entrecoupé par des caresses courtes qui faisaient mal.

Toute la nuit comme des anguilles, ils s'étaient tordus et surveillés. Ils s'étaient empêtrés et lovés. Ils s'étaient fuis et enlacés, ils s'étaient appâtés et repoussés. Une main ricochait sur un dos. Le dos se tendait, s'arquait puis se rétractait. Le corps demandait plus et d'une seule détente faisait un bond vers l'arrière pour déguiser son envie. Une main sur son ventre. Le ventre se dérobait, se creusait. Elle s'étonnait de découvrir qu'elle souhaitait le viol.

Toute la nuit, les corps s'étaient rejoints pour s'écarter, s'étaient saisis pour se délaisser et s'étaient rapprochés encore entre les plis du drap, sous la masse de la couette. Ses ordres rauques à elle l'imploraient d'arrêter. Il obéissait, acceptait les reculs pour succomber à nouveau à l'émotion, après quelques minutes qui paraissaient durer des heures.

Au matin, dans le gris, elle avait cédé, les paupières engluées de sommeil. Les cheveux libres, elle avait parcouru son corps de ses lèvres. Elle cherchait sa salive. Sa langue était chargée, comme prise dans du ciment.

Peu à peu, ce goût saumâtre dans sa bouche s'était dissipé. Le bonheur descendait sur elle car elle observait qu'elle savait danser, qu'elle commençait à naître sur cette peau. Ecartelé sur le lit, il tressaillait quand elle réveillait des frissons sur son torse ou son ventre. Marthe se laissait guider par ces convulsions. Elle sculptait de sa bouche, avec une tendresse dont elle s'était crue incapable, les contours de ce corps qui n'en finissait pas et qui en s'offrant, exigeait plus encore, plus loin, plus fort. Elle pensait à Sonia, recluse et seule dans son appartement immense, qui avait dû travailler sur ses contes pour vaincre le temps. A ses bouquets de fleurs qui pourrissaient dans leurs vases. Elle pensait à la poussière qui vêtait les étagères et le dessus des meubles comme une lèpre, un cocon de mort. Là-bas, dans la rue d'Alésia, tout faisait naufrage. Même Sonia. Sonia dont le regard trahissait la perte de la jeunesse et qui continuait à porter de la lingerie en nylon grenat. Sonia qui luttait contre son âge mais n'avait plus de partenaire pour s'entendre chanter. Presque joyeusement, Marthe caressait cet homme jeune, dont le torse était ferme, musclé et large, le ventre chaud et palpitant, les jambes comme du velours sous la toison des poils. A bout de souffle, les prunelles chavirées, il la bloqua en la ceinturant. Elle pensait aux cheveux blancs de sa tante qui avaient grisonné trop tôt, furieusement, comme ces rameaux qui se dessèchent quand on ne les arrose plus.

Elle s'était entendue respirer plus vite, par le nez. Elle avait souri. Elle avait tendu les bras. Elle avait entendu la détresse chanceler en elle pour laisser place à quelque chose de rond, de vert, de presque voluptueux et l'espace d'une seconde elle avait cru que la haine avait été déboutée, qu'elle allait perdre le souvenir de la Castille, de la bougie rouge, de la cire chaude qui avait perlé larme après larme en formant une stalactite. Elle avait cru qu'enfin, après tant d'années fantomatiques, elle allait vivre ses noces. Mais l'âme sans doute était encore trop empoisonnée. Et quand il la pénétra, Samuel rencontra une zone sèche où le couloir était si étroit qu'il douta un instant, la regardant au fond des yeux, hésitant à forcer une vierge.

« Tu as mal ? » souffla-t-il.

Elle le remercia d'un battement de cils pour cette phrase, et soupira. Comme une bonne élève, elle l'aidait à s'enfoncer, moins par désir que pour être la maîtresse de son plaisir. Il recula, sortit doucement pour éviter de la meurtrir.

« Je sens que tu as mal », dit-il.

Marthe l'observa sans comprendre. « J'attendrai. Ne crains rien, j'attendrai », disait-il en l'étreignant. Quand elle comprit que celui-là, elle pouvait lui faire confiance, quelque chose creva en elle.

Agrippée à son cou, elle sanglota au souvenir de ces hommes qui sans scrupule l'avaient violée, leur museau fouissant ses seins tandis qu'elle, rigide, les regardait se démener. Elle pleura sur sa bêtise. Elle pleura sur cette timidité de petite fille qui n'avait pas osé réclamer. Elle pleura sur le tourment de sa mère qu'elle avait reproduit en multipliant les aventures, se sauvant de la grisaille d'un homme par plusieurs hommes à jamais semblables comme des sosies. Non, elle n'aurait pas sa vie, sa solitude, ses maladies. Elle pleura sur ses amies qui n'avaient su la mettre en paix, mais qui, perfides, avaient nourri son désespoir en l'abrutissant d'allusions claires où les phrases, toujours incomplètes, précisaient mieux qu'un dessin l'orgasme foudroyant qu'elles avaient ressenti.

Samuel l'avait prise contre lui, avait mis sa joue contre

sa joue. Il caressait doucement ses cheveux tandis qu'elle divaguait en reniflant. « Un jour, disait-il, tu vas voir... » Elle hoquetait. Il reprenait, comme une litanie, avec une patience étrange : « Tu vas voir, c'est fini. Tu vas apprendre. Je vais t'apprendre. Tu es très belle... Tu seras plus belle encore, épanouie. Toi et moi, un matin... La maladresse cela n'a rien de honteux... C'est rare, au contraire. C'est un cadeau que tu me donnes... Fais-moi confiance... Tu vas rire près de moi, avec moi. Je t'accorderai toute mon attention, tout mon amour, toute ma tendresse... Ne pleure plus maintenant... Regarde, il fait jour... Tu veux un café ? »

Les soirées s'allongèrent. Ils dormaient de plus en plus tard. Samuel lui apprenait l'amour. Quand son sexe devenait humide, il la fendait et se calait au-dessus d'elle, guettant dans ses yeux une lueur, cueillant sur sa bouche un cri ou un râle. « C'est comme dans les contes, disait-il pour la rassurer. Je parviendrai jusqu'au lieu interdit. » Elle l'écoutait. Elle s'initiait. Mais les lèvres sèches défendaient un accès très profond. La verge ne glissait pas. Son corps semblait se venger maintenant qu'elle voulait aimer. Il restait passif et indolent, prisonnier de cette crainte qu'on pût l'abandonner après l'avoir réveillé. Le sexe se contractait comme si seule l'effraction, rude, semblable à une décharge, avait le pouvoir d'élargir suffisamment le passage et lui faire abandonner toute pudeur.

Samuel le comprit. Un soir, inspirant fortement, il entra d'une secousse, la déchirant presque pour marteler les parois qui s'élargirent et qui soudain rendirent leurs eaux. Il l'excitait à petits coups. Malade, pierre, bois, fer, pensa Marthe. Barricade, haie, mur, égrena-t-elle. En entrouvrant les paupières, elle le surprit non pas cabré, avide et refermé sur lui-même, mais à portée d'elle, presque versé sur elle pour mieux la contempler. La joie l'éclaboussa. Il était beau d'ailleurs, dans le rayon de lumière qui venait de la salle de bains et qui éclairait sa peau à chaque mouvement. Une faille. Une fente. Une brèche. Une fenêtre. Elle oublia de se sentir ridicule. Elle oublia Sonia et ses masques africains aux joues balafrées par les scarifications. Elle oublia le bleu de la Castille et le sifflement de la bougie qui s'ouvrait pour dégorger sa cire. Elle renversa la tête en arrière, l'échine déjetée et s'arracha de sa pesanteur, avec la sensation de ne plus s'appartenir. Son sexe devenait onctueux. Le vertige qui la saisissait la faisait gémir. Ses hanches et ses seins n'étaient plus de bois. Ses hanches qui tournaient. Ses seins dont la pointe se dressait.

« Parle-moi », implora-t-elle.

Il écarquilla les yeux.

« Parle-moi, dis-moi des mots d'amour », répéta-t-elle tout bas.

Il précipita légèrement son mouvement. Elle répondit par un soubresaut et ses jambes, pinces maladroites, vinrent se poser sur les épaules de Samuel.

« Ne bouge pas surtout ! » intima-t-il.

Comme s'il avait eu tort de parler, son ventre explosa. Il enfouit sa bouche dans ses cheveux, ne bougea plus. Elle cacha sa déception. Elle attendrait. Elle gardait l'impression d'être retombée trop vite, de s'être à peine soulevée du lit. Un pétard mouillé. Elle accepta le poids de sa tête contre sa gorge. Elle l'entendait soupirer encore. Sa main remontait lentement le long de son dos moite, le caressant de la nuque aux reins jusqu'au moment où il bascula sur le côté pour trouver une position plus confortable. Il étendit son bras en travers sur elle, lui défendant de bouger. Elle allongea une jambe et roula une épaule. Il resserra son étreinte, l'attachant plus fortement à lui. Elle trouva que c'était bien. Que cette nuit encore, il resterait avec elle. Maintenant, elle avait peur de l'aube. Elle sentait une crampe lui pincer le cœur quand elle le voyait enfiler son pantalon et sa chemise, agrafer sa ceinture pour se rendre au lycée.

« Tu as... » demanda Samuel sans lever les yeux.

Elle resta silencieuse. Il tira une mèche de cheveux avec ses dents, puis la mâchonna.

« Pas encore, n'est-ce pas ? dit-il lentement. Tu verras, mon amour, bientôt tu pourras. »

Marthe l'embrassa sur l'épaule, à la courbe du bras. Elle se leva pour préparer du thé et chercher une tablette de chocolat noir.

« Je t'aime, lui dit-il quand elle revint. N'oublie jamais que je t'aime. Pour toi, je serais capable de tout... »

Marthe, nue, assise sur les talons dans le mitan du lit, le contemplait en se balançant d'avant en arrière. Elle ne lui demanda pas de quoi il serait capable. Elle éprouvait la même sensation. Ce qui lui semblait magique était non pas le fait de deviner ce qu'il taisait mais que cet homme pût ressentir pour elle de la tendresse. Son amour pour lui devenait si déchirant, qu'elle trouvait les mots trop fades pour l'exprimer. Les yeux dans ses yeux, elle déglutit péniblement, caressa sa joue, avec le sentiment qu'elle allait mourir là, à cette minute extrême.

« Et si je meurs maintenant, se dit-elle, cela aura valu le coup de vivre et de souffrir. »

15.

« Il m'a aimée sur un malentendu, dit Marthe faiblement. Un malentendu nommé désir. Il me voyait comme
la fille aux cheveux roux et aux yeux verts qui rôdait
seule quand la nuit tombait sur la ville, qui marchait vite
de crainte qu'on ne l'aborde. Une fille qui braquait son
appareil photo pour fixer des images hétéroclites qu'elle
ne partagerait avec personne. Une femme qui comme lui,
vivait un exil et qui s'entourait de secrets pour mieux
préserver la nature de sa vacuité. Souvent, les couples se
déterminent à la première seconde, dès la première nuit.
On croit saisir chez l'autre un signe, un trait, un spectre
lumineux qui ont valeur d'absolu. Et pour une parole
proférée parfois distraitement, on vendrait son âme, tant
ce mot-là nous a manqué. On s'embrasse, on se confie,
on se marie, victimes de cette image initiale, qui nous a
touchés et que nous serions bien en peine de décrire.
Mais l'impression persiste. L'autre est familier, intime,
pour une promesse indéfinie qu'il porte en lui et que l'on
reconnaît parce qu'elle contient notre enfance, nos vœux
et notre innocence. »

Oriental, Samuel aimait attendre. Que Marthe fût

frigide le fascinait. Il se sentait convié à cette conquête suprême du corps qui s'offre mais se défend. Car son imaginaire était dominé par la vision de danseuses qui surgissaient, drapées de voiles et qui, roulant des hanches, s'élançaient entre les tables devant des hommes qu'elles faisaient languir avant de se dénuder. La mousseline ou le tulle tombait. Elles gardaient pour seule parure le soutien-gorge (sorte de carcan composé de paillettes scintillantes) et le triangle minuscule qui cachait le sexe. Elles levaient les bras, les arrondissaient au-dessus de la tête et, de leurs doigts écartés, feignaient de se cacher les yeux. Elles dansaient et offraient leur beauté. Elles montraient tout, en souriant, le grain de la peau, le galbe des hanches, le dessin du nombril, la finesse des cuisses, mais fuyaient, légères, sans qu'on pût les posséder.

Attendre et initier. Et Marthe, en marchant seule dans la ville, se ressassait que toutes les nuits, Samuel lui faisait l'amour sans la quitter du regard. Elle traversait la chaussée, bifurquait vers la gauche, et voyait se profiler au loin la dernière étape de son voyage. Elle, un taureau qui s'écroulait dans la poussière, le mufle écumant, et Samuel debout, qui l'anéantissait en plantant sa dernière banderille. Quand il aurait tout pris, quand il aurait tout eu, l'aimerait-il encore ? Elle accélérait le pas, hochait la tête, marmonnait, prise de folie. Nue, son ultime masque arraché, toutes ses entraves déliées, que deviendrait-elle ? Ecorchée vive, gisant dans ses sécrétions, elle aurait tout dévoilé, jusqu'au malingre jardin où poussaient quelques fleurs sèches et piquantes. Elle se racontait encore quelques sottises sur la jouissance, sur sa vulnérabilité quand elle aurait atteint l'orgasme. Et elle jurait de réprimer ses élans, de se réserver, pour tenir encore Samuel entre ses doigts comme on garde un papillon prisonnier dans sa main, le cœur bondissant de joie et de peur quand les grandes ailes poilues et soyeuses frémissent et chatouillent la peau ; joie d'en être le geôlier et peur de tuer en pressant trop fort les phalanges contre la paume.

Puisque Samuel aimait attendre, il attendrait !

Il s'était prêté au jeu. Il acceptait qu'elle se dédouble. Devant lui, une fillette méfiante. Dans la rue, une rebelle. Ce qui l'excitait en fait, c'était qu'elle pût déambuler sans peur dans des lieux dits de passage et réinventer, réparer le réel en superposant, sur l'enfer d'un monde, l'appel qui émane des marginaux lorsqu'ils oublient qu'ils sont surveillés. Il regardait les épreuves et confondait en riant les endroits où les photos avaient été prises. Cette femme aux cheveux teints, les lèvres ouvertes comme une cantatrice modulant un trille, debout au comptoir d'un café, le poing sur la hanche, dans la fumée bleue qui montait des cigarettes, était-elle une prostituée ou une comédienne qui répétait son rôle ? Un démon ou une poupée ? Et cet Arabe assoupi sur un parpaing, dont le corps avait trouvé peu à peu son équilibre par une inclinaison du buste, du menton et une tension des jambes, sur quel vaisseau croyait-il voguer ? Et cet autre encore, urinant contre une palissade, les pieds écartés pour éviter la flaque qui s'élargissait, et qui semblait pris de stupeur devant le jet qui jaillissait, fumant.

Samuel n'avait pas compris que la photographie n'était qu'un graffiti abandonné sur les murs. Une signature rapide et brouillonne pour marquer un territoire. Un rythme syncopé. Le gribouillage d'un enfant qui tire la langue en jouant sur les formes et les couleurs mais qui se hâte, de feuille en feuille, de répéter son dessin. Pour l'avoir connue dans la rue, libre, butée, Samuel lui avait d'abord prêté une clef qui était celle des songes. Pour lui, Marthe était celle qui partait, que rien ne retenait, qui traversait la vie sans laisser d'autres traces que celles d'une présence impalpable. Sur le damier de son imaginaire, elle n'était qu'un être virtuel, à jamais insaisissable, toujours inaccessible. Un oiseau. La réalité était plus banale. Il n'avait pas pensé qu'elle ne savait pas voler. Il devait découvrir avec le temps qu'elle avait même le ciel en horreur. Elle n'avait pas de don, mais la chance de survenir à point nommé pour fixer des instants fugitifs.

Lovin ne répond rien et comme d'habitude il lui oppose son silence neutre, où, selon les semaines, elle rebondit ou se fracasse. L'entend-il seulement ? Il tient ses distances. Il est raide comme un magnétophone dont on ignore les facultés d'enregistrement, les séquelles des inattentions, les défauts de compréhension. Raide, froid, sardonique. Un jour, il faudra penser à lui demander la bande de lecture, se dit Marthe. Ou le mettre à l'épreuve pour vérifier qu'il a bien suivi les étapes, qu'il a mis les jalons aux bons moments, aux endroits qu'il faut. Et s'il lui arrivait de se tromper, de confondre, de mélanger entre les récits ? Et si, dans le laboratoire de sa mémoire, lui viennent des envies de composer, en alchimiste, un produit monstrueux et neuf ? D'ailleurs comment fait-il pour se repaître de toutes ces ordures, pour s'enivrer du fumet qui se dégage de l'intellectuel, du mythomane, du libertin, de l'homosexuel, de la fiancée abandonnée, de la femme stérile et de la nymphomane, de tous ceux et celles qui viennent sur ce fauteuil défoncer des portes sans serrures, baver, rêver, pleurer, se contredire et implorer un conseil en se succédant dans ce cabinet sans jamais se croiser dans le couloir ? Comment fait-il pour dormir avec ces mots crachés vers lui pour un dernier exorcisme, et qui lui appartiennent désormais ? Comment fait-il pour traverser ces régions où grouille la vermine ? J'aime quelqu'un qui ne m'aime pas mais en préfère un autre qui lui-même... Zoologiste confirmé pour comprendre les peines de cœur du lion, du chacal, du serpent, du rat, avec un faible avoué pour les singes, Lovin. Quelles cohues d'anecdotes, quels défilés d'expériences, quelles cohortes d'espoirs se sont engouffrés dans ce cerveau ? Et combien de malheurs, de hontes tues, de souvenirs chétifs, de rages et de violences a-t-il engloutis ? Digère-t-il seulement ? A moins qu'il n'oublie, en fermant la porte de son cabinet comme un fossoyeur quitte le cimetière, toutes ces tombes que des damnés viennent polir à genoux, tous ces miroirs qui démultiplient à l'infini les clichés du père et de la mère, toutes ces pantomimes barbares autour du dieu à sacrifier : l'enfance. Et lui, où va-t-il donc se délester de tout ce qu'il contient ? Dans quelle décharge vide-t-il ses entrailles, dans quelle nécropole, dans quel mouroir ? Heure après heure, les destins changent, les humiliations, les terreurs, les traumatismes. Lovin médite et soupèse. Celui-ci s'en va, remplacé par un autre qui arrive avec son débit, ses pauses, sa vitesse. Lovin se saisit de tout, en coloriste. On vient devant lui se guérir par le langage, s'examiner et chercher une loi qui justifie rationnellement les épisodes qui ont souillé et blessé. On vient fouailler la boue, remonter au premier pipi-au-lit, à la première gifle, au premier cauchemar, pour enfin déterrer le cœur et en suivre le modelé.

Il est assis dans la lumière grise, avec son visage lisse où seuls les yeux vivent et bougent, où seuls les yeux expriment leur intérêt. Chaque pulsation des paupières qui se ferment, se plissent, se rouvrent, indique qu'un ressort a joué, qu'une vibration se propage. Depuis qu'elle se purge devant lui et évoque sa mère, sa boulimie, la Castille, Samuel, ses premiers amants, Lovin la connaît de l'intérieur. Elle, elle a appris à le cerner de l'extérieur. Il a ses fréquences d'oscillations. Les gestes les plus anodins, les mouvements même furtifs sont autant d'indices qui permettent de saisir le fonctionnement profond de cet homme. Il toussote avec discrétion chaque fois qu'il veut marquer son scepticisme ou signaler une banalité. Lorsque le sujet appelle sa réflexion, il allonge le bras, s'empare presque machinalement d'un objet qui traîne sur le bureau et l'étudie, sourcils froncés. Hésite-t-elle sur un mot, une image ? Elle le voit qui se tapote les lèvres de deux doigts. L'agresse-t-elle ? Il soupire, refuse l'affrontement et son regard s'esquive vers la fenêtre. Lorsqu'elle parle d'amour ou d'accouplement, c'est le moment qu'il choisit toujours, par une sorte de tic involontaire et inconscient, pour charger sa pipe et tasser le tabac en tournant le pouce dans le fourneau. Elle a compris qu'il est davantage attentif à des évocations érotiques. Son attitude d'ailleurs frise le voyeurisme. Il guette, provoque presque ces occasions par une certaine expression qui habille son visage. Et ses prunelles deviennent comme des ventouses, d'une force intolérable, qui aspirent ce qui bouchonne et ramènent d'une seule traite du fond de l'entonnoir ce qui désespérément veut se défendre de la lumière. On passe sa vie à trouver des astuces, des feintes, toute une stratégie pour n'offrir de soi que le minimum possible, pour préserver par un anonymat absolu sa fonction de réceptacle, et l'on se laisse trahir par soi-même, impulsivement, d'une réaction à l'autre. La nature de Lovin s'esquisse avec ses hauteurs et ses abîmes. Donnant, donnant. Comme si ce qui se détache du patient, au-delà de sa volonté de se confier, n'était que le reflet de ce que l'on appelle en lui.

Maintenant qu'elle le connaît davantage, elle soup-
çonne chez cet homme, qui l'écoute dans une distraction
de plus en plus grande, un mal qui le ronge. Pour qui ?
Pourquoi ? Dix fois déjà, il a consulté discrètement sa
montre. Dix fois, il s'est ressaisi en rallumant sa pipe. Ce
silence pincé est quasi photographique. Il ne semble pas
à l'aise avec son sourire courtois. Deux mètres à peine les
séparent. Il suffirait d'une question. Elle n'ose pas. Elle a
peur de ce qu'elle décèle. Elle a vu monter la mort
comme une gangrène, le long de cet homme dont le corps
s'est peu à peu boursouflé et avachi. Elle observe, sans
cesser de parler, les chaussettes qui tirebouchonnent sur
les chevilles et la chemise fripée. Elle remarque le cheveu
mal coiffé et gras, en épi sur le crâne. Et le collier de
barbe, qui offrait naguère du relief aux joues, n'est plus
entretenu. Un poil tantôt noir, tantôt gris ou blanc,
d'une couleur indéfinie, dru et sec s'est emparé comme
une épine de toute la surface du visage, qui semble avoir
pris en moins d'une semaine plus de vingt ans. Elle
s'inquiète soudain comme une maîtresse jalouse, du
désordre de la tenue qui laisse deviner une fatigue
énorme, un désastre, un renoncement. Mais ce qui la
bouleverse, ce sont ces veines noueuses, cordes bleues
qui lui ont sauté sur les mains et les tempes et tirent sur
la peau, plus pâle que jamais, pour exposer leurs sillons
nets et gonflés. Il suffirait d'une épingle pour faire jaillir
le sang à gros bouillons. Elle a peur de se croire folle.
« Vous ressemblez à Sonia. Qu'avez-vous ? » a-t-elle
envie de lui lancer. Tout part de Sonia, en méandres,
pour revenir à elle.

Souvent, le matin, quand elle vivait encore rue
d'Alésia, Marthe était secouée par la violence de certains
présages. Elle disait à Sonia, en essayant d'en rire,
qu'elle avait eu un cauchemar durant la nuit. Une vieille

dame assise au fond d'un square, les yeux protégés par des lunettes de soleil, tricotait tranquillement une écharpe déjà immense, tandis que deux hommes, derrière un bosquet à quelques mètres, torturaient un chien en plongeant leurs couteaux lentement, comme dans un ralenti, dans le ventre de la bête. Sonia riait.

« Cela m'a l'air terrifiant en effet », disait-elle. Marthe prenait un air vexé mais s'obstinait à décrire sa vision. Dans le coin, accompagné par le son éraillé d'un disque qui égrenait un refrain des années trente, un vieux manège de chevaux de bois tournait. Les couinements du chien venaient s'ajuster sur les notes. Les deux hommes, puisque leurs couteaux cherchaient eux aussi leur propre cadence, étaient, semble-t-il, sensibles à tous ces bruits, tintement des aiguilles qui se croisaient, musique, protestations de la bête qui n'en finissait pas d'agoniser. Le rêve s'arrêtait là et dans la semaine qui suivait, un petit drame survenait.

A nouveau, elle est frappée par cette ressemblance qu'elle perçoit entre l'analyste et sa tante. Depuis leur dernière rencontre, les épaules de Lovin se sont affaissées. Les commissures de ses lèvres se sont tordues et ne cessent de remuer, parcourues par un tic. Son regard est vitreux, absent. Cette détresse qui fermente, pour l'avoir observée chez d'autres, pour l'avoir éprouvée elle-même, ne l'abuse pas. Lovin lui rappelle Sonia. Marthe parle, mais sa voix manque de conviction. Elle a hâte d'en finir, de payer sa séance et de fuir ce lieu. L'homme tapi dans son fauteuil est devenu moche, atrocement vulnérable. Une masse de chair et de sang contaminée par la mort, qui se crevasse, se fissure et se décompose.

« Nous poursuivrons la semaine prochaine », marmonne Lovin en jetant un œil sur sa montre. Cette fois, il a vu juste, il est l'heure. Marthe obéit en silence et cherche son chéquier.

En la raccompagnant vers la sortie, Lovin ferme machinalement une porte laissée entrouverte. Tous deux perçoivent distinctement les geignements et continuent d'avancer comme s'ils n'avaient rien entendu. Marthe lui adresse un regard intrigué. Elle remarque alors qu'il s'est ratatiné et qu'il est encore plus pâle et plus nerveux. Emue, elle veut dire quelque chose, ne trouve rien et piétine sur place, ne sachant comment partir. Ils se séparent sur une poignée de main appuyée et chaleureuse.

« A la semaine prochaine », dit-elle. Il la retient, balbutie : « Oui... non... attendez... Je suis un peu fatigué... je vais prendre des vacances... rappelez-moi dans quinze jours... » Elle veut protester, mais il la devance et d'un ton plus net, catégorique, il répète : « Je compte sur vous... Pas avant quinze jours. » Sur le palier, Marthe avance, se cramponne à la rampe et descend les marches une à une, dans l'espoir que Lovin va se raviser et la rappeler pour lui demander de l'aide. Mais la porte demeure close.

Jean-Pierre patiente et surveille le bruit des talons qui décroît.

16.

« La petite ? J'ai entendu qu'elle pleure... Vous l'avez laissée seule ? » reproche-t-il à la femme de ménage.

Elle secoue sans répondre la bouteille d'eau d'Evian et poursuit son chemin vers la chambre.

« Ma femme est sortie ? »

Elle se retourne, revient sur ses pas.

« Oui... Avec votre fils. Je crois qu'il avait besoin d'un pantalon. »

Lovin a un rire amer. « Je vois, dit-il.

— Vous ne voyez rien, riposte-t-elle froidement. Le petit est traumatisé... A son âge...

— C'est bon, Lydia, dit Lovin... Retournez près d'elle, je vous prie...

— Monsieur... ?

— Oui ?

— Je ne devrais pas m'en mêler... Envoyez Nadette au bord de la mer... Paris ne lui convient pas.

— Je sais, je sais, Lydia... J'ai rendez-vous ce soir avec un spécialiste... Ne craignez rien... Je fais le nécessaire... »

Il entre dans le salon, allume toutes les lampes,

s'affaisse sur le divan. Chaque geste lui coûte et l'épuise comme si son corps était en plomb. Et cette sensation de vide, qui ne le quitte pas, est semblable à celle qui l'écrase après une nuit blanche. Il ne cesse de lutter pour recouvrer sa lucidité mais ses pensées arrivent brouillées pour disparaître aussitôt, dans une sorte de turbulence, vers un trou sans fond.

Lydia apporte un plateau avec un verre, la bouteille de whisky et un bol de cacahuètes. Il se laisse servir, les yeux dans le vague, occupé seulement à détendre les muscles de son visage. D'ordinaire, pour échapper à cette somnolence, il va s'allonger une demi-heure. Mais aujourd'hui, il reste sur place, et croque distraitement les cacahuètes graisseuses où le sel brille comme des grains de mica. Une image revient de très loin, lui vrille les yeux et les tempes, puis s'éloigne. Ce souvenir qui fait la navette entre le salon et la rue Louis-Blanc rapporte, avec une vieille odeur de misère, la couleur presque irréelle d'un ciel très noir. Il lui semble que son cerveau est devenu une boîte à musique où mugit le chant monotone, lancinant du tam-tam. Il refrène la plainte qui rôde et monte irrésistiblement, de son gosier vers ses lèvres. Une gorgée de whisky pour arrêter ces frissons, pour ne plus penser, pour ne pas devenir fou. Il a brusquement envie de cerises et de fraises, de soleil et de mer. D'un ciel pur et incandescent. « J'aurais dû devenir plagiste sur une île déserte… Quel con ! », se murmure-t-il. Un sentiment de bonheur lui rend alors son sourire. La joie de Nadette fouettée par les vagues et dont il pouvait apercevoir, à travers les gerbes d'écume, le corps mince, musclé et brun, barré par les lanières du maillot de bain. Cette année-là, il se croyait encore invincible. Sur la terre grecque, il observait ravi le soleil et la lune se rejoindre dans un ciel bleu comme un miroir. Monique téléphonait tous les jours à l'hôtel. Il lui demandait pardon pour son absence et enchaînait sur les petites anecdotes de la journée.

Il croque encore des cacahuètes, dans l'espoir que le sel dont elles sont couvertes lui donnera du large. Mais l'accalmie est brève et il se revoit, cavalant, oppressé, avec sa fille dans les bras, le long de la rue Louis-Blanc, à la recherche d'un taxi. L'ami de Nadette suivait, en babouches. La petite allait mourir et c'était ce garçon transi de froid dans sa chemise déchirée, qui suscitait sa compassion. Il se souvient même du moment où, se croyant abandonné avec son fardeau, il s'était retourné pour lancer un regard en arrière. Le garçon avait perdu une babouche et rebroussait chemin pour la récupérer. Il les avait rejoints, pieds nus, tenant ses savates à la main. La moitié de son visage était bleue et crispée.

« Des personnes ont appelé… Et Mademoiselle Monique… Cinq fois… J'ai tout marqué sur le calepin…

— Merci Lydia… Surveillez Nadette, s'il vous plaît… Je n'aime pas la savoir seule… »

La femme obtempère et le laisse. Il avale deux cacahuètes, tourne sa langue dans sa dent creuse pour chasser le grain qui s'y est logé. Rien ne l'avait préparé à un tel choc. Il transportait le corps de sa fille inconsciente et glacée. Un rictus retroussait ses lèvres jusqu'aux gencives. Ce n'était pas la vie qui faisait bouger ce corps. Les seuls mouvements qui semblaient émaner d'elle étaient provoqués par la course éperdue. Les jambes, la poitrine tressautaient au rythme de son pas, les dents s'entrechoquaient, mandibules désarticulées, la tête roulait de droite à gauche. Et par contraste, les yeux ternes aux pupilles dilatées ne fixaient rien. Il n'avait connu de terreur semblable qu'une seule fois, à dix ans.

Il était déjà en retard pour l'école, quand son père, le

retenant par le coude, lui avait dit un matin qu'il ne porterait plus désormais le même nom... qu'un décret avait officialisé le changement... Le père s'embrouillait, expliquant que ce n'était rien, juste une formalité, pour vivre tranquillement, pour n'être plus repéré au cas où... Seule la syllabe finale allait tomber pour alléger la prononciation. Le même nom au fond, mais rétréci, pour sonner plus juste, plus clair, sans bavures. Un nom qu'il fallait amputer pour cacher l'origine, les racines. Le corps du père était courbé vers lui. En complet gris clair. Le nœud de la cravate était impeccable sur la chemise blanche. Il s'était presque reculé par répulsion. Il l'écoutait dire qu'un nom comme le leur était un tatouage... que trop d'hommes avaient péri par la faute de leur nez ou de leur nom... qu'on ne devait plus vivre ce risque sous le simple prétexte de la généalogie ou de la fidélité aux ancêtres... surtout lorsqu'on avait perdu la foi... Il l'écoutait et il entendait se lever en lui une tornade, quelque chose qui, de nausée, lui retournait les tripes. Après une hébétude qui lui avait paru durer des heures, il avait réussi à émerger du chaos pour signifier son refus dans un chuchotement si rauque qu'il lui avait semblé inhumain.

« Je ne veux pas être quelqu'un d'autre », avait-il dit révolté, cherchant vainement à croiser le regard de son père qui se détournait, qui fixait le verrou de la porte. Il n'avait pu apercevoir que le menton pointu, ingrat, avec cette fossette profonde, dont Nadette avait hérité, et qui lui avait paru prodigieusement dédaigneux. D'une pichenette, le père avait chassé une poussière imaginaire sur le revers de son veston. Ce geste aussi l'avait navré. Il l'avait enregistré comme une humiliation supplémentaire. Il avait tenté encore de dire autre chose, mais dans sa colère et par manque de vocabulaire, il s'était exprimé avec maladresse. Il avait voulu crier : « Ce nom, il ne t'appartient pas... Tu n'as pas le droit d'y toucher... Change-le pour toi, si tu veux, pas pour moi. » Mais sur le moment, pris de court, anticipant seulement les regards odieux de ses camarades, leurs commentaires et leurs rires, imaginant les quolibets dont il allait être victime, il s'était contenté de trépigner de rage, la gorge serrée. Une voix intérieure disait : « Non !... Non, je ne veux pas... Tu ne peux pas... Tu n'as pas le droit... ! » Le père continuait d'expliquer que le maître d'école était informé, que ce nouveau nom irréprochable serait prononcé à l'appel du matin. Le père parlait, et des pensées confuses fondaient sur lui, alourdissant au bout du bras le cartable qu'il n'avait pas lâché. Derrière eux, le poste de TSF diffusait les informations de huit heures. Il n'avait saisi, dans le brouhaha qui torturait son cerveau, que le timbre de la voix, bien posée, jeune, qui reprenait sa respiration entre des groupes de mots pour continuer à délivrer, sur le même registre, les nouvelles de la journée. Sur lui, le parfum tenace de l'eau de Cologne dont son père s'aspergeait. Sa honte, en s'amplifiant, le faisait grelotter. Le temps s'était figé. Il avait glissé dans un creux tiède. Qui aurait osé s'élever contre ce roc... contre ce père, soldat de l'armée française, résistant émérite... mais dont l'âme était bossue ? Comment s'opposer à sa tyrannie ?

Jusque dans la rue, dans la salle de classe, le tremblement avait persisté. Des jours entiers où il n'avait pas été lui-même, le ventre lacéré par une douleur suraiguë. Les yeux brûlants de haine sèche, il s'était promis qu'un jour, quand il serait majeur, il reprendrait son nom et bafouerait le pouvoir de son père. Mais cette consolation qu'il s'était inventée, qui s'était enracinée profondément en lui, était restée sans suite, le temps ayant fait son œuvre pour la réduire à néant. Cet épisode avait scindé sa vie en deux fractions précises. Il y avait le segment d'avant, très court. Et le segment d'après. Et entre les deux, un intervalle infinitésimal où s'était conservé le sentiment de quelque chose d'inéluctable, une impuissance à être et à vivre et la conviction que la roue du destin, dès cet instant, avait été déviée de son parcours initial. Un nain, condamné à ne jamais grandir, était devenu un clandestin. Le symbole même de la névrose. Pour expier la faute du père. Et, chaque fois qu'il avait fallu trancher, choisir, il avait été lâche. Ou faible.

Plus tard, il avait déchiré le voile tissé par cet ordre de faire silence. S'il avait admis la raison qui avait poussé son père, il ne lui avait pas pardonné pour autant. Cette syllabe, supprimée comme un élément déshonorant, l'avait poursuivi durant toute sa vie d'homme par son insoutenable absence.

Il avait appris l'histoire du génocide. La déportation des cousins et des tantes. Il avait vaguement cru se rappeler un certain coup de sonnette qui avait déclenché un mouvement de repli vers l'arrière de la maison et leur fuite par l'escalier de service ; mais il ne savait plus si cet incident avait été emprunté au récit tardif que lui en avait fait sa mère ou à une réminiscence du passé. Et sa vie avait fait un coude. Il avait reconsidéré ses goûts, ses attitudes, ses penchants. Les uns appartenaient à l'enfant juif qu'il avait été sans vraiment l'être et qui avait été oblitéré, les autres, à cette identité nouvelle qu'on avait essayé de lui forger. Une légende juive, lue peu après, n'avait cessé de le tourmenter. Il y était dit qu'un enfant dans le ventre de sa mère ressemble à un livre replié. A sa naissance, les pages s'ouvrent. Sur chacune est inscrit un fragment du destin. Mais, poursuivait la légende, le peuple juif possédait un livre où de nombreuses pages avaient été arrachées et chaque membre de la communauté devait les reconstituer. Sa culpabilité, dès lors, l'avait acculé à des passions excessives qui l'avaient sans doute rendu intolérant. Il ne supportait plus ni les discours ambigus, ni les allusions, ni les blagues relatives au génocide. Et un coup d'œil à sa bibliothèque suffisait. Trois rayons de volumes retraçaient l'histoire des camps, la période de Vichy, la défaite allemande. On avait beau consulter les titres, on ne trouvait rien sur la culture juive. Seule la mort occupait les rayons. La mort glissait sur les photos surannées et jaunies des tantes disparues, qu'il avait retrouvées au fond d'une malle. Leur regard sévère, leur buste droit, gonflé par le corset qui sanglait les chairs, le fascinaient. Et la mort le persécutait jusque dans le choix des femmes qu'il avait aimées et qu'il aurait obscurément préférées juives. Comme si celles qu'il avait élues lui servaient à devenir enfin cet Autre dont avait rêvé le père. Et à dissoudre son héritage...

« Elle dort... » indique Lydia avançant de deux pas dans le salon.

Lovin hoche la tête en signe de remerciement.

« Vous ne voulez pas manger ? Vous n'avez rien avalé depuis deux jours.

— Vous êtes gentille, dit-il en refrénant son impatience. Je n'ai pas faim. »

La femme lui lance un regard désapprobateur, grommelle, bouscule quelques meubles avant de se décider à sortir. Il la suit des yeux. Mais tout de suite, l'oreille aux aguets, il se contracte, croyant entendre pleurer Nadette.

Un coup de téléphone l'avait prévenu. La voix paniquée d'un jeune garçon lui avait demandé de venir au plus vite. Il avait aussitôt interrompu la séance, comme fou, en criant à son patient ahuri, qui s'était lentement redressé de son fauteuil, un mot, un seul. Il avait dit « un

malheur… » et s'était précipité pour prendre son manteau. Le taxi l'avait conduit dans une rue lépreuse.
Malgré l'angoisse qui lui labourait le ventre, ses yeux
filmaient le décor, notaient tous les détails. Des magasins
mal tenus proposaient des articles démodés et de qualité
médiocre. Devant les vitrines poussiéreuses on avait sorti
sur le trottoir des bacs débordants d'objets laids, entassés
en vrac, avec un panneau qui indiquait « Soldes ».
Chaussures, shampooings, tee-shirts et pyjamas
d'enfants voisinaient pêle-mêle ; pour les surveiller, des
jeunes filles de dix-sept ans, vêtues de blouses bleues,
aussi pâles et rigides que des mannequins de cire, mais
qui auraient perdu l'éclat de leurs sourires artificiels pour
arborer une expression de fatigue mortelle. Un petit
restaurant sombre affichait un menu au prix dérisoire.
D'un seul regard, il avait balayé le monde de Nadette,
cet univers où elle venait se réfugier pour atteindre le
paradis. « C'est donc ici, ma fille, se disait-il, que tu
viens me fuir ? Ici, dans toute cette horreur ? » 45, rue
Louis-Blanc. Une porte de bois pourri branlait. On y
avait placardé un avis de décès. Il avait payé la course et
supplié le taxi de l'attendre. Il avait traversé une vaste
cour carrée, à l'air libre, où les pavés irréguliers étaient
sertis de mousse et d'herbes folles. Le sol s'incurvait,
crevé par des ornières. Dans un coin, deux bicyclettes.
Des enfants jouaient, les cheveux emmêlés, le nez gonflé
de morve. Il courait, se dirigeant vers un perron de
marbre. Il avait vu la cage avec son serin triste. Des
langes de bébé séchaient à un balcon. Des pots de terre
s'alignaient sur les rebords des fenêtres.

Derrière son rideau, une vieille musulmane édentée
épiait les mouvements de la cour. Il escalada les degrés
du perron, hésita dans le couloir pour chercher la
minuterie qu'il ne trouva pas. A la lueur de son briquet,

il vérifia le nom des locataires sur les boîtes aux lettres rouillées, aux portes arrachées. Puis il s'engagea dans l'escalier étroit qui puait la serpillière mouillée, l'urine, le ragoût. Au second, appuyés contre le mur, des sacs-poubelles solidement noués autour desquels rôdait un chat qu'il dérangea et qui s'enfuit vers le fond du couloir. Le cœur battant, il continua de monter, obsédé par le visage des enfants, leurs robes sur des collants de laine, leurs chaussures bon marché. Il avait connu cela jadis, durant la guerre, et il désespérait de retrouver, après quarante ans, les mêmes relents de cuisine, les mêmes symptômes de pauvreté, avec la rampe branlante, les marches aux lattes vermoulues, les portes vétustes, peintes en vert, qui laissaient filtrer les cris des maris, les hurlements des femmes et les sanglots des enfants.

Au quatrième, l'escalier se resserrait encore, devenait une simple échelle. Il acheva sa montée sur les rythmes endiablés d'une samba et, guidé par la musique, frappa à la porte de gauche. Un garçon hâve lui ouvrit, qui recula tandis qu'il avançait, lui découvrant une cuisine jonchée de gravats, barrée par un matelas dont la toile s'ornait d'une auréole de sang. « Ma fille, hurlait Lovin. Nadette, ma chérie… » Des chaises empilées sur une table sale. Un évier où des assiettes nageaient dans une eau croupie. Une gazinière couverte d'une pellicule de graisse rougeâtre.

Une phrase imbécile lui martelait la tête tandis qu'on le poussait dans une chambre nue où le jour pénétrait avec parcimonie par une fenêtre étroite et haute. « Nous irons à Rio, cet été. Nous verrons l'Amérique. »

Nadette était couchée sur des couvertures. Son visage était livide et ruisselant. « Ma fille, mon amour », cria-t-il en l'embrassant. Sur elle, une odeur de vomi. Il lui prit le pouls qui battait irrégulier et faible. Tandis qu'il nouait rapidement les pans de la couverture sur les chevilles et la poitrine, le garçon tentait d'expliquer qu'elle avait voulu, malgré sa mise en garde, prendre une dose plus forte. Le cœur avait failli lâcher. Lovin lui ordonna de se taire. Et comme l'autre poursuivait ses jérémiades, Lovin, les nerfs mis à vif par la musique du magnétophone à cassettes, le gifla à toute volée. Pour la première fois, il eut envie de faire mal. De tuer. En s'abattant sur la joue du garçon, les doigts sentirent les os et le cartilage sous la peau fine. Et la peau éclata. Le nez surtout, saignait. Lovin regarda sa main. Sous la force du coup, il avait cru qu'il emportait la tête, qu'il la séparait du tronc. Le gosse s'était recroquevillé contre le mur. Il avait l'air d'une bête maigre, décharnée. Le sang coulait sur la bouche, s'étoilait sur la chemise, sur la moquette sale. Il murmurait : « Ce n'est pas grave... J'ai l'habitude... Occupez-vous d'elle... » en s'écroulant avec lenteur sur les genoux. Lovin restait pétrifié, son regard allant de sa paume cuisante, énorme, à cette ombre habillée de guenilles, repliée sur le sol, qui se pinçait le nez pour juguler l'hémorragie. Le garçon se releva. Dans le mouvement qu'il fit pour se remettre debout, et avancer vers lui la tête renversée en arrière, Lovin lui découvrit une dignité qui décupla sa honte. « Je suis désolé », bafouilla-t-il. Dans les prunelles bleues de celui qu'il ne regardait plus comme un ennemi, il lut le désarroi et l'enfance massacrée. Mais il n'avait pas le temps. Plus tard, se disait-il, il s'excuserait. Il fit glisser ses bras sous les couvertures et souleva sa fille qui lui parut légère, si légère qu'il se jura d'entrer, si ce qu'on appelait Dieu la lui laissait en vie, dans la première église ou la première synagogue pour faire un don généreux aux mendiants.

Dans la rue, le taxi avait disparu. Et la course folle

avait commencé pour trouver une voiture, plusieurs taxis ayant refusé de s'arrêter, alarmés par l'aspect du trio.

Le téléphone sonne. Il ne répond pas. Lydia connaît la consigne. Aux patients, aux amis, à Monique, elle offrira la même excuse. Il n'est pas là. Il est en voyage. On ne sait quand il reviendra. Etienne, appelé d'urgence, avait accepté de soigner Nadette à la maison, à condition que Lovin se décide à l'envoyer en cure de désintoxication. Il n'avait pas caché son inquiétude. Et Lovin s'était vu obligé de promettre. Il aurait tout promis dans sa détresse. Il ne savait que répéter : « Etienne, sauve-la. Elle n'a pas dix-huit ans. Etienne ! »

Il entrait et sortait de la chambre de sa fille. Il reculait, à chaque fois effrayé par ce visage que la mort semblait avoir caressé. Il entrait, admirait la veine délicate qui marbrait la tempe, cependant que l'enfant dormait. Sur la table, un canotier défraîchi, une boîte en laque emplie de boucles d'oreilles, trois coquillages, des piles Mazda et le walkman. Sur le mur, une affiche des Beatles. Epinglée sur la porte, une carte postale représentant un tableau de Matisse, avec au-dessous, une légende manuscrite, écrite par Nadette : « la douleur ivrogne ». Qu'elle ouvre les yeux, qu'elle parle enfin. Qu'elle mette ses doigts dans ses cheveux pour les rabattre sur le côté.

Quand Nadette eut repris des couleurs, il avait tenté maladroitement de discuter. La petite le regardait sans ciller, avec sur la bouche le pli de son mépris. Lui, il parlait du soleil et de la mer, de l'amour et de sa jeunesse. Il volait à Monique ses meilleures répliques. Il disait « Aimer, c'est avoir peur de perdre ». Il disait, en arpentant la chambre, la parole saccadée :

« Tu dois craindre de gaspiller ta vie... C'est une trop

grande joie de se réveiller le matin devant le ciel, qu'il soit bleu ou plombé... » Il appuyait son front contre un mur et entre ses dents, il murmurait : « On porte tous des cicatrices, de vilaines balafres qui tirent et font mal... Il faut du temps pour accepter de n'être que ce que l'on est... Nadette, tu m'écoutes ? » Il se taisait, attendait qu'elle réagisse et déclarait : « Il y a plusieurs chemins pour aboutir à soi-même, mais la drogue est la route la plus courte pour s'égarer... Je me refuse à te conduire au cimetière... Ma fille, il existe en chacun de nous une étincelle de lumière, une partie de divin qu'il ne faut pas saccager. » Il parlait et se trouvait sentencieux et balourd avec sa voix de curé confite et paternelle. Mais c'était plus fort que lui. Il léchait ses phrases et chantait un idéal qu'il était loin de ressentir, juste pour insuffler un peu de sa force. Ce qui le désolait était que chaque parole proférée ne semblait avoir aucune couleur, aucune perspective. Des mots tout mous, avec leurs limites affreuses, leur platitude. Où donc étaient passés les autres, ceux qui touchent, qui émeuvent, ceux qui donnent la santé ou qui font fuser le rire ? Jusqu'au moment où Nadette avait commandé, dardant sur lui un regard glacial :

« Arrête ! Tu mens et tu me mens...

— Je... tu en es vraiment persuadée ?

— Oui.

— Pourquoi ?

— Parce que tu nous as tous fait souffrir avec ton égoïsme... Maman, la première...

— Maman ? C'est elle qui t'a dit ça ?

— Tu me prends pour une idiote ? Tu parles de l'amour... et tu es incapable de le vivre.

— Qu'est-ce que tu crois ?... Ah, je vois. Tu m'attends au tournant de la fidélité ! Toi tu penses qu'on n'aime qu'une fois, strictement, sans écart à droite ou à gauche... Je vais te peiner, mais tu te trompes. Il y a deux conceptions : l'une qui consiste à vénérer pendant vingt ans le même peignoir pendu au même clou de la salle de bains... l'autre qui te pousse à aller admirer d'autres peignoirs, de temps en temps...

— Des bêtises...

— C'est juste une image, ma fille... Tu es trop entière...

— C'est toi qui m'as volé mes illusions... »

Il avait baissé la tête, vaincu. Il s'était dit : « Tu veux un flic, ma fille. Tu vas l'avoir... Pour t'entendre rire encore dans dix ans... »

17.

Soudain, alors qu'elle flâne sur le boulevard du Montparnasse, elle avise les vitrines d'un grand coiffeur, les miroirs immenses, les blouses éclatantes qui drapent les clientes abandonnées dans de profonds fauteuils, d'un jaune cru et insolent, qui fait songer à un champ d'héliotropes. Une lumière pâle, tamisée, caresse les blonds et les bruns des chevelures mouillées et fait étinceler l'argent des ciseaux. Marthe hésite, s'éloigne de quelques pas puis se décide nerveusement, d'un seul coup. Sur le seuil du salon, en foulant le sol dallé d'un carrelage blanc et noir, en souriant à la jeune femme assise derrière sa caisse qui la dévisage d'un œil attentif, elle comprend qu'ici, on la délestera de sa dépouille de femme malade. Dans un dernier réflexe de timidité, elle se tient à l'écart, attendant que l'on s'occupe d'elle.

Un homme aux mains douces la fait asseoir sur un pouf, lui touche le menton de l'index et fait pivoter son visage avec une expression si sérieuse qu'elle se croit seule au monde. Il recule de deux pas, revient palper les cheveux. « C'est beau, ça, dit-il en les saisissant à pleines mains.

— Coupez tout, déclare Marthe.

— Dommage », dit-il en tordant la masse en chignon.

Elle allonge le cou, se redresse en fermant à demi les paupières.

« Nous allons jouer sur les volumes... créer une mèche sur le front... dégrader sur les côtés... »

Elle sourit, enjôleuse, quêtant un compliment aimable chez cet inconnu qui n'apprécie que les mâles et qui se dandine, mignon et gracieux, les poignets chargés de bracelets fantaisie.

« On va dégager ces beaux yeux », dit-il. Il soulève une mèche à gauche, dévoile le front.

Elle se regarde, pense : « Plus jamais comme avant, Sam... Plus jamais la tête d'un " soleil broussailleux "... Mais la guerre avec moi, jusqu'à ce que s'efface tout ce qui, en moi, a été aimé de toi. » On lui noue un linge autour du cou. On lui mouille la tête, on frictionne ses cheveux avec un shampooing au parfum délicat d'anis. Une apprentie démêle pour la dernière fois cette toison qui boucle et frise, en se récriant sur son épaisseur. Marthe allume une cigarette. Ce que cette fille trouve beau, elle n'en supporte plus la vue depuis neuf mois. Qu'y a-t-il à épargner quand on vit avec la haine ?

« C'est sûr, pas de remords ? s'assure le coiffeur en fouillant dans le tiroir pour choisir ses instruments.

— Non ! »

La première mèche tombe sous le claquement impérieux du ciseau. Celle de droite. Et l'oreille s'exhibe. « Très court, n'est-ce pas ? ordonne Marthe d'une voix faible.

— Eh là ! Vous n'allez pas me demander de vous raser la tête ? »

Elle a envie de lui répondre : oui, c'est presque ça, mais elle se tait, sachant que cet homme attaché à la beauté n'en supporterait pas la confidence. Le cœur serré, elle se tait, de peur du ridicule. Elle refoule sa mélancolie, ébauche un sourire et s'examine avec gravité dans le miroir comme elle l'eût fait pour suivre la métamorphose d'une amie très chère. Les dents du peigne effleurent la nuque. Le ciseau crante, taille. Le coiffeur l'assomme de considérations générales sur la mode et la politique. Elle ne répond pas. Elle se dit naïvement que cette nouvelle femme qui apparaît, plus charnelle et désinvolte, chassera toutes les images de Samuel, et se lèvera, libérée d'un fantôme. Cela semble presque facile. Elle se dégagera de la vieille Marthe captive de son histoire, de ses échecs. De la triste Marthe enfermée dans cette quête absurde de la transe et de l'extase.

Les mèches jonchent le sol de leur rousseur. Ces cheveux qui la quittent, qui choient, encore gorgés d'eau, sur les dalles lui en rappellent d'autres, trempés de sueur, qui s'étiraient en corolle autour des visages défigurés par l'effort. Quelques semaines avant que Samuel ne la quitte, elle avait accepté de photographier, dans un cours de danse de jazz moderne, le ballet d'un chorégraphe. Les filles, moulées dans des justaucorps noirs, tourbillonnaient, plantes tropicales, avec leurs bras lancés en avant, leurs crinières qui claquaient. Les miroirs démultipliaient leurs silhouettes qui plongeaient, sautaient, s'élançaient en flèches. Les ventres étaient plats, les hanches à peine bombées par les deux haricots durs de l'os iliaque. Les maillots, moites, galbaient les seins, se creusaient dans le sillon des fesses. Marthe, durant un long moment, demeura indécise. Dans cette salle où les corps recherchaient leur perfection, le sien lui semblait lourd, terrestre. Elle tourna autour du groupe. Elle flairait comme un fauve la transpiration de ces femmes. Elle enviait leur beauté. Les lignes de sueur qui coulaient sur les tempes et le buste, diluaient en longs sillons nets la poudre blanche et compacte dont elles s'étaient fardées et montraient la carnation rose ou blême de la peau, comme si, au fur et à mesure qu'elles étaient prises par le vertige, les danseuses redevenaient humaines et fragiles. Les unes ressemblaient à des épouvantails dépenaillés, les autres, à des poupées parcheminées avec leurs visages de guimauve où les prunelles riboulaient.

Lorsqu'elles se raidissaient sur leurs jambes écartées, les bras arrondis au-dessus de la tête, elles avaient la grâce parfaite des amphores, des aiguières, qui se vendaient dans les boutiques pour touristes de Tolède. Mais cette pose ne durait pas, et à nouveau, elles ployaient l'échine pour se tendre en appui sur leurs bras, la tête en bas, les jambes serrées en chandelle, ou bondissaient en bombant leur poitrine maigre. Et toujours ces cheveux frisés ou fins qui ondulaient et qui, en s'éparpillant, masquaient le cou, la joue ou l'œil. Marthe, qui les photographiait, avait pour la première fois compris ce que les hommes avaient espéré d'elle, ce que Samuel attendait depuis des mois, cette cambrure des reins, cette ouverture totale des jambes. Au lieu de cela, elle occupait le lit, inerte, avec ses airs bougons et crispés. Ses amants successifs lui avaient gâché par degrés le chemin de la liberté. Il avait fallu passer par ces couloirs obscurs et sales pour enlever d'elle ces peaux dont on l'avait revêtue, cette camisole appelée chasteté. Les mains qui l'avaient serrée, empoignée, secouée, caressée, l'avaient dépouillée à chaque fois d'une écorce. Combien devait-elle encore en ôter pour atteindre la transparence, la nudité vraie, celle qui fait acte ? Les danseuses, aiguillonnées par le rythme rapide de la musique, s'envolaient, pour retomber prestement, les bras tendus battant l'air. Leurs lignes restaient harmonieuses, épurées et fluides. Elle ne leur ressemblerait jamais.

Elle avait pris les photos, tenaillée par la jalousie. Accroupie sur le sol, pauvre chose blême et sale, elle tenait son appareil comme une arme. Ces clichés étaient son butin. Elle appuyait avec cynisme sur le déclic. Elle se postait dans les coins pour mutiler ces femmes, accentuer le délire de cette chorégraphie où les individualités s'absorbaient. Chaque angle de vue renforçait l'impression d'errance donnée par les troncs étêtés ou les visages sans support.

Dehors, l'air froid n'était pas parvenu à dissiper le malaise créé par la chaleur d'étuve de la salle de danse. Le vent remontait vers le nord. La nuit était tombée. Il n'y avait pas de lune. Elle avait marché en trébuchant et, entièrement prise par ses pensées, elle s'était perdue dans les rues. Devant ses yeux meurtris, des talons, des coudes, des mentons défilaient à toute allure. Des révérences et des petits sauts se reproduisaient mécaniquement. Son sac, bourré de matériel, lui sciait l'épaule. Elle était arrivée fiévreuse, rue Rambuteau, aux alentours de vingt-deux heures. Les chats, en l'apercevant, vinrent se frotter contre ses jambes. Quand elle ouvrit la porte, la lumière laiteuse et douce de la maison la rasséréna. L'électrophone jouait une étude de Chopin. Paix, paix, criait son âme. Samuel était à son bureau et corrigeait des copies. Dès qu'il la vit, il se leva et l'accueillit par de petits baisers et une pointe de reproche. « Tu reprends tes mauvaises habitudes nocturnes, ma belle ? Nous étions invités ce soir chez Lucie... Tu avais oublié ?

— Tu nous fais du thé ? dit-elle en se serrant contre lui pour calmer ses frissons.

— Yes, lady. Si je comprends bien, on annule notre rendez-vous ? »

Elle le regarda. De l'index, elle caressa ses lèvres, la courbe du nez, les sourcils qui s'arquaient jusque sur les tempes. « Il y a longtemps que nous n'avons pas eu une soirée pour nous. Qu'en penses-tu ? murmura-t-elle.

— Pas très sympa pour Lucie... Elle nous a préparé une blanquette de veau... » cria-t-il en se dirigeant vers la cuisine.

Elle avait cédé, malgré son épuisement. A cause de la blanquette de veau. A cause de l'humeur irascible de leur amie qui détestait les défections au dernier moment. C'était ce soir-là que Lucie leur avait tiré les cartes, ce soir-là qu'elle avait dit, évasive : « Ben, vous deux... ce n'est pas l'amour... ce n'est plus l'amour... Attention... » De l'index, elle tapotait avec insistance une carte du tarot qui représentait un diable faisant face à une tour en flammes.

« Eh bien ? » insistait Marthe.

Lucie avait ri, gênée. « Lorsqu'on prend cette voie, l'abîme vous guette... ou la séparation. »

De retour rue Rambuteau, Marthe se coula dans les bras de Samuel. Il disait qu'il était fatigué en tapotant avec gentillesse sa joue. Elle l'embrassait tandis qu'il bougonnait et répétait : « Dors, ma belle, dors. » Lucie. La gitane. Elle allait le perdre. Il allait partir. De la paume, elle suivait toutes ses courbes. Il lui semblait qu'elle touchait de l'eau, tant c'était lisse et doux. « Fais-moi un enfant ! » Il grogna sans répondre. Elle eut peur. Un sentiment prémonitoire de perte, d'absence et de mort lui nouait les tripes, la faisait haleter ; et il croyait que c'était par désir. Elle recevait sur ses lèvres son souffle calme qui peu à peu devenait irrégulier sans qu'il fît un geste pour l'attirer contre lui. La panique et la colère la tendirent toute vers lui qui feignait de dormir et dont la bouche répondait mollement à ses baisers. Elle voulait lui dire qu'elle savait maintenant comment les femmes jouent avec leur croupe, comment elles aguichent et exigent le plaisir. « Qu'as-tu donc ce soir ? » murmurait-il. Oui, elle pouvait faire comme ces danseuses, enlacer et rire. Le noir de la chambre la protégerait. Dire à Samuel qu'elle n'était pas une, mais quatre, mais six. Derrière elle, suivaient comme des ombres, Paule, Viviane, Marcel, la Mère, Sonia. Derrière elle, trottinait le père mort. Immanence atroce de la famille.

Samuel se laissait faire. Quelquefois, pour l'encourager, il posait un baiser sur son cou. « Oui, oui, disait-il, fais-moi l'amour. » L'audace s'empara d'elle et la rendit féroce. Elle se frotta contre lui, gémit, bava. Elle oublia seulement ce décalage imperceptible entre rêve et réalité. Elle mordit, marquant la chair, les yeux fermés pour mieux se souvenir et attiser le feu sacré du désir, avec l'excitation de toutes ces femmes qui en elle, esquissaient leurs arabesques. Elle tremblait, le cœur si tendu qu'elle avait un goût de sang dans la bouche, comme lorsqu'on prend un sentier raide en montagne sous la fournaise de midi, la gorge gainée d'acier, les yeux meurtris par la lumière. Elle avançait avec la sensation que la cime s'éloignait, qu'elle était inaccessible. Elle entendait Samuel qui chuchotait contre son oreille : « Jouis. S'il te plaît, jouis. » Et cette cime qui n'existait pas, que chaque détour de la piste cachait encore ! Elle se disait qu'il valait mieux revenir sur ses pas, en douceur, et ouvrir les yeux pour se retrouver enfin dans la chambre, fixer son attention sur l'armoire, sur un tableau, sur la fenêtre. La douleur de cet inaccompli était intolérable, elle n'en pouvait plus de vouloir toujours atteindre ce qui ne cessait de se dérober. Elle resterait une femme frustrée, rien n'entamerait sa carapace, elle ne jouirait jamais. Elle l'embrassait, le caressait et seul le silence faisait écho à sa plainte. Et lui s'attardait, cherchait à tenir sa note, soufflait pour creuser chaque harmonie jusqu'à la dissonance. Il répétait, la voix courte, qu'elle était chaude, profonde, étroite, qu'il voulait la rendre heureuse. « Dis-moi. Raconte-moi. Regarde-nous », disait-il. Elle se taisait. Chacune des contorsions de Samuel commençait à la brûler. Les filles dans la salle de danse tournoyaient, infatigables et rebelles, et leurs ongles s'allongeaient comme des griffes au bout de leurs doigts. Ne rien dire, et s'acharner à trouver cette source qui jaillit de la pierre et de la terre en un filet d'eau minuscule pour devenir torrent, cascade et mer. Mais il n'y avait rien d'autre que cette poitrine étendue sur elle, que cette lance en elle qui la fouillait et l'entaillait. Rien d'autre que ce feu dans le sexe qui se desséchait et que la verge raclait. Rien d'autre que la solitude. Demain peut-être. Ou dans un mois, dans un an, mon amour. Mon amour cérébral. Mon amour que j'aime pour tout cet amour qu'il met sur moi, au nom de tout cet amour dont il m'a habillée. Mon amour que j'aime comme un frère entre mes bras serrés. Pour l'instant, rien ne me dilate, rien n'illumine ma nuit. Je veux. Terriblement. Et je ne peux pas. Et j'en crève.

« Du gel ?... »

Elle sursaute « Comment ?

— Un soupçon de gel, pour retenir tout ça ?... » répète le coiffeur.

Dans le miroir, son regard qui observe sa création et rectifie le mouvement d'une boucle. Le salon se vide. Elle est la dernière cliente. Les apprenties, armées d'un balai, repoussent avec nonchalance le long des rainures, de dalle en dalle, les mèches qui couvrent encore le sol au pied des fauteuils, et les brunes se mélangent aux blondes, aux grises et aux rousses pour former un petit monticule mouvant que le moindre battement de la porte d'entrée disperse et fait s'envoler comme un duvet de plumes.

L'homme lui présente un miroir. La coupe, grâce à un savant bombé, allonge la nuque. Marthe sourit. Elle se trouve lumineuse. Dans sa robe de crêpe qui lui dénude la gorge, elle semble plus fragile que d'ordinaire, presque diaphane. Cette impression s'accuse davantage maintenant que les cheveux courts ne défendent plus le cou. Le coiffeur, qu'elle remercie avec effusion, croit bon de lui préciser, en l'accompagnant vers la caisse, qu'elle devrait s'habiller avec des couleurs plus pâles, assorties à ses yeux. Du vert, du bleu, du rose.

« Avec le noir, osez un bijou ! »

Si encore Samuel était vraiment mort, elle aurait pu se résigner à l'absence, en accusant la fatalité. Mort, il ne lui aurait rien ravi, il n'aurait pas remis en question son être et son âme. Mais Samuel est vivant, et s'agite quelque part dans la ville, non loin sans doute, à deux ou trois cents mètres de distance. Il vit, la barbe lui bleuit les joues tous les jours, il accomplit les gestes qu'il faut pour s'habiller et sortir. Il mange au restaurant, assis de travers sur sa chaise, un genou sur l'autre, il se cure les ongles avec un morceau de carton arraché au paquet de cigarettes, il affecte une expression pensive ou ironique. Il raconte peut-être pour la millième fois sa nostalgie de Ouarzazate, la chasse à l'épervier dans l'aurore froide du désert, les coups de grisou tant redoutés par les mineurs

qui descendent dans les puits. Il enchaînera sur l'adoles-
cence âpre qu'il a vécue dans la banlieue de Montreuil. Il
justifiera la hargne des jeunes qui tordent verrous et
cadenas de bicyclettes pour les entreposer dans des caves
humides d'où, de l'ombre épaisse, jaillit parfois le visage
émacié d'un squatter qui, de naufrage en naufrage, a fini
par aboutir là, entre une literie défoncée et un bahut
occupé par des rats. Il parlera de ce voyage vers la
France, une fois l'an, tant préparé, mais qui avait
quelque chose de sinistre et de laid lorsque toutes les
valises avaient été réunies et qui toujours commençait
dans une sorte de débâcle. De son père qui s'accordait, à
l'arrivée à la gare Saint-Lazare, dix petites minutes de
répit, dix minutes loin de sa famille, en feignant d'aller
étudier la « situation ». Et en disant cela, Samuel doit se
rejeter en arrière et rire. Il vit.

Elle ne veut pas rentrer chez elle tout de suite. Elle ne
veut pas fermer la porte et allumer le poste de télévision
pour se fuir. Elle craint de se précipiter sur son téléphone
pour composer comme mille fois auparavant le numéro
de Samuel et raccrocher avant même d'entendre la
sonnerie retentir à l'autre bout du fil. La voix du coiffeur
déclamant « Avec le noir, osez un bijou » lui pulvérise la
tête. « Je suis belle, Samuel, mon amour. Te prendre
une dernière fois contre moi, pour un jour, une heure,
une minute », marmonne-t-elle en marchant dans la rue,
méprisant les regards qui la suivent, quand, en la
croisant, les gens surprennent son monologue. Belle
comme il l'avait en vain engagée à l'être durant des mois.
Seulement, même la beauté était un art qu'elle ignorait et
elle s'était trompée sur tout, sur le choix de ses robes et
de ses chaussures, sur sa coiffure et sur son maquillage.
Ses achats hâtifs frôlaient le mauvais goût. Sitôt qu'elle
avait payé, elle comprenait qu'elle aurait dû choisir une

autre couleur, une autre forme, et ses toilettes péchaient par trop de raffinement ou au contraire par trop de laisser-aller.

Aux Gobelins, l'affiche d'un film l'attire. « Le salon de musique. » La caisse du cinéma est vide. Dans la salle exiguë, trois personnes, égaillées le long des rangées. En remontant l'allée, son regard accroche le regard d'un des spectateurs. Un blond, moustachu, au nez épaté. La quarantaine. Il sourit. Elle se détourne mais choisit néanmoins un siège au bout de sa rangée. La lumière s'éteint sur les premières images. Un prince déchu, amateur de grande musique. Une grande maison délabrée qui a perdu son lustre d'antan. Elle admire la perfection du cadrage, le mouvement de la caméra qui par d'infimes déplacements indique, à la manière d'un baromètre, les conflits en gestation, qui mûrissent et éclatent. L'intrigue, fort mince, ne l'intéresse pas. Le désastre qui plane sur cette famille a été délibérément annoncé par le cinéaste dès le générique. L'effet a été voulu, pour mieux souligner la banalité inévitable de la réalité et le travail sourd et lent de la nature qui propose des signes à ceux qui savent les repérer et les déchiffrer. Aussi, seuls le jeu des acteurs, le travail du cinéaste, la lumière et la formidable intensité qui se dégage des images, retiennent l'attention de Marthe. Et lorsque s'égrènent les notes de Shakti, elle n'a pas un frémissement. La magie de la musique entendue chez Samuel, lors de leur première soirée, a décru depuis longtemps. Il en est des mélodies comme de certains êtres, qui, pour vous avoir trop hanté, vous deviennent indifférents et neutres. Celle qui explose dans les haut-parleurs, si elle est encore envoûtante, n'a plus, lui semble-t-il, le pouvoir de la faire pleurer de regret. Elle regarde et écoute avec dureté. Car elle vient de prendre, là, sur le vif, une décision qui la met en joie. Par intermittence, ses yeux quittent l'écran et se tournent vers l'homme qui la regarde effrontément. Dans le noir, ses yeux brillent comme deux escarboucles. Elle devine qu'il lui sourit en tirant avec son pouce et son index sur les poils de sa moustache. Bientôt, la lecture des sous-titres la fatigue. Le siège est dur, inconfortable. C'est en vain qu'elle se concentre sur l'atmosphère du film. Elle note distraitement le bourdonnement de l'abeille autour de la lampe, le soleil qui se voile, la tempête qui se lève. Elle remarque le frêle esquif que les vagues ne tarderont pas à emporter sans parvenir à s'émouvoir pour cette famille frappée d'anéantissement. Marthe a épuisé toute sa révolte. Elle vient de comprendre qu'elle aurait dû passer son temps à s'observer et à observer Samuel plutôt que d'accorder sa confiance à ce mot « amour », trop galvaudé. Ce mot amour placé en garde-fou pour prévenir les actes désespérés des hommes et leur faire miroiter le bonheur comme un but possible.

Quand la lumière revient dans la salle, faisant pâlir les dernières images du générique de fin, Marthe se lève lentement et allume une cigarette. L'homme, lui non plus, n'est pas pressé de quitter la salle. L'imperméable qu'il a retiré et plié, gît sur le fauteuil, tache noire sur le velours rouge et râpé. Son regard pèse sur elle et l'appelle. Une fraction de seconde lui suffit pour saisir les contours de son visage autoritaire, grêlé par la petite vérole. Un renvoi amer comme un jus de citron, lui remonte à la gorge. Elle se ratatine et se rassoit. L'imperméable posé sur le bras, il commence par se diriger vers elle pour lui parler mais le profil qu'elle lui offre est si fermé qu'il se ravise, recule et gagne la sortie. Elle pense qu'elle a réussi à s'en débarrasser. Elle fait tomber délicatement le rouleau de cendres de sa cigarette à moitié consumée dans sa paume et se réfugie aux toilettes. Les graffiti obscènes et la boîte de papier dégarnie lui font renoncer à son envie d'uriner. Elle se regarde longuement dans le miroir, se souriant et se grimaçant tour à tour pour se familiariser avec son nouveau visage, le posséder en le reconnaissant. Penchée au-dessus du lavabo sale dont l'émail est fêlé, elle écarquille les yeux, par dérision et pour se faire peur comme elle avait coutume de le faire, enfant. Une touche légère de rouge à lèvres. Le résultat obtenu ne la satisfait pas. Elle efface du revers de la main le maquillage qui bave sur le côté. Et elle s'oublie là, devant ce miroir, luttant contre le désir de se laisser tomber sur le carreau et de dormir.

Lorsqu'elle surgit enfin des toilettes, le film est lancé depuis plusieurs minutes. La salle est à peine plus peuplée. Huit à neuf têtes dominent les dossiers. Silencieusement, elle se fraie un chemin dans le noir et longe l'allée jusqu'à la sortie.

L'homme est là qui l'attend. Il s'est couvert de son imperméable et fait sauter dans sa main un casque de moto blanc couvert de badges. L'engin est garé non loin, scintillant de tous ses chromes.

« Le film vous a plu ? » dit-il en s'avançant vers elle.

Elle le dévisage. Une silhouette ordinaire, de celles qui passent inaperçues. Vigoureuse et râblée. Une masse de cheveux blonds, bouclés, avec des fils gris. Mais des yeux espiègles, dorés.

« Vous pourriez trouver une meilleure introduction », pense-t-elle. Mais elle souffle, avec une douceur appuyée : « Oui.

— Vous êtes déjà allée en Inde ?

— Non. Mais je veux bien monter sur votre moto. Ce sera la première fois. »

L'homme, interloqué, hausse un sourcil. L'invite trop claire, trop franche, lui coupe ses moyens. La victoire lui paraît soudain trop facile. Il tourne machinalement le casque entre ses doigts et le trou noir laissé par la visière en plastique rabattue donne à son couvre-chef l'aspect d'une tête de mort.

« Je connais un bar aux Halles...

— Pas les Halles. Tout sauf les Halles. J'ai horreur de ce quartier.

— Bon... Alors... Je ne sais pas... Vous préférez un endroit en particulier ?

— Je veux seulement monter sur votre moto..., rappelle Marthe très lentement.

— D'accord. On va essayer de trouver un endroit où nous boirons une bière après avoir fait un grand tour... Parce que moi j'ai soif », dit-il en riant. Et il lui lance le casque qu'elle bloque au vol.

18.

Agrippée contre lui, soudée presque, elle n'entend que la rumeur du vent qui se heurte au casque, n'aperçoit, par-dessus l'épaule de l'homme, que des immeubles qui foncent à leur rencontre, des rues qui s'ouvrent et se ferment, lunaires, vrillées par les éclairs des néons. La moto, lancée pleins gaz, semble graviter autour d'un axe, un circuit totalement silencieux où gesticulent des êtres sans voix, qui restent en arrière, aspirés par une vitesse contraire. La visière fausse les couleurs, les teint d'un jaune si tendre, que les trottoirs, les façades semblent avoir été coulés dans du laiton. L'homme conduit vite et bien, couchant la moto dans les virages, sans doute plus qu'il n'est nécessaire, pour le plaisir de la sentir se serrer davantage contre lui, casque contre casque et presser ses mains sur son ventre. Leur course à travers Paris est longue. Les boucles sont fantaisistes. Des Gobelins, ils remontent vers la Madeleine, le Champ-de-Mars, puis Neuilly. Ils reviennent vers la Concorde. Devant le jardin des Tuileries, fermé à cette heure, la silhouette d'un homme vêtu de blanc se découpe sur l'obscurité des grilles. Les mains dans les poches de son jean, il paraît aux aguets. Quand les phares l'éclairent, Marthe est frappée par la solitude profonde qui se peint sur son visage, mélange de tristesse et de révolte, de douceur et d'agacement, qui la poursuit bien longtemps après qu'il a disparu. La moto freine enfin à Vincennes devant un petit restaurant auvergnat qui, avec ses fenêtres masquées par des rideaux écrus montés au crochet, offre le charme douillet des demeures campagnardes.

« J'ai faim. Je vous invite », dit-il en descendant de la moto. Il enlève son casque pour le coincer sous l'aisselle et Marthe, sans mot dire, l'imite.

« C'était un baptême, ce soir ?

— Oui. Je ne sais même pas monter à bicyclette... »

Le restaurant est désert. De petits bouquets de fleurs séchées garnissent les solives. Sur les murs, crépis en jaune, des natures mortes sont accrochées au hasard. Quelques habitués traînent au comptoir et regardent le couple avec curiosité. Marthe se dit que leurs casques attirent l'attention et peut-être aussi la méfiance. Ils s'installent à une table du fond. Lui sur la banquette, elle sur la chaise. Un instant, devant ces joues rondes et grêlées, devant ces yeux dorés qui la scrutent calmement, elle rentre le cou dans les épaules et songe à fuir. Mais il prend la parole. Et sa voix est humaine, d'une sonorité juste, ni trop aiguë ni trop basse, modulée par le rire qui lui écarte les mâchoires. Elle s'imbibe de cette voix qui vient chasser ce silence dont elle est lasse et qui la rend barbare ; et le silence ne recule pas tout entier, mais par pans comme une bougie vient chasser l'obscurité, en éclairant un recoin. Elle s'imprègne de ces phrases simples, qui parlent de tout et de rien. De la paume, il lisse la nappe. De la voix, il calme son angoisse, au point que bientôt, elle se surprend à l'écouter avec plaisir, et à rire de ses coq-à-l'âne et de ses reparties.

Il dit s'appeler Alain Furtan. Il est journaliste. De sport, précise-t-il en déployant sa serviette sur ses genoux. Né à Rouen, divorcé et père d'une fillette conçue avec une femme qui avait espéré se faire épouser. Mais il n'a pas la fibre paternelle ou familiale. Il aime vivre seul, narcissiquement. Il aime héler des femmes dans la rue pour vivre en leur compagnie quelques heures qui, selon le plaisir qu'elles lui donnent, peuvent durer quelques mois, rarement plus. Et, confie-t-il, il ne s'est jamais senti aimant ou respectueux ou attendri, ne proposant rien d'autre que le plaisir et n'en recevant que sa juste contribution. Il fait ses confidences, la bouche pleine, en engloutissant les feuilles d'une salade frisée dont quelques brins, par instants, ornent le coin de sa bouche et lui donnent un air de vache assouvie. Il se bat avec une tranche de pain de mie qu'il veut beurrer et qui se déchire en lambeaux en adhérant au couteau.

« Un véritable gâchis, commence-t-il en repoussant l'assiette d'un air dégoûté.

— Vous faites allusion à votre vie ou à votre morceau de pain ? demande-t-elle vivement avec un demi-sourire.

— Aux deux... »

Et après un silence, en léchant sa fourchette, il reprend :

« Et vous ? Vous travaillez ?

— Je fais des photos. »

— Vous avez exposé ?

— Trois fois.

— Mais c'est formidable, ça ! Rappelez-moi votre nom... »

Elle le lui répète. Il fait la moue, secoue la tête.

« Il ne me dit rien. Votre thème préféré ?

— Les mouvements de la nuit... les marginaux...

— C'est pas gai. Mais vous êtes... belle. J'ai eu un choc en vous apercevant au cinéma. Vous irradiez...

— Ah ?

— Pourquoi, cela vous étonne ? De quel signe êtes-vous ? »

Marthe rit, le menton appuyé sur sa paume. « Balance... »

Il grogne : « Quel fléau ! Toujours à chercher la mesure exacte, l'équilibre des plateaux. »

La comparaison est facile, convenue. Marthe se renfrogne. Elle boit du thé et lui des demis. Du thé et de la bière pour passer le temps avant de se lever, de se diriger sans surprise vers un appartement, vers un lit.

Il dit qu'elle n'est jamais la même suivant les poses qu'elle adopte, qu'elle parle par paradoxes, que c'est rare une femme belle et seule. C'est rare, oui... Elle ne cherche pas à le contredire. Les hommes, le premier soir, utilisent les mêmes mots, les mêmes feintes et les mêmes appâts, malgré leur certitude d'avoir vaincu. Combien sont-ils à lui avoir offert ces platitudes ? Il achève son troisième demi, appelle le serveur et en commande un autre qu'il boit d'un trait.

« N'ayez pas peur. Je sais conduire dans tous les états. Une vieille habitude de célibataire... Je reconnais d'instinct le chemin... »

Marthe prend une gorgée de thé pour éviter de faire une réflexion. Dans le miroir en face, ses yeux. Ses yeux béants, trop tristes. Ses cheveux coupés courts. Elle abaisse son regard.

« Et vous gagnez votre vie ? »

Elle ne décourage pas son indiscrétion. D'un ton mesuré, elle lui apprend qu'elle travaille pour une agence de presse qui lui assure une rentrée d'argent. Elle dit qu'elle a eu l'occasion de prendre, à la sortie de l'Elysée, de Matignon ou du Sénat, des photos d'hommes politiques célèbres, et qu'elle n'a pu s'accoutumer à l'hystérie de ses confrères.

« Ce sont des cow-boys de la photo, approuve Alain. Ils sont dans l'action, sans répit. Dans leur univers, il n'y a pas de place pour une femme. Un conseil, contentez-vous du studio !

— Je n'aime pas les contraintes imposées par un matériel sophistiqué.

— Vous n'aimez pas le studio, vous n'aimez pas les reportages. Alors ?... »

Le patron s'agite dans la salle en fouettant les tables d'un coup de torchon. Il dérange ostensiblement quelques chaises en les renversant sur la table.

« Je crois qu'on veut nous chasser ! On va chez moi ou chez vous ? »

Marthe reprend sa respiration et articule péniblement : « Chez vous. »

Elle aurait voulu lui dire : « Emmenez-moi à l'hôtel. Prenez-moi dans une chambre anonyme tapissée de papier à fleurs. Une chambre d'où je pourrai fuir au matin, comme une voleuse, sans rien savoir de vous et de vos goûts. » Alain Furtan pose sa carte bleue sur la table pour régler la note. Elle enfonce le casque qui lui donne une allure de cosmonaute et le suit dans la rue.

« Vous permettez », insiste-t-il en se penchant vers elle pour l'aider à glisser la lanière dans la boucle, sous le menton. Ses doigts, qui la frôlent, la brûlent. Elle crispe les mâchoires, rumine le prénom de Samuel, deux fois, trois fois et reste les bras ballants devant l'homme qui brusquement la secoue en la prenant par les épaules.

« Dites ? Vous êtes toute pâle... Vous avez un malaise ? »

Cette nuit est différente des autres nuits. Un appartement meublé avec sévérité de quelques coffres en bois clair, d'un bureau étroit, de tapis fort beaux, épais et sombres. Il la regarde tandis qu'elle se déshabille et avance lentement vers lui. Depuis un an déjà, personne ne l'a touchée. Elle lance ses cuisses, l'une après l'autre. Elle a des seins, des épaules, un cou ; une charpente qui s'étire. Elle avait oublié. Elle n'a plus peur. Elle n'a plus de honte ni de regrets. Quatre mètres les séparent. Nu, il semble encore plus trapu, disproportionné. Les bras sont trop longs, les jambes courtaudes. Sa peau est blanche. Egarés sur le torse, quelques poils qui frisent. Le cou est orné d'une chaînette d'or qui palpite doucement au rythme de la respiration. Il écarte les mains, la saisit au visage, l'embrasse. Elle écrase ses lèvres contre les siennes. Quand il la serre contre lui, elle tressaille. Un rayon fulgurant lui traverse le crâne. Elle découvre que c'est bon. Cette peau chaude, cette vie, ce poil. Elle roule contre lui, se cogne à son ventre, se cramponne à sa nuque. Elle gémit entre deux baisers. Elle prend une goulée d'air, crie et l'embrasse à nouveau. Il la saisit par la taille, la pince, la pétrit. Le corps est un palimpseste. On peut récrire mille et une fois sur ce parchemin. Puis gratter les marques anciennes et laisser d'autres mains, d'autres bouches le calligraphier de leurs styles. Une étreinte abolit l'autre. Furtan l'embrasse, pèse sur ses épaules, l'entraîne avec lui sur le sol, à genoux. « J'ai mal. Là, touche-moi où cela saigne… pose ta main sur cette plaie béante qui suppure. » Le corps est une cire chaude qui boit la lumière, qui s'allonge docile sous la pression des doigts. Avec Samuel, la pâte était cassante et dure. Durant ces longs mois de solitude, elle a eu le temps de mollir. Sa tête carillonne, comme une litanie, la même lamentation sourde « Touche-moi, étrangle le monstre qui me dévore... Tiens, je te le donne... Arrache-le. » Elle accepte enfin de signer un pacte de paix avec les hommes, d'enterrer le souvenir de la Castille.

Elle ne craint plus de se perdre. De mourir. Il la prend par terre, sur la moquette noire. Il la prend dans la salle de bains pendant qu'elle se penche au-dessus de la baignoire pour vérifier la température de l'eau qu'elle a fait couler pour se délasser. Il la prend à l'aube en saisissant ses reins pour l'attirer vers lui et il se rendort. Elle ferme les yeux et se laisse faire, caresse et mord, pleure. Et jouit.

L'orgasme est si violent, si abrupt, si inattendu qu'elle s'écarte, se tortille, lance ses bras en avant et rampe. Des sanglots muets la secouent. Elle ne veut pas pleurer, se mord les poings, les poignets jusqu'au sang. Elle a joui.

Elle a fermé les yeux. La respiration de l'homme est rapide et chaude. La peau sur les épaules est lisse, et sur les cuisses, rugueuse, âpre, presque squameuse. Elle ferme les yeux avec stupéfaction. Les paupières sont enfin tombées sur les prunelles. Elle ne se rappelle plus quand elle les a fermées pour la dernière fois de cette manière, quand elle a cessé de scruter, tandis que les hommes la caressaient, tandis que Samuel l'embrassait, un point invisible, au-dedans d'elle où se combinaient dans un mystérieux tissage les portraits des êtres passionnément aimés. Elle ferme les yeux sur le vide, sur un monde autre, sur son cœur qui bat à coups sourds, qui bat si fort qu'il va se rompre, sur le frisson qui naît de chaque caresse, de chaque baiser. Et la force qui l'emporte, qui brise le barrage, qui la libère, cette force-là, inconnue, devient un cri qui la retourne comme un

gant et qui en se voilant, en s'éteignant enfin, l'abandonne
gisante et pacifiée. Elle se tâte, elle se touche la bouche.
De l'index, elle se frotte les dents, les gencives. Est-ce
venu d'ici ou d'ailleurs, cet étourdissement ? Le cri a-
t-il surgi d'ici ou des lèvres de ses lèvres qui se sont
ouvertes, qui se sont gonflées et qui battent gorgées de
sang ? Et qu'est-ce qui s'est consumé, qu'est-ce qui s'est
évaporé pour détrôner l'orgueil, pour la rendre de chair et
de sang, de souffle et de plainte ? Elle regarde, elle regarde
le corps couché auprès d'elle, sur la moquette noire. Elle
regarde, elle observe le corps qui se détache d'elle en
titubant dans la salle de bains, qui prend appui sur le
lavabo et ouvre brusquement le robinet d'eau froide pour
se rincer la tête sous le jet. Et au matin, elle regarde encore
ce corps que le sommeil écrase, qui se pelotonne sous les
draps, qui n'a rien d'intime, rien de fabuleux, rien de
grandiose non plus, mais qui a su, par trois fois, la tirer par
les cheveux hors de ce cocon de souffrance et la fendre en
trois, en mille, comme la hache qui s'abat brutalement sur
l'arbre. Elle n'est pas morte. Elle n'est pas en vie. Elle
n'est que picotements, vide et plein, lumière et noir.
Apaisement. Elle est ce ventre qui a ressenti, frémi, qui
s'est fermé et ouvert à nouveau. Elle se palpe les seins, les
presse dans sa paume avec le sentiment qu'ils se sont
dilatés, épanouis, que tout son corps sec et froid s'est
élargi, s'est allongé sous le choc.

Elle ne dort pas, ne bouge pas, erre entre silence et
bruit, entre joie et chagrin, entre remords et triomphe.
Pourquoi pas avec toi Sam ? Pourquoi avec toi, ce chant
étroit, cette brume, pourquoi jamais avec toi cette liberté
joyeuse, haletante, ce crépitement de feu ? Elle creuse le
lit avec ses fesses, avec sa nuque, tout en elle est lourd et
léger, massif et vaporeux. Pourquoi était-ce arrivé avec cet
inconnu ?

Et pourquoi seulement maintenant ? Pourquoi avoir refusé à l'homme qui l'avait aimée ce qu'elle octroie à ce passant en toute simplicité ? Par superstition ? Par révolte ? Par vengeance ? Elle creuse le lit, cherche le sommeil pour trouver la paix, mais des mots tourbillonnent et valsent devant ses yeux hagards, des mots et des images qui s'assemblent bizarrement. La première fois, un accident. La seconde fois dans la salle de bains, le bonheur. La troisième fois à l'aube, la fin de l'angoisse, la normalité. Désormais, elle pourra espérer que toutes les étreintes ne l'exténueront plus par leur gris, leur férocité. Elle se masse encore les seins, rêveusement. Elle évite de tourner ses yeux vers le visage de Furtan de peur de se dénoncer. Pour taire ses scrupules, elle se dit qu'elle lui a pris ce que lui-même a volé, qu'il n'y a pas de quoi se mettre à genoux, qu'elle ne peut même pas lui avouer avec cette voix niaise, horripilante, qu'avant lui, jamais elle n'a joui. Et les termes de Furtan pour décrire les femmes lui reviennent en mémoire, lui percutent les tympans. Elle ne le regarde pas, n'allonge pas sa main pour la poser sur son flanc. Elle se souvient seulement de ces deux femmes, de ces deux Marthe qui cohabitaient, celle du jour, douce, joyeuse, tranquille, et celle de la nuit, violente, fermée, apeurée ; celle du jour qui embrassait, enlaçait, cajolait, mais loin d'un lit, dans la rue, au restaurant, et celle de la nuit, crispée, noire de haine, qui s'égosillait en silence, la bouche sans lèvres, les yeux ouverts, les cuisses tendues, tremblantes, le corps comme une arête. Elle se souvient et elle comprend le départ de Samuel. Elle se souvient et lui accorde enfin son pardon. « Je t'ai " presque " décongelée, Marthe. » Que peut-on faire d'une femme qui n'est belle qu'audehors, pour les autres, d'une femme qui ne vibre pas quand on l'embrasse, qui ne frémit pas, qui est là,

arrêtée en pleine course, arc-boutée sur ses jambes ?
C'était un si long chemin, mon amour. Une route
désertique, nue, brûlante, que j'ai parcourue en titubant,
les oreilles déchirées par le cri des hyènes, des chiens, des
hommes. Tu étais là, disponible, aimant, attentif, mais
j'étais si aride que le temps d'ôter les pierres, de
défricher le cœur, de déchiffrer les sentiments, de
soupeser amour, désir, le temps de mettre de la chair
autour de l'os, tu es parti. De fissure en fissure, j'ai
progressé vers toi, te croyant encore assis sur cette crête
où tu disais m'attendre. J'ai cheminé trop lentement. Je
reprenais mon souffle, j'avais tant de morts à enterrer,
tant de revenants à chasser. Mon amour, mon amour.

Elle ne regarde pas Furtan. Elle fixe ses pieds fins,
blancs, trop petits pour un homme de sa stature et de son
poids. Elle se souvient que certains jours, à Alésia, les
pieds de Sonia lui paraissaient deux pommes de terre
potelées. « Des comparaisons stupides », disait la Mère
chaque fois qu'elle l'écoutait parler. Elle ne comprenait
pas pourquoi sa mère la traitait ainsi, pourquoi elle se
murait dans le dédain quand elle évoquait son père et
pourquoi elle finissait par éructer : « ... Oui, oui, tu as
raison, perds-toi dans cet absurde, dans ce déraisonnable
amour pour ton père. » Mort, le père, sans qu'elle l'eût
revu, durant cet affreux séjour en Castille. Mort d'une
attaque cardiaque devant la télévision, un soir d'été, dans
le salon. La Mère, qui finissait la vaisselle dans la
cuisine, s'était précipitée en entendant le choc sourd du
corps sur le sol. Elle l'avait soulevé, par le col de sa
chemise, disait-elle, il était trop lourd, soudain, passif.
Elle l'avait giflé pour ramener le sang aux joues avant de
comprendre qu'il était trop tard, qu'il fallait appeler un
médecin et éteindre la télévision. Mort, sans un seul
balbutiement, en s'abattant face contre terre sous la force

de la crise, répétait la Mère devant les questions inlassables de Viviane, Paul, Marcel et Marthe. Mort, après avoir dîné d'une tranche de viande rôtie accompagnée de pommes de terre, rissolées comme il les aimait. Elle donnait des détails qu'on ne lui demandait guère, glissant sur l'essentiel, sur cette mort brusque, qu'aucun signe, semblait-il, n'avait annoncée. Un télégramme avait prévenu Marthe, à l'auberge de jeunesse, le lendemain de sa rencontre avec l'homme à la bougie. Elle avait fait ses bagages en buvant une bouteille de vin, reniflant, pleurant, et buvant le vin au goulot, crachant, toussant, éclaboussant ses vêtements, renversant du vin sur la valise. Elle avait pris l'avion à Madrid, persuadée qu'elle allait le revoir vivant, qu'il était mort soit, mais pour rire, qu'il ressusciterait, qu'elle allait caresser ses cheveux en brosse, embrasser cette joue qui piquait un peu, se laisser chatouiller par sa moustache. Puis elle comprenait qu'elle ne le reverrait plus jamais, qu'il lui faudrait affronter l'absence, le nom du père sans le père, le mot papa inutile, que plus personne ne porterait, qui n'appellerait aucune réponse.

Elle ne regarde pas Furtan. Elle le sent dormir en boule à ses côtés. Devant ses yeux dansent les yeux de Samuel.

Furtan l'a prise à l'aube, instinctivement, et s'est rendormi. Un peu honteuse, elle se dégage de ces bras où elle a passé toute la nuit, rattrapée par ses pieds et ses mains chaque fois qu'elle a cherché à avoir plus d'aisance. Les carreaux de la fenêtre sont barbouillés d'un blanc laiteux. Repoussant d'un bond la couette, Marthe saute du lit et s'enferme dans la salle de bains. Elle s'adosse contre le carrelage du mur. Son regard, perdu dans sa rêverie, louvoie de la bombe à raser aux différents flacons de parfum qui s'alignent sur la petite étagère fixée au-dessus du lavabo. Elle sursaute à peine quand l'eau lui brûle le sexe, se contentant d'éloigner le pommeau et de régler les robinets. Puis à nouveau, elle oriente le jet entre ses cuisses fléchies et croisées qui deviennent cramoisies. Elle fond sans opposer de résistance, avec la sensation de laisser partir quelque chose d'elle-même par la grille d'évacuation, vers les égouts nauséabonds de la ville.

Elle sort de la douche, s'habille en silence. La chaîne en or traîne sur la moquette. Cassée. Amusée, elle la ramasse, la pose sur le bureau. Lui voler quelque chose. Un souvenir. Mais pas la chaîne. Elle retourne dans la salle de bains, prend le blaireau et le fourre dans sa poche.

Dans la rue, elle marche un peu pour crever sa peine. De rares voitures circulent sur le boulevard de Clichy et les ronronnements de leurs moteurs tournent sans briser le silence de la ville encore endormie. Dans cet air gris, un peu froid, Marthe se sent étrangement au large, propriétaire de ces magasins et de ces maisons, du feu de signalisation et de ce caniveau défoncé qui laisse dégorger un jus noirâtre. Elle appartient à cette ville qui lui appartient jusque dans sa laideur. Elle écoute le battement de ses talons aiguilles sur le bitume, le froissement imperceptible de sa veste sur sa robe, et elle comprend à cet instant que tout vit autour d'elle jusqu'aux objets inanimés. Sa volonté vacille, elle veut retourner sur ses pas, se jeter contre la poitrine de Furtan, connaître le visage de cet homme qui lui a dévoilé le plaisir mais ses jambes n'obéissent pas, tournant à l'angle d'une rue puis d'une autre.

Quand elle voit arriver un bus, elle s'élance et le rattrape au moment où il referme ses portes pour démarrer. Elle se laisse emmener, ballottée par les cahots, le long des rues d'où la magie a disparu et dont elle ne voit plus que les trottoirs déserts, la tristesse des façades, comme si la désolation menaçait ces épaves découpées contre le ciel.

19.

L'oubli et les stigmates de l'oubli. L'oubli et ses sédimentations, ses strates successives qui se déposent à notre insu. Un mot happé ici, un geste retenu là, un décor, un fredonnement, une réflexion appréciée au hasard d'une lecture, tout un réseau de petits détails insignifiants en apparence, qui ont demandé des années parfois pour se réunir, pour se mélanger et se juxtaposer les uns aux autres, un faisceau d'incidents éparpillés qui confluent et forment une mosaïque où chaque élément s'imbrique parfaitement. Lorsqu'on croit avoir tout effacé, c'est alors que les événements s'ordonnent subitement en se rappelant à vous, pense Lovin. Il suffit qu'un fragment s'expose par mégarde à la clarté, qu'un bout d'os s'élève de la terre où il a été enfoui pour que le chien qui vit en nous s'acharne frénétiquement à le déterrer complètement. Il retourne, retourne en arrière, vers quoi exactement ? Vers chaque creux ? Vers chaque faille ? Vers chaque silence incompris ? Alors qu'on croit avoir inséré du temps entre soi et soi, on revient au point de départ.

Quelques jours auparavant, flânant dans le quartier du

Marais, il avait été surpris en traversant une rue de trouver, attroupée devant une grille, une foule nombreuse qui écoutait en silence une voix jaillissant d'un haut-parleur. Il avait cru à une manifestation politique. La voix, masculine, grave et solennelle, scandait que chaque homme avait le devoir de se souvenir, de refuser l'oubli et devait se comporter comme si lui-même avait vécu l'indicible. Il s'était arrêté, ému, avec l'impression d'être déjà venu ici, dans cette ruelle étroite. Il se jucha sur la bordure du trottoir et allongea le cou pour discerner quelque chose entre les dos, par-dessus les têtes agglutinées. Ce discours, tendu et triste, se ralentissait par moments, s'imposait des silences comme pour se pénétrer de toutes ces voix chères qui avaient disparu. Et il lui donnait la fièvre car il lui semblait l'avoir déjà entendu. Tout son corps se tendait comme s'il « savait ». Son voisin, un jeune adolescent, plissait le front sous l'impact des mots. Il s'enquit auprès de lui de la raison de ce rassemblement. L'autre fit un geste vague sans même prendre la peine de se tourner vers lui pour lui répondre, marmonnant quelque chose où il était question de la révolte du ghetto de Varsovie.

Alors Lovin, jouant des coudes, écarta la haie formée par les auditeurs et se propulsa en avant. Il écrasa quelques pieds, se heurta à des dos et des ventres ; on se retournait vers lui d'un air furieux, mais on le laissait passer sans protester. Peut-être s'effaçait-on devant son visage blême et l'expression de son regard, chacun croyant qu'il voulait atteindre la tribune pour apporter un message d'importance ou prendre la parole. Hélé par cette voix qui l'attirait pas à pas et lui commandait de se rapprocher, il gravit les trois marches qui le séparaient de la grille, contourna une grappe de gens qui espéraient eux-mêmes s'introduire dans l'enceinte. Au milieu de cette foule, il distingua un monument et au fond, une estrade cernée par des drapeaux en berne. Il continua d'avancer, ne voyant plus rien, écartant de ses deux mains des épaules qui se séparaient l'une de l'autre, docilement, balbutiant des excuses, réduit à une seule volonté qui rejoignait celle de cette voix, qui parlait de barbarie et de respect de l'humanité. Dans le timbre, il retrouvait l'accent que mettait sa mère à lui fredonner des ballades anciennes. A trois ou quatre rangs de l'estrade, les gens venus se recueillir étaient plus âgés, des vieillards qui se soutenaient l'un l'autre et dont les têtes dodelinaient. Lovin, devant eux, se calma brusquement et avec d'infinies précautions, se penchant vers eux, tassés, voûtés, blanchis, il leur demanda pardon en chuchotant et se fraya un passage pour atteindre la barrière derrière laquelle s'alignaient des députés. Réfugié dans un coin, il se retourna vers la foule pour mieux observer ces vieux. Vint un poète qui déclama un chant du ghetto. Il fut remplacé par une cantatrice qui chanta en yiddish a capella. Puis un tambour et deux trompettes se glissèrent de derrière l'estrade et se placèrent face à la foule. Un rabbin vêtu d'une robe noire se redressa pour réciter une prière. En écoutant ce chant rauque, longuement modulé comme pour en disjoindre les lettres, écarteler les mots, Lovin regretta à cet instant, à cet instant seulement, d'avoir oublié son alphabet. Il regretta de ne point comprendre le sens de ce qui se disait, de ce qui montait vers le ciel d'un bleu très pâle. Il se désola de ne pas connaître ces termes, repris en murmure dans le public et il se crut fou lorsqu'il s'aperçut que ses propres lèvres bougeaient mécaniquement pour former malgré tout quelque chose, prenant appui sur l'hébreu de l'officiant, coulant sur cette langue pour balbutier en écho les syllabes les plus distinctes, les

plus claires à son oreille de profane. Et tandis qu'il se
crispait pour respecter le rythme d'une psalmodie dont il
aurait pu jurer qu'il ne l'avait jamais entendue auparavant et qui lui paraissait néanmoins familière, il se disait
qu'il mettait au jour une partie de lui ensablée, dont il
devinait à peine les contours, mais qui était là, au cœur
de lui-même, dans le lieu le plus retranché de sa
conscience et qui se dévoilait par un cri : « C'est à moi !
C'est moi ! » Sa salive séchait, sa langue pour s'humecter
se retournait loin dans son palais. Il respirait par
saccades. Et ses lèvres continuaient de remuer, d'épouser
avec retard cette oraison, défiant ce qui avait été oublié,
ce que l'on avait cherché à lui faire oublier. Et son regard
s'arrêtait surpris sur les visages des vieilles femmes aux
joues poudrées de rose, aux cheveux bien coiffés,
semblables à tant d'autres vieilles dames austères et
dignes qui passaient dans la rue, mais qui avaient vécu
un martyre dont elles avaient cru ne pas revenir vivantes.
Quand elles se disperseront tout à l'heure, sur leurs pieds
boiteux et raides, sur leurs jambes gainées de collants
épais qui dissimulent toutes les plaies des chairs boursouflées et violacées ; quand elles repartiront cahin-caha,
comment les reconnaître ? se demandait-il. Et il les
admirait, les respectait. Il les voyait baisser les paupières,
piétiner sur place, très lentement pour mieux supporter
la station debout qui les exténuait, il les voyait se
moucher discrètement ou porter la main à leur front,
trois doigts émaciés et grêles entre leurs sourcils, pousser
un soupir et se tenir droites sagement et il se demandait
quelles images les transperçaient, quelles hantises les
reprenaient. Elles qui venaient aujourd'hui témoigner,
qui tentaient d'oublier depuis plus de quarante ans pour
continuer à vivre, pour flatter la tête de leurs petits-
enfants, elles qui restaient coquettes.

« L'oubli de l'oubli de l'oubli », se dit-il en jetant des notes rapides sur une feuille qu'il chiffonne avec rage après les trois premières lignes. Il trouve sa théorie confuse et maladroitement exprimée. Il attire une autre feuille pour transcrire presque mot pour mot ce qui lui a déplu dans la précédente, désarmé par l'entêtement de cette pensée qui tournoie sans relâche autour des mêmes adjectifs, des mêmes verbes, sans parvenir à recréer le fil de cet embrasement qui l'a saisi dans le Marais. Dans le mouvement qui lance sa main sur le papier, il perçoit le désir de se surpasser et de surprendre ses confrères, mais il sait aussi que vivre cette expérience seul, sans la partager, reviendrait à la réduire au médiocre. « L'oubli de l'oubli de l'oubli », chuchote-t-il avec désespoir, avec le sentiment de forger un slogan qui contient toute son unité et dont on ne peut rien retrancher ni ajouter sans risquer de l'altérer. Il fouille dans ses dossiers, parmi les notes éparses qu'il prend sur ses patients pour retrouver chez eux une trace quelconque de cette ombre qui s'allonge derrière lui et il se découvre encore plus seul, encore plus faible, assujetti par une identité dont il ignore tout sinon qu'elle pèse sur ses épaules du poids de six millions de disparus.

Il avait deux ans, en 1940. Son grand-père Hillel vivait encore. C'était un vieillard irascible, confondu par l'attitude de ses fils qui tous trois s'étaient éloignés du divin. L'un ne jurait plus que par le marxisme. Le second parlait de sionisme, de terre juive sans Dieu. Le troisième, imprégné par la philosophie grecque, se moquait de tout, avec un petit rire, comme s'il avait eu affaire à des déments. Lovin croit même se souvenir du charivari qui régnait dans le salon, après le repas, quand les quatre hommes confrontaient leurs idées en gesticulant. La figure du vieux s'impose lentement à son esprit. Peut-être à cause de ce chapeau à larges bords dont il s'affublait, non pas le chapeau que portent les religieux de la rue des Rosiers, mais un chapeau qui ressemblait à un sombrero et qu'il avait dû acheter dans une boutique pour touristes en arrivant à Paris.

« Le sable d'hier se dépose sur le sable d'aujourd'hui. Dis-moi comment tu vas lire des traces là où le vent est passé », prétendait sa mère. Elle parlait du passé, comme d'une vague qui vient mourir sur la grève. Elle oubliait que même si la vague est bue par le sable, l'écume est là, qui atteste qu'une lame est venue. Et c'est ainsi que sa mère s'est trahie.

Lovin se couvre le visage de ses mains. « L'oubli de l'oubli de l'oubli. » Les empreintes existaient, imparfaites, incomplètes, insuffisantes, mais elles étaient là. Mots versés au creuset de la mémoire pour qu'ils se calcinent et se fondent, mais ces mots-là, justement, sont réfractaires aux plus hautes températures de l'oubli. Le père n'avait jamais parlé. Il était trop occupé à aimer des femmes et à gagner de l'argent pour leur plaire. Son silence, il l'avait acheté par l'oubli, en s'étourdissant. Sa petite entreprise de couture, rue de Turenne, avait prospéré. Il l'avait vendue et joué son bénéfice à la bourse. Quitte ou double ! Il avait gagné. Et la fortune ne l'avait plus lâché. Il se savait beau, il s'habillait avec distinction, il connaissait la portée de son charme sur les autres. Il rentrait souvent à l'aube avec l'approbation tacite de sa femme qui avait de lui l'image d'un fantaisiste. « Il a besoin de la nuit. Ses affaires, il les traite dans les bars. Que ferait-il de moi dans ce milieu ? » l'excusait-elle. Et avec un petit rire, elle poursuivait : « C'est un poète, ton père ! Il garde son alliance au doigt même en compagnie de jolies femmes ! » Elle claquait la langue et d'un air suffisant : « Moi aussi, tu sais, j'ai mes espions qui me rapportent des informations ! »

Mais la mère avait parlé. Par allusions. Par éclairs. Soudain, sa tête tintait au souvenir de quelque chose. Elle lâchait un mot sur András le marxiste. Puis elle serrait les lèvres, pour s'interdire d'autres confidences. Il pouvait se passer des mois, des années, avant que de nouveau, se représente une occasion. « Ton grand-père, Hillel, chantait le vendredi », disait-elle en souriant, mélancolique. L'ouvrage qu'elle tenait à la main, tricot, broderie ou dentelle, tombait lentement sur ses genoux. Elle se laissait aller contre le dossier du fauteuil, fermait les paupières et continuait de sourire. C'était une petite femme rondelette, aux yeux bleus, aux cheveux blonds frisés, à la poitrine opulente, qui avançait par petits pas vifs, le cou allongé et la tête toujours droite comme si elle devait la maintenir en équilibre sur son corps. Elle aimait lire, surtout les ouvrages d'art, et s'installait volontiers au piano pour distraire ses convives. Elle avait, du reste, une jolie voix. Une voix où l'on entendait poindre l'accent. « Le Danube, disait-elle, est aussi gris que le ciel de Budapest. » Elle s'arrêtait, soufflait, la voix basse et rapide : « Que sont-ils devenus, tous ? — Qui ? demandait Lovin. — Rien, mon chéri, rien. A propos, ton dernier examen ? »

Au fil des années, si sa mère s'était épanchée, elle l'avait fait à son corps défendant, quand les souvenirs étaient venus l'assaillir, quand les prénoms des absents, soudain, débordaient de son cœur. Mais elle n'avait jamais raconté pour Transmettre. D'ailleurs, elle était bien loin de se douter que ces exclamations, ces soupirs, ces regrets, avaient du relief, qu'ils étaient bien plus perçants que des cris, et que de reflet en reflet, ils avaient guidé Lovin vers la source. Elle avait dit, par lambeaux, ce qu'elle savait. Lui, il avait cherché des réponses à ses questions dans les livres, plus tard, bien plus tard, au début des années soixante-dix, quand des ouvrages avaient commencé de paraître. Il savait que les cousins de Hongrie avaient été déportés vers la fin de la guerre. Tout un village. Il n'y avait pas eu de rescapé.

Il avait pris dans les livres les détails qui lui manquaient. Il restait cependant éloigné des juifs. Il avait continué son parcours, portant le reliquat de ses racines, transportant ses fantômes, ni plus aigri ni plus serein qu'un autre.

Maintenant, il recolle ces débris, les assemble. L'oncle András, le marxiste, avait été déporté à Birkenau. Il n'avait pas eu le temps de rejoindre le maquis. Il avait été probablement arrêté dans le train. L'oncle Janós, qui croyait à la Palestine, avait été pris dans une rafle à Paris et déporté. Grand-père Hillel avait refusé de bouger de son immeuble de la rue de Turenne. Il avait été dénoncé par le concierge, à la milice. Il fut déporté avec les cinquante autres juifs de l'immeuble. Après la guerre, le concierge a été retrouvé mort dans ses poubelles. Quelqu'un lui avait réglé son compte. Alfred, le philosophe, était le seul survivant de la branche. Il ne voulait plus d'histoires. Il avait coupé son nom.

Au Mémorial, quand la cérémonie se clôtura, Lovin reçut enfin une explication.

Un peu pâle, il attendit que la foule se déverse par les grilles du portail. Il se mit dans un coin contre le mur, songea qu'il appellerait Monique d'une cabine ou du comptoir d'un bar. Entendre sa voix. Il voulait courir l'embrasser, la serrer contre lui, lui faire l'amour puis l'emmener dîner. Il voulait sa peau tiède et vivante contre lui. Il voulait vivre.

La foule se dispersa. Lovin ne quittait pas son mur, s'y appuyant, s'écrasant presque contre lui, et sentant sous sa veste toutes les aspérités de la pierre. Un homme l'aborda. Il portait un petit chapeau rond trop étroit pour son crâne. Sous le chapeau, un visage pointu, un nez pointu, une barbichette grise, mais ses yeux étaient expressifs et doux. Dans son complet veston croisé, bleu marine, avec sa mallette, il avait l'air d'un colporteur. Amusé, Lovin lui sourit. L'homme, encouragé, lui expliqua timidement qu'il était talmudiste. Il tournait en Europe depuis six mois et récoltait de l'argent pour son école. « C'est dur », disait-il. Lovin approuvait. « Je préfère étudier... Tous ces trains, ces avions que je prends pour aller d'une ville à l'autre, d'un pays à l'autre, motiver les juifs... ça me fatigue. » Et Lovin souriait. L'homme parlait de toutes ses forces, sans s'arrêter, sans reprendre souffle, du rapport à l'Autre, des vases qui s'étaient brisés à la création du monde, de Moïse mort sans sépulture. Il s'adressait à Lovin comme si celui-ci avait étudié avec lui ces textes qu'il évoquait, comme s'il attendait une réplique, un commentaire et il tendait son index, repoussait vivement son chapeau en arrière, s'essuyait le front et secouait furieusement sa mallette.

Ils s'assirent à la terrasse d'un café. Lovin écoutait et posait une question de temps à autre. La nuit était tombée. Ils discutaient toujours. L'homme accepta d'aller dîner dans un restaurent cacher. Il plaça sa mallette sur la table libre à côté d'eux. Il analysait un verset du Lévitique, étayait son raisonnement par un passage de l'Exode, revenait à la Genèse. Il parlait la bouche pleine, en enfournant de gros morceaux de viande ou de légumes.

« Ça t'intéresse ?

— Il y a des choses qui m'interpellent... Mais pas tout...

— Tu devrais étudier la Thora.

— Peut-être... oui..., répliqua Lovin.

— Donne-moi ton nom de famille...

— Lovin !

— Ah ! dit l'homme, stoppé dans son élan.

— Tu connais des Lovin ?

— Non ! Tes parents sont nés où ?

— A Budapest... Le nom a été un peu francisé. A l'origine, la famille s'appelait Lovinger. »

L'homme dressa l'oreille. « Tu écris cela comment ? Ecris-le-moi, là, sur la nappe. »

Lovin s'exécuta. Son nom, pour la première fois depuis son amputation, s'étalait, entier.

« C'est drôle... Tu connais l'hébreu ? Non ? Tes parents ont retranché ce " ger ", là, tu es d'accord ? Or, en hébreu, il signifie : étranger... C'est vraiment drôle... Ils n'ont pas dû le faire exprès... »

Il crie. Ou il doit rêver qu'il crie. Ou peut-être espère-t-il que ce nœud qui lui serre la gorge s'ouvre enfin pour lui permettre d'exhumer son cri.

« Tu perds ton aplomb ! » constate Hélène en ouvrant la porte du bureau.

Jean-Pierre sursaute.

« Tu ne réponds pas ? Que se passe-t-il ? » dit Hélène en retenant son rire sans le garder tout à fait pour elle. D'une voix trop gaie, cassée, elle affirme qu'on l'entend hurler jusque dans le salon où elle se tient avec deux amies.

« Elles te prennent pour un fou ! » poursuit-elle. Lovinger tressaille et lève vers sa femme un regard qu'il cherche à contrôler. Il ne veut pas lui donner à lire sa

colère. Puisqu'elle ne peut plus faire naître l'amour, elle
cherche la haine.

— J'ai crié ? Très fort ? demande-t-il, moqueur.

— Absolument. Même Nadette a dû t'entendre à
l'autre bout du couloir ! Ensuite, tu prétendras que c'est
moi qui la perturbe.

— Il était comment ce cri ? »

Elle hausse un sourcil et dit très vite « Pardon ?

— Oui ! Parce que c'était juste un essai. J'ai l'intention de pousser d'autres cris plus perçants, à heures
variables, la nuit, le jour. Je préfère t'en informer », dit-
il d'un ton confidentiel.

Un rire silencieux la secoue, des épaules jusqu'au
ventre. Elle se penche, se plie en deux, pointant vers lui
un index qui tremble. Quand elle reprend son souffle,
elle articule en vacillant d'avant en arrière : « Une
nouvelle thérapie ? Ici, chez nous, tu vas t'entraîner à
crier ? Et tes clients aussi ? Mais moi aussi, alors, je vais
pouvoir gueuler ? Et Lydia ? Tu imagines Lydia refusant
de desservir et piquant une crise de nerfs devant nos
invités ?

— Pourquoi pas ? grince-t-il imperturbable en la
prenant par les épaules pour l'asseoir sur le fauteuil.

— Ah ! Ton humour ! Ton célèbre humour ! dit-elle
en riant toujours. Mais j'avoue que c'est drôle ! Je t'ai
cru. »

Elle éclate aussitôt en sanglots, lui reprochant de se
moquer d'elle.

« Calme-toi… dit-il, radouci. C'était une plaisanterie… Tes amies sont seules… Il faut que tu les rejoignes.
Mouche-toi, tiens prends ça et calme-toi.

— Tout est vide ici, dit Hélène en hoquetant. Tout se
dégrade, tout est foutu.

— Calme-toi, je t'en prie, calme-toi. J'ai crié parce

que je... Depuis que Nadette... Oh ! C'est difficile à t'expliquer.

— Pourquoi est-ce si difficile ? Pourquoi ne pouvons-nous plus parler ?

— Je vais faire un voyage à Budapest, dit-il doucement.

— On t'invite à un colloque ?

— Non ! C'est un pèlerinage... Enfin... tu comprends...

— Encore tes obsessions...

— Je ne te les impose pas...

— Comment ?... Tu ne nous emmènes pas ?

— Non !

— Alors tu pars avec " elle " ?

— Non... Seul... Ou avec Nadette, si elle veut... »

Elle darde vers lui ses yeux bleus, délavés, et avec un dédain terrible, elle laisse tomber :

« Nadette ? Tu n'as même pas remarqué cette nuit. Toi tu dormais. Tu dis que tu ne dors pas, que tu veilles et travailles, mais je vois bien que tu dors, sinon...

— Sinon quoi, Hélène ?

— Ton métier, c'est du charlatanisme. Comment peut-on écouter les autres lorsqu'on est si préoccupé par soi-même ? Avec tous ceux qui ont défilé chez toi, tous ceux qui nous ont permis de manger, d'acheter notre maison à la campagne, on pourrait écrire un livre. Tiens, j'ai un titre très commercial : " L'impasse ". Qu'en penses-tu ? Non, cela ne te plaît pas ! Tu aides tous ces gens, mais pas ta famille... »

Il la presse de questions. Elle consent alors à lui raconter en multipliant les digressions et les commentaires que, durant la nuit, elle a surpris Nadette qui se faufilait hors de sa chambre, tout habillée de blanc, qui se dirigeait sur la pointe des pieds vers le salon où elle avait remué un long moment. La petite en était ressortie habillée d'une veste de son père et s'était enfuie de la maison pour n'y revenir qu'à l'aube.

« Et tu ne t'es pas interposée ? murmure Lovinger.

— Je n'ai pas eu le temps.

— Inutile de te demander pourquoi tu ne m'as pas réveillé. Tu as sûrement une bonne raison, n'est-ce pas ?

— Tu l'aurais poursuivie en pleine nuit, dans l'escalier ? Tu aurais fait un beau scandale ? Et demain ? Tu ne peux pas la surveiller ! Tu dois la placer dans un établissement et tu hésites, tu invoques des prétextes ! C'est toi qui la tues à petit feu !... Hier soir, elle est allée chercher sa drogue ! »

20.

Agit-elle par ennui ? Par révolte ? Il n'y a pas eu préméditation. Une heure avant de commencer ce carnage, Marthe était même loin de se douter qu'elle accomplirait ce geste. Ainsi, la mort qui prend séjour dans ses pensées, fomente en elle, insidieusement, la haine de la vie. Elle a beau, par instinct, la tenir à distance, c'est chaque matin un nouveau combat à livrer. Elle s'est habillée d'une robe blanche, ample, qui lui donne l'allure d'une petite fille. Allongée sur le lit, elle n'est ni gaie ni triste. Dehors, la chaleur est sûrement de retour puisque les fenêtres voisines sont restées ouvertes toute la journée. Elle a guetté l'arrivée du « perroquet », une dame mûre qui vit seule et qui a ses habitudes. Entre autres manies, elle étend chaque matin sa culotte à une corde tendue au-dessus de la balustrade de son balcon, pour la dépendre le soir. Ses slips, disait Samuel, ressemblent à des parachutes.

Marthe ferme les paupières.

Le plaisir lui est tombé dessus, trop vite.

Elle enfonce ses deux poings dans le matelas pour prendre un appui et se redresse, exténuée, un voile noir devant les yeux. Le parfum de son corps lui arrive, une bouffée tiède, douceâtre. Dans un réflexe enfantin, elle frotte sa main contre son aisselle et la porte ensuite à son nez pour se sentir. Depuis combien de jours n'a-t-elle pas pris de bain ? Elle se souvient, avec gêne, d'un certain après-midi chez sa mère. Elle avait travaillé enfermée dans sa chambre. L'appartement était vide. Elle avait eu envie de grignoter une pomme. En sortant dans le couloir, elle avait failli s'évanouir devant l'odeur qui se faufilait dans les pièces, odeur de marais, de racines putrides qui ont macéré. Le nez froncé, elle avait ouvert toutes les portes. Partout la même ordonnance méticuleuse, les courte-pointes bien tirées aux quatre coins des lits, les objets rangés à leur place, la cuisine d'une propreté maladive, la faïence blanche immaculée, sans qu'un seul couvert ne traîne sur la desserte. Sa mère avait seulement oublié de changer l'eau de l'aquarium. Derrière la vitre opaque, les poissons remuaient et se retournaient mollement, asphyxiés, pris dans un liquide qui paraissait avoir une consistance moelleuse de merde, de nourriture et de plantes décomposées. Des bulles venaient crever à la surface. Elle n'avait pas trouvé le courage de s'approcher, observant de loin, les narines pincées, la vitre glauque derrière laquelle évoluaient des ombres furtives. Elle s'énumérait les gestes à faire : prendre une écumoire, y verser les poissons, plonger les doigts dans l'aquarium et le nettoyer de sa pellicule gluante. Ce travail à accomplir dans cette exhalaison atroce, insoutenable, l'avait rebutée et elle avait préféré s'enfuir et se promener dans la ville. A son retour, l'appartement fleurait le maïs grillé. Le bocal était là, vide et récuré. Le verre avait cette mystérieuse transparence qui échoit aux lieux devenus inutiles, sans fonction. Les poissons étaient morts. La Mère s'était débarrassée des cadavres en les versant dans les cabinets.

Lâche. Si elle avait osé affronter sa répulsion et sauvé les poissons, aurait-elle changé le cours de son existence ? Peut-on parler de l'infini si l'on bafoue le respect que l'on doit à la plus insignifiante créature de l'univers ? Si l'on n'exerce pas sa protection au-delà de ce qui dérange, sur le destin des choses qui vous entourent ? Si l'on n'apporte pas le soulagement espéré, la consolation attendue ?

Marthe se lève, s'observe longuement dans le miroir. Le vert de la prunelle est plus foncé, le teint pâle, brouillé par de vilains boutons. Elle ne sait pas encore ce qui la pousse, mais elle obéit à une injonction intérieure. Elle ouvre tous ses tiroirs, extirpe ses boîtes où depuis cinq ans elle range soigneusement ses photos en les classant par thèmes et par séries. Elle étale sur son lit le contenu de la première boîte, celle du « baiser ». Elle poursuit avec la série prise dans les marchés, sème à la volée négatifs et tirages. A quoi bon cette œuvre, tous ces visages, ces corps, ces atmosphères ? A quoi bon puisque pas un seul de ces clichés ne lui est consacré, à lui, Samuel ? Des centaines d'épreuves jonchent le lit et la moquette. Quand l'espace entier est tapissé, elle se dirige à reculons vers le salon et disperse le papier mat ou brillant. Elle allume une cigarette avant de continuer cette tâche qu'elle veut dénuée de toute démence, de toute passion. Et elle plisse les yeux, songeuse, devant le spectacle qui s'offre à elle, où se déploie une foule une et multiple ; une foule composée de personnages différents mais prisonniers d'une même vision. Qu'a-t-elle fait de ces visages inimitables qu'elle s'est acharnée à rendre identiques par esprit de dérision ? Une loi fondamentale relie les uns aux autres ces gens qui ne se rencontreront jamais. Les mêmes stigmates de solitude, de laideur, d'échec se lisent au fond de leurs yeux, sur les plis de la bouche, dans leur posture ou leur démarche. Ces êtres, ces inconnus, ne sont que les lambeaux organiques d'une épopée déjà écrite dans la mémoire. Elle s'est servie d'eux pour se venger, frelatant leurs expressions pour démontrer à Dieu l'aspect misérable de sa création. Clochards, tels de vieux chats moustachus et haineux qui font le gros dos, allongés sur les plaques d'aération du métro, nymphettes en jupe courte qui trempent leurs lèvres dans une coupe de champagne au cours d'une soirée rock, le cheveu hérissé et l'œil aux aguets. Photos de mariages. La mariée qui danse, rouge et décoiffée, avec le vieux cousin. Vieilles bourgeoises torturant leurs colliers de perles, naufragées sur des bergères, reluquant les jeunes qui s'embrassent. Des centaines d'épreuves s'amoncellent, se chevauchent, se recouvrent pour former une tapisserie immense et sans tendresse, une carte topographique hallucinatoire du temps, de la vie, de la chair. Toutes sorties des boîtes, les photos grouillent l'une sur l'autre, instants volés, happés, escroqués, temps sécable soudain, un millième de seconde saisi, fixé, avant qu'il ne disparaisse.

Dans la pièce, la lumière déjà avare d'un crépuscule orageux se glisse sur les photos comme une eau sale et, en déclinant, en raccourcissant ses rayons, elle laisse la chambre peuplée de ces iconographies blafardes, comme les tombes d'un cimetière.

Détruire.

Elle marche lentement sur ses photos. La semelle s'appuie sur la matière cirée, brillante. Le talon pointu s'enfonce comme une pique. Le papier se gondole. Elle avance l'autre jambe, la fait retomber avec délicatesse. Elle écoute le bruissement des feuilles, ce son mat et froissé qui accompagne en écho son piétinement. Elle va rapide soudain, les martèle. Elle écrase les figures, les

torses, les paysages. Ses chaussures s'ornent de colle-
rettes, emportent, empalés sur le talon, des appendices
carrés qui vibrent telles des ailes.

Une photo d'une facture plus ancienne attire son
attention. Elle a été prise trente ans auparavant. Le
jaunissement des couleurs, le cadre blanc et les dente-
lures du papier confirment cette impression. Marthe se
penche, la ramasse. Elle présente Sonia et David qui
s'appuient contre une jeep. Lui est très grand, longi-
ligne. Il a encore ses cheveux. La pose date d'avant son
cancer. Sonia sourit craintivement. Sa coiffure est indis-
ciplinée. De chaque côté du front, des mèches frisées
s'échappent en deux cornes horizontales de la tresse
épaisse qui longe la nuque et pend sur la poitrine. Elle
porte un tailleur. Une jupe longue qui s'évase en godets,
et une veste courte, sans manches. Derrière eux, le
désert. Un espace chauffé à blanc, tant la ligne de
l'horizon sépare mal le ciel de la terre. Marthe se dit
qu'ils sont peut-être à Tamanrasset.

A-t-elle aimé Sonia autant qu'elle le méritait ? Lui a-t-
elle rendu toute la tendresse qu'elle était en droit
d'attendre ? Marthe sait bien que non. Leurs rencontres
se sont espacées. Au début, tout ce qui venait d'elle
paraissait bénéfique. Puis elles ne se sont pas entendues.
Les instants irritants où elles se chamaillaient pour des
vétilles ont été de plus en plus nombreux. Samuel régnait
entre elles. Samuel qui murmurait, ironique : « Ton
gourou t'a-t-il donné son accord ? » Samuel qui lui
tendait le combiné du téléphone en chuchotant, désinvolte : « La Reine te demande ! Dois-je me retirer sur la
pointe des pieds ? » Sonia, mécontente de se voir relé-
guée à un rôle secondaire, prenait des airs outragés.
Marthe volait du temps pour la voir mais se refusait à lui
avouer que Samuel était jaloux. Leurs conversations

devenaient ordinaires ou radicales. Assises à la terrasse d'un café, elles restaient sur la défensive, se parlaient avec gêne et leurs yeux, qui ne se croisaient plus, s'intéressaient aux passants, aux clients attablés, aux scènes qui se déroulaient au comptoir. Lorsque Marthe osait une question maladroite, Sonia, piquée au vif, se récusait sèchement : « Tu es vraiment une inquisitrice ! » La prunelle marron s'était durcie, la lèvre inférieure s'était affinée pour venir se placer sous les dents. Devant cette figure qui se fermait, Marthe blessée serrait les poings. Elle bredouillait, se justifiait lamentablement et la haïssait. La voix moqueuse de Samuel lui vampirisait les oreilles : « Va, va donc voir ton gourou ! N'agis en rien sans prendre son conseil. »

Elles se rabotaient le cœur par des allusions mauvaises, des brimades, des reproches. Car Sonia aussi souffrait. L'une des deux payait l'addition avec soulagement. Mais sur le trottoir, avant de se séparer, elles rougissaient, émues, échangeaient enfin une caresse ou un regard attendri. « Tu m'appelles ? Nous irons voir une exposition !... Pas cette semaine, je crains d'être trop occupée... Mais dans une dizaine de jours ? » murmurait Marthe qui savait ne pas pouvoir honorer sa proposition. « Oui, oui », répliquait Sonia. Marthe se penchait vers la chevelure blanche, déposait un baiser à la racine des cheveux. L'odeur de sa tante, aigrelette et subtile montait à ses narines. Elle se souvenait aussitôt avec nostalgie des produits naturels dont elle se servait, l'eau de rose pour nettoyer sa peau, le patchouli pour se parfumer, le thym et la sauge pour aromatiser sa cuisine, la menthe et le tilleul pour ses tisanes, les cachous et les bonbons à l'anis dont elle était si friande. « Ma Sonia, ma chérie, jure-moi que tu vas bien ! » lui disait-elle en lui pinçant le menton. Les yeux de Sonia s'éclairaient. Elle toussotait, prête elle aussi au leurre. Mais dans le fond, leur relation s'était dégradée. Marthe partait en courant, avec le sentiment qu'elle avait perdu quelque chose, encore un fragment de leur ancienne tendresse qui s'émiettait et ne se réparait pas.

Poursuivie par cette double rancœur, Marthe, éperdue, s'était battue pour garder Samuel et Sonia en se les conciliant. Elle avait, sans succès, vanté à l'un les mérites de l'autre. Elle avait fini par choisir le camp de son homme pour s'affranchir d'une tutelle pesante. Samuel était solaire. Sonia représentait la vieillesse. Marthe avait dû juger avec des mots définitifs. La petite femme lui parut haute et massive. Son regard, trop réfléchi et grave, lui devint lugubre. Elle observait Sonia et la trouvait tatillonne, rigide, sévère, dominatrice. Des incidents fortuits aigrirent ce qui restait de douceur. La gentillesse déployée naguère par sa tante, ses contes, ses légendes, ses tartes Tatin, furent oubliés.

David et Sonia. Quand donc avait-elle soustrait cette photo du tiroir de sa tante ? Les clichés qui les montraient tous les deux étaient rares. Deux ou trois fois seulement, Sonia avait réussi à convaincre un paysan yoruba de manier le Kodak. Les Africains refusaient de se servir de la boîte dont ils ne comprenaient pas le fonctionnement et dont ils craignaient peut-être le maléfice. David du reste, au dire de Sonia, partageait leur point de vue. David qui aimait les serpents et qui les relâchait. David qui appréciait les êtres qui se terrent dans les replis du terrain, qui surgissent on ne sait d'où, sur le fil de leur ventre et se retirent silencieusement.

Sonia avait aimé David. Cet homme était le seul qui lui donnait, par sa parole, ses gestes, son corps, une certitude inébranlable. Mieux que tous les autres, il savait l'écouter. Peut-être savait-il aussi discerner le mouvement de sa pensée, le trajet simultané de la parole et du silence. C'était lui qui était parti. Avec une autre. Aucune querelle n'avait motivé cette rupture. Il avait rejoint Sonia un matin, au terme d'un voyage qui avait duré une semaine. Quelque chose dans la démarche de David, dans le regard, lui avait fait pressentir un changement. Elle était trop proche de lui, trop complice, pour ne pas noter la plus petite impulsion qui modifiait son comportement. « Tu ne m'aimes plus ? » avait-elle demandé avec simplicité. Il n'avait pas voulu répondre sur-le-champ. Puis, après une longue pause, il avait avoué qu'il l'aimait encore, qu'il l'aimerait toujours, mais qu'il désirait une autre femme. Il avait essayé, disait-il, de combattre ce sentiment. Il réussirait peut-être à oublier si elle l'aidait. Il lui proposait de partir pour un grand voyage, vers l'Asie ou l'Orient. Dans six mois, un an, il n'y penserait plus. Sonia s'y était refusée.

La demande lui avait paru humiliante et suspecte. Elle savait, elle qui travaillait sur la mémoire et ses effets, qu'on ne guérit de rien au loin, que la passion s'exacerbe au contraire. Que l'absente se pare de toutes les qualités au détriment de celle qui reste. En y réfléchissant, au fur et à mesure qu'elle parlait, elle mesurait toute l'incongruité de cette supplication. Faire un rempart de son corps entre David et une autre ? Elle qui n'avait jamais su lutter contre les femmes, elle qui toujours avait cherché à en faire des alliées, des amies, des sœurs ? Et elle le regardait, tragique, elle regardait cet homme avec qui elle avait découvert en parcourant les régions du monde, la faim, la soif, la misère, la beauté. Elle avait exigé la séparation.

Quatre ans plus tard, David mourait d'une tumeur au cerveau.

La main serrée sur la photo, Marthe se couche sur son

travail détruit. Elle amène ses genoux contre son ventre, et se souvient de cette fois où en rentrant de chez Samuel, elle s'était contrainte à ouvrir son appareil et à abîmer sa pellicule en la voilant. Tout, elle avait tout gâché dans sa danse sauvage. Rien ne pouvait plus être sauvé de ces cinq années d'errance à travers la ville. Alors, pour échapper à son anxiété, Marthe retourne à nouveau vers Sonia. Elle se rappelle avec quelle voix défaite et altérée, sa tante lui parlait de son amour. Avec quelle précipitation, elle rangeait le matin, sous les petits croquis qu'elle feignait de recommencer jour après jour, pour modifier les plans de sa maison, d'autres papiers plus indécents. Car, derrière ces petits dessins qui devenaient tout noirs tant la mine du crayon était passée et repassée sur les carrés et les losanges qui figuraient dans son esprit les toilettes, la cuisine, le salon, elle rangeait des lettres d'amour. Lettres à un mort. Lettres d'une survivante qui attendait l'instant des retrouvailles au-delà de l'espace et du temps. Amour inouï, incroyable, de cette femme qui se levait au petit matin, quand le ciel était bas et encore embrumé, avant que le soleil ne darde ses premiers rayons, pour écrire à un homme mort, avec son écriture ronde et bien modelée de petite fille. Elle écrivait qu'elle ne savait plus où menait la route, vers quel port, quelle escale elle était attendue, quelle était sa place et quand viendrait l'appel qui la délivrerait enfin. Elle écrivait que les cloches de la vieille église d'Alésia allaient sonner mais qu'elle ignorait pourquoi, pour quels vivants et pour quels absents, que les jours étaient longs comme des siècles, chacun comptant son poids.

Quand elle entendait le grincement des gonds de la porte, elle savait que Marthe arrivait. Elle cachait alors sous un croquis les fragments de ses lettres et bondissait pour rincer son dentier. Mille fois, Marthe l'a vue répéter ce scénario. Dissimuler la feuille de papier quadrillé et se précipiter sur ses dents. Elle contemplait les mégots de cigarettes qui encombraient le cendrier, la cendre qui s'était répandue sur la table et il lui semblait que l'air de la cuisine était chargé d'une présence, du fantôme de David revenu se pencher par-dessus l'épaule de sa femme pour déchiffrer, tandis qu'elle rédigeait, les messages qui lui étaient adressés.

Marthe savait ce que masquaient les dessins. Un jour de haute douleur, impulsivement, Sonia avait eu besoin de réciter à voix haute, claire, intelligible, pour des oreilles humaines, son cri d'amour. Clouée sur sa chaise, hagarde, Marthe avait écouté. Et elle baissait la tête pour éviter le visage de Sonia qui sanglotait et dont la voix s'étranglait, s'éraillait, devenait murmure à la lecture de certains passages où elle avait jeté son âme et sa passion.

Ni l'une ni l'autre ne reparlèrent de ce jour-là. L'une s'était montrée nue, l'autre avait accepté de se laisser ébrécher. Toutes deux avaient fait, en s'avançant si loin dans le désert, l'expérience d'un phénomène, le même qui sans doute devait unir à jamais deux êtres qui ensemble avaient affronté la mort, et qui ensemble en étaient revenus saufs. Marthe n'avait pas fait de commentaire. Elle ne s'était pas penchée pour embrasser Sonia ou pour l'étreindre. Elle s'était seulement couvert le visage de ses deux mains, sans bouger, sans respirer, attendant que cette voix s'apaise, se taise, revienne vers les vivants. Et il lui avait paru qu'une éternité s'était achevée, qu'une nouvelle éternité commençait quand d'une voix normale, Sonia lui avait dit : « Marthe, va prendre une douche !... Je vais mieux ! » Quand elle s'était relevée de sa chaise, ses vêtements étaient mouillés par la transpiration et toute son énergie brûlée.

Sonia avait rencontré David à Paris. Elle avait vingt-cinq ans et essayait de rompre avec Kazar. David avait son âge, à moins qu'il ne fût plus jeune de deux ans. Elle avait été aussitôt fascinée par son intelligence, sa tristesse et le regard qu'il portait sur le monde, empreint d'indulgence et de témérité. Elle aimait son corps trop grand, trop long devant lequel elle paraissait plus minuscule encore. Elle aimait ses mains larges et fines, aux doigts rongés par les acides. Elle l'aimait malgré son refus de la paternité. Elle croyait qu'un jour il finirait par lui faire un enfant, quand il serait devenu un adulte, quand il n'aurait plus peur de donner la vie. Ils voyageaient. Avec lui, elle eut trente-cinq ans. Puis quarante ans. Puis ils se séparèrent.

Pour l'enfant, c'était trop tard.

D'un pas d'automate, en piétinant la marée de ses photos, Marthe se dirige vers l'armoire à pharmacie. Elle sourit, car elle n'ira plus chez Lovin qui n'a pas pu la sauver. Elle ne rencontrera plus Sonia, la Mère, Viviane, Paule ou Marcel. Elle ne s'attardera plus dans les cafés, ne fumera plus de cigarettes. Elle ne pensera plus à Samuel. Elle ne dormira plus dans des bras inconnus, tièdes et caressants.

Elle avale des barbituriques. Elle sourit car elle se trouve belle, pour la dernière fois dans son miroir. Mais elle ne veut plus accepter cet héritage, cette fatalité qui plane sur les femmes de sa famille, sur sa mère, sur Sonia et sur elle-même. Elle ne veut plus aimer et perdre.

Et, par bravade, elle attrape son appareil photo et sort mourir dans la rue.

21.

« Ainsi vous partez ? »

Lovinger saisit la main de Monique et la porte à ses lèvres.

« Un petit mois...

— Vous pourriez m'inviter...

— Nadette ne le supporterait pas... Vous savez comme elle est... »

Monique retire sa main brutalement.

« Oh, c'est commode ! »

Il se tait, épuisé. Il ne se sent pas la force d'argumenter pour la convaincre. Il a l'impression de passer son temps à lutter sans répit contre tout le monde. Et il ne sait comment lui avouer qu'il la trouve attirante sans qu'elle se fâche et croie qu'il s'agit d'un prétexte pour se dérober à une explication. Sa veste noire, ample, très épaulée, lui affine la nuque et la tête. Elle a noué ses cheveux en arrière, avec un foulard en soie, moucheté de gris, oubliant sur le visage dégagé, qui paraît plus jeune et délicat, deux courtes mèches folles qui bouclent sur les joues. Au ras des cils, un trait sombre lui allonge la paupière. Le champagne qu'ils ont bu lui a mis des étincelles dans la prunelle. Et sa bouche est rougie par le fard. Il regarde la bouche, il regarde l'empreinte grasse que cette bouche a laissée sur le bord de la coupe et il ne sait s'il a envie d'embrasser ces lèvres ou la trace de ces lèvres sur le verre.

« Hélène accepte de rester seule à Paris ?

— Elle se rendra probablement en Auvergne avec Eric...

— Si je comprends bien, nous sommes deux femmes de trop dans votre vie ! constate Monique avec amertume.

— Je t'aime.

— Ce n'est plus suffisant.

— Je t'aime.

— Prouvez-le !

— Je vous en prie, comprenez-moi !

— Il n'y a rien à comprendre. Je ne cesse de vous le répéter, Lovin : vous avez besoin de vous séparer de votre fille ! Et vous vous attachez plus encore en lui proposant de vivre un mois en votre seule compagnie !

— Peut-être que ces vacances lui feront du bien !

— Nadette doit apprendre à voler de ses propres ailes ! Vous l'assistez constamment ! Vous êtes là, à la couver, à accepter ses caprices, à trembler pour elle ! »

Il lui raconte brièvement l'incident. La fugue de Nadette durant la nuit, l'avait poussé, contrairement à ses habitudes, à fouiller dans ses affaires pour dénicher la drogue. Au moment où il renversait les tiroirs, il avait entendu Nadette qui s'exclamait moqueuse : « Je peux t'aider, papa ? » Il s'était retourné confus et l'avait trouvée, les bras croisés, appuyée contre le châssis de la porte qu'elle faisait aller et venir en tortillant ses fesses. D'un mouvement leste elle s'était précipitée sur le lit, en avait arraché draps et couvertures pour les précipiter sur le sol. Elle avait projeté l'oreiller contre un meuble, agrippé le bord du matelas pour le renverser sur le sol. « Vas-y, cherche papa ! Là, sous le sommier peut-être ? » Comme elle s'apprêtait à renverser le lit, il s'était élancé, s'empêtrant les pieds dans les draps, pour enserrer son poignet et l'arrêter.

« Tu es sortie en pleine nuit ? » questionna-t-il. Elle ne répondait pas. Il la secoua, criant : « Je n'ai plus confiance en toi, Nadette ! Tu veux que je t'enferme à clef le soir ? Que puis-je faire contre ta folie ? »

Elle avait eu ce sourire de biais qu'il détestait. « Nadette, j'ai quelque chose à te dire. » Elle s'était figée. Elle avait consenti à lever les yeux vers lui, et il avait remarqué, bouleversé, à quel point ce petit visage têtu lui ressemblait.

Ils s'étaient assis par terre, dans le désordre de la chambre. Il lui avait proposé de partir avec lui pour Budapest. « Il y aura qui ? » avait dit Nadette.

Il se tait, observe Monique, attend qu'elle réagisse. Mais elle ne dit rien et fume en silence.

« C'est ma dernière tentative... poursuit-il. J'ai contacté Marmottan... Si elle récidive...

— Justement Lovin ! Il y aura qui ? Que lui avez-vous répondu ? »

C'est lui maintenant qui se tait, gêné.

« Vous êtes trop bête, tiens ! lance Monique.

— Vous ne savez pas tout...

— Je vous écoute... »

Il se dit qu'elle a raison. Un cas clinique simple. Il aurait donné ce conseil brutal à un patient qui lui aurait exposé le même problème. « Détachez-vous de votre fille. » Mais il n'a jamais su se défendre contre la culpabilité et l'amour.

« Il y aura qui ? insiste Monique.

— Laissez-moi terminer. Ne me harcelez pas ! Dans cette chambre en désordre, pendant que nous étions assis par terre, elle a consenti, pour la première fois peut-être depuis des années, à parler de ce qui lui fait mal, ma séparation d'avec sa mère. Je l'ai écoutée avec attention. Je l'ai mieux comprise. »

Lovinger appuie sa main contre ses yeux. Il revoit Nadette qui pleure en se martelant la poitrine. Nadette qui confie très doucement : « J'ai mal, ici... j'ai mal, ça brûle parfois... tant j'ai honte de toi. »

Lovinger regarde Monique. « Le malheur, c'est que ce souvenir qui la hante, qu'elle ne me pardonne pas, me paraît merveilleux et magique. Comme si un autre que moi avait vécu ce cadeau d'une femme amoureuse... Ton cadeau ! »

Cet épisode remonte au début de leur liaison. Il avait emmené au restaurant, un dimanche midi, Hélène, Nadette et Eric. Et sans doute avait-il vaguement prévenu Monique, car il l'avait aperçue au comptoir, bavardant avec une amie. Leurs regards s'étaient croisés. Lovin s'était illuminé. Le couloir du restaurant était assombri par des tentures rouges. Il lui avait semblé, sous l'effet de cette joie qui explosait en lui, qu'on avait allumé tous les lustres. Le cri qui jaillissait dans sa gorge et qu'il avait retenu, l'avait rompu. « Ma belle, mon amour, tu es là ! » se disait-il. Il voulait courir, la presser contre lui. Dans son trouble, il avait écrasé le pied d'un client, s'excusant à peine, ne voyant que Monique, n'entendant que son rire, heureux de la savoir là, non loin, à peine séparée de lui par quelques tables. Il avait surpris, tandis qu'on dirigeait leur groupe vers la place qui leur était réservée, le conciliabule que Monique avait engagé avec le maître d'hôtel. Elle exigeait d'être placée à une certaine table d'où, grâce à un miroir, leurs yeux pourraient se rencontrer et se parler. Durant tout le repas, il avait fixé le vide devant lui. Au fond, se reflétait un visage aimé. Il portait distraitement les aliments à sa bouche, répondait par monosyllabes aux questions des enfants et n'échangeait des sourires qu'avec ces yeux noirs qui là-bas, lui souriaient. Hélène feignait de ne rien remarquer et gourmandait Nadette qui s'agitait. De fait, l'enfant avait suivi cette conversation silencieuse entre son père et cette femme et en avait été scandalisée.

« Vous m'aimiez alors, dit Monique tristement.

— Mais...

— D'ailleurs pourquoi Budapest ? Qu'est-ce qu'il y a à Budapest, puisque justement il n'y a plus rien, puisque toute votre famille a été déportée... ?

— Je ne sais pas... Il me semble que là-bas je pourrais mieux lui expliquer qu'elle est juive... Je ne lui ai proposé aucune racine, aucune identité. Je cesserais de me cacher !

— Vous êtes fou ! Vous m'avez toujours parlé de votre judaïsme.

— Jamais de cette façon !

— Toujours de cette façon, scande Monique impitoyable. Lovin, vous ne les avez jamais oubliés ! Vous vous êtes toujours affiché comme un juif, vous n'avez jamais cessé de lire et d'écrire sur le nazisme ! Voulez-vous que je vous ressorte vos articles ? Voulez-vous que je vous montre les actes des colloques auxquels vous avez participé ?

— Vous croyez que le judaïsme se résume au nazisme ? Au machiavélisme du système hitlérien ? Vous croyez que six millions d'hommes se sont laissé traîner comme des bêtes vers le lieu de leur mort ? Que nous, les vivants, sommes des nécrophages ?

— Vous vous emportez ! Calmez-vous !

— J'ai découvert... une profondeur à... la culture hébraïque... J'en veux explorer le sens, étudier l'hébreu... employer mon temps à l'étude des textes...

— A Budapest ? En visitant le ghetto ou ce qu'il en reste ?

— C'est une façon de commencer... J'ai un point de départ... une source...

— Très drôle... dit-elle pensivement. Vous vous laissez dévorer par les images du passé... Il devrait exister un interdit ! Ceux qui regardent en arrière seront transformés en statues de sel. Si encore, je pouvais espérer que vous reviendrez calmé de Budapest ! Si je pouvais seulement croire que ce pèlerinage vous permettra de régler vos dettes ! Mais non ! Vous allez continuer à vous tourmenter...

— Oui, j'ai une dette... Le mot est excellent, Monique... Je leur dois quelque chose, je ne sais pas quoi... C'est dur de revenir vers son peuple à cinquante ans !

— Tuez-vous pour la cause, alors ! dit-elle ulcérée.

— Au contraire, je veux vivre ! J'ai l'intention de reprendre le nom de ma famille.

— Pour moi, vous serez toujours Lovin !... Lovinger ou Lovin, quelle différence dites-moi ? Vous me ferez l'amour d'une autre manière ? Vous aurez d'autres goûts ? D'autres ambitions ? »

Il secoue la tête. Une roulette tourne devant ses yeux, avec ses cases numérotées. Les jeux ne sont pas faits. Il ne sait comment lui dire. Il n'est pas arrivé au bout de ce voyage, au bout de sa parole, au bout de ses pensées. Depuis ce jour où son père a amputé son nom, il n'a pas lavé l'offense, il n'a jamais été à la hauteur des sacrifiés de Treblinka, Maidanek et Auschwitz. Il les voit s'agiter devant lui, debouts et vivants, l'interrogeant d'entre les flammes, leurs cris ravivés par l'impatience.

« Je n'ai jamais été un juif, Monique… » Et il se mord les lèvres car il voulait dire « Je n'ai jamais été moi-même… je n'ai jamais été un homme ! »

« Mais qu'est-ce que c'est un juif, à la fin ? murmure-t-elle en agitant les poings. Expliquez donc à cette malheureuse goy que je suis, ce que vous entendez par juif ? De quel secret êtes-vous le dépositaire ? De quelle loi êtes-vous le garant ? Devant quel trésor êtes-vous appelé à monter la garde ? Dans quel sanctuaire vous retranchez-vous ? Je t'aime, moi, je t'aime. Je te demande de m'aimer, de rire, d'être heureux ! Je te veux, moi, regardez-moi et essayez de me garder car je vais vous quitter. »

Il écarquille les yeux. C'est la première fois qu'elle fait allusion à une rupture. Et il connaît assez Monique pour deviner que la menace est sérieuse.

« Vous ne m'aimez plus ?

— Je vous aime encore ! Je n'aime que vous ! Mais vous êtes tellement absorbé à faire des erreurs, à tomber dans vos propres pièges !

— Laissez-moi une ouverture, Monique ! Laissez-moi encore quelques semaines. Je sais que des choses vont changer… Je vous en prie, ayez confiance en moi, en nous… »

Elle ne répond rien, mais comme elle se penche vers lui et accepte la flamme de son briquet pour allumer sa cigarette, il comprend qu'elle lui accorde un répit, qu'elle lui donne une autre chance.

« Vous avez soif ? » dit-il, soulagé.

Sans attendre sa réponse, il se tourne pour appeler le garçon. Il interrompt son mouvement et fronce les sourcils.

« Qu'avez-vous ? demande Monique.

— Là, dans la rue. Voyez ! Cette fille… ! C'est une de mes clientes !

— Elle est belle ! approuve Monique.

— Non ! Ce n'est pas ça ! Sa démarche ! C'est étrange... Voulez-vous m'excuser, je reviens... »

La main de Monique se pose sur la sienne. « Lovin ! Occupez-vous de moi ! Qu'allez-vous lui dire ? Même assis avec moi dans un café, vous continuez à travailler ?

— C'est que... proteste-t-il en suivant du regard Marthe qui s'éloigne.

— Voilà votre drame, Lovin ! Tout vous paraît bizarre, étrange... Tout est prétexte à réflexion... Même une patiente qui flâne seule sur le boulevard du Montparnasse...

— Oui, oui... dit-il. Vous avez raison... Que pourrais-je lui dire ? D'ailleurs, je crois qu'elle me déteste... dit-il pensivement.

— Changeons de sujet... Où m'emmenez-vous dîner ? J'ai faim », dit Monique en ramassant son sac.

Il se force à lui sourire. Il regarde Monique se préparer, ranger ses cigarettes et son briquet, se moucher dans un Kleenex, tapoter ses cheveux. Il pose sur la table l'argent de l'addition. Mais le malaise persiste. La voix intérieure, la voix de la conscience, ne se tait pas. Elle murmure, elle murmure. Elle dit que les yeux de Marthe durant une seconde l'ont imploré. Elle dit qu'ils étaient pleins de détresse ces yeux verts, ces beaux yeux verts qu'il admire quand elle vient à son cabinet. Et la voix murmure que Marthe a eu besoin de lui mais qu'il n'a pas su répondre. Lovinger repousse sa chaise, tire la table pour aider Monique à se lever. Il lui propose de dîner en face, à la Coupole, Monique dit : « Oui, pourquoi pas... mais je ne veux pas faire la queue... D'ailleurs non, si vous êtes d'accord, allons plutôt manger russe... Chez Dominique ! Qu'en pensez-vous ? »

Lovinger acquiesce. La petite voix bourdonne dans son cerveau et ne se tait pas. Elle dit qu'il aurait pu racheter sa conduite, toutes ses lâchetés, par un seul élan.

Marthe a vu Lovin assis à la terrasse du Sélect. Elle sait qu'il l'a vue, lui aussi. Elle ralentit le pas, prise d'espoir. Il va venir la saluer, il va lui parler, peut-être la sauver. Mais elle constate qu'il s'est retourné vers la femme et qu'il embrasse sa main. Un pas devant l'autre. Elle avance. Elle se force à avancer. Elle est descendue tout doucement de la rue Monsieur-le-Prince vers Montparnasse. Elle a pris malgré elle, une fois de plus, le chemin qui mène à Sonia. Le chemin qui conduit aussi à Lovin.

En sortant de l'immeuble, l'air était si parfumé qu'elle a eu envie de pleurer. Elle s'est dit à mi-voix : « C'est beau, la vie, si beau, mon Dieu. » Un passant, qui l'a entendue, s'est retourné en riant et l'a approuvée. « Oui, c'est beau ! » Elle a continué à marcher, se tâtant la gorge, retrouvant instinctivement le geste de sa mère quand elle avalait ses cachets. Elle se caresse la gorge, se frotte la poitrine pour comprendre le chemin que la mort va emprunter pour descendre vers ses tripes. Elle a tout au plus deux heures à vivre, et dans la rue, les gens marchent en groupes, se tiennent par la main, se sourient et se parlent. « C'est encore loin ? Loin la mort ? Et derrière la vitre qu'est-ce qu'il y a ? » se dit-elle en secouant la tête, le regard brouillé par les larmes. Derrière la vitre, l'attendent son père et David, au garde-à-vous. Quels messages d'en bas espèrent-ils ? Eux qui ont tant courtisé la vie, approuveront-ils son geste ?

Elle s'avise, tandis que son regard accroche au hasard

des éléments de la rue, que les jupes des filles sont blanches, que le bitume du trottoir est plein de trous minuscules, que l'accoudoir de cette chaise en fer-blanc est torsadé. Elle lève les yeux vers le ciel. A l'avant l'azur est pâle. Au loin une masse nuageuse, légère et fluide que le soleil couchant colore d'un éclat vermeil.

Marthe avance vers la rue d'Alésia, l'appareil photo en bandoulière. Elle veut que sa dernière image soit celle du bonheur après toutes celles qui traduisent, depuis cinq ans, la désespérance de la ville. Elle regarde, hallucinée, les devantures des magasins, elle regarde les mannequins en bois, en cire, parés de pulls et de robes aux couleurs éclatantes. Pourquoi ces mêmes vêtements portés par les gens perdent-ils tout attrait ? Pourquoi un être efface-t-il l'autre ? Et une fête l'autre ? Pourquoi ne garde-t-on dans ses souvenirs que les moments douloureux, les phrases qui écorchent, les petits couplets enragés ? Pourquoi Samuel est-il parti et n'a-t-il jamais appelé ? Pourquoi les êtres nous quittent-ils comme ils nous ont abordé, en bousculant tout sur leur passage, au mépris de ce qui fait notre vie ?

Elle rit et pleure, se souvient de Lucie qui adorait lancer à la cantonade : « Donnez-moi des réponses, je vous offre des questions. » Elle chancelle. Combien de copains viendront-ils au cimetière derrière le corbillard ? Sa vision se dédouble. Les mots désir et amour, enfin se séparent. A Furtan, le désir. A Samuel, l'amour. Cette nuit avec Furtan était belle.

Qui est Furtan ?

A Furtan qui n'exigeait rien, ni la mort ni la vie, elle a tout donné. A Samuel qui voulait tout, la mort et la vie, elle n'a rien cédé. « Les dieux transcendent certains moments », disait-il. Le miracle ne s'est pas accompli. Samuel n'a emporté, n'a retenu d'elle que l'image d'une femme aux dents serrées, qui le repoussait avec hystérie tant elle craignait de se perdre. « Il se peut que tu en meures ! » avait lancé la gitane de la Foire du Trône. « Je t'ai " presque " décongelée, Marthe... Tu es prête pour un autre homme. » Elle se donne la mort pour n'avoir rien vécu pleinement. Et pourtant un autre homme est venu et lui a appris à jouir. Samuel a eu raison.

A la terrasse du Sélect, Marthe aperçoit Lovin. Le cœur battant, elle s'arrête. Il tourne la tête vers elle. Il la regarde. Elle attend. Il va se lever et venir. Elle voit ses lèvres bouger. Elle voit la main de la femme se poser doucement sur celle de Lovin. L'homme baisse la tête, dompté. Il n'interviendra pas. Si elle veut vivre, elle se battra seule. Si elle veut vivre enfin, elle ne devra sa vie qu'à elle-même.

Marthe glisse, avance. Un pas devant l'autre. Combien de temps reste-t-il ? Elle a chaud maintenant. La fièvre la secoue, lui brûle la poitrine. Sa vision se brouille. Ce ne sont plus les larmes qui l'altèrent, mais la mort qui place un voile devant ses yeux. La mort qui la pénètre tranquillement, qui lui laboure le ventre. « Tu es prête pour un autre homme, Marthe. » Aimer. Ne plus avoir peur d'aimer. Ne plus avoir peur d'être blessée. Elle trébuche, se redresse. Elle entend gronder les voix des morts qui montent du cimetière du Montparnasse. Ils l'appellent, ils l'attirent par leurs murmures fébriles. Son père et David se taisent.

Sa main, dans sa poche, rencontre un objet dur et soyeux. Elle le tâte. Et elle se rappelle le blaireau volé chez Furtan. Elle le sort, le regarde, frotte les poils de soie contre sa joue. Elle ne peut plus avancer. Elle trébuche et tombe à genoux. « Maman. Sonia. Sam... au secours... Je vous aime tant... Maman, Sonia... »

Ses lèvres s'écrasent sur le bitume. La poussière a un goût fade. Elle a chaud. Elle a froid. Une main lui relève le visage. Deux bras la soulèvent et l'emportent...

IMPRIMERIE BUSSIÈRE À SAINT-AMAND
DÉPÔT LÉGAL OCTOBRE 1988. Nº 10366 (5206)

Collection Points

SÉRIE ROMAN

Collection Points

Collection Points

SÉRIE ACTUELS

Collection Points

SÉRIE BIOGRAPHIE